OEUVRES
DIVERSES
DE MONSIEUR
DE VOLTAIRE.

TOME SIXIEME.

OEUVRES
DIVERSES
DE MONSIEUR
DE VOLTAIRE.

NOUVELLE EDITION,

Recueillie avec soin, enrichie de Piéces
Curieuses, & la seule qui contienne
ses véritables Ouvrages.

Avec Figures en Taille-Douce.

TOME SIXIÉME.

A LONDRES,
Chez JEAN NOURSE.
M. DCC. XLVI.

DISCOURS
SUR L'HISTOIRE
DE CHARLES XII.

I L y a bien peu de Souverains dont on dût écrire
une Hiſtoire particuliere.
En vain la malignité ou la
flatterie s'eſt exercée ſur prèſque
tous les Princes, il n'y en a qu'un
très-petit nombre dont la mémoire
ſe conſerve ; & ce nombre ſeroit
encore plus petit, ſi on ne ſe ſou-
venoit que de ceux qui ont été
juſtes.

Les Princes qui ont le plus de
droit à l'Immortalité, ſont ceux
qui ont fait quelque bien aux

hommes.

hommes. Ainſi tant que la France ſubſiſtera , on s'y ſouviendra
de la tendreſſe que Loüis XII.
avoit pour ſon Peuple , on excu-
ſera les grandes fautes de François I. en faveur des Arts & des
Sciences, dont il a été le Pere ; on
bénira la mémoire de Henri IV.
qui conquit ſon héritage à force de
vaincre & de pardonner ; on loüe-
ra la magnificence de Loüis XIV.
qui a protegé les Arts que François I. avoit fait naître.

Par une raiſon contraire , on
garde le ſouvenir des mauvais
Princes, comme on ſe ſouvient des
inondations, des incendies, & des
peſtes.

Entre les Tyrans & les bons Rois
ſont les Conquérans, mais plus ap-
prochans des premiers ; ceux-ci ont
une réputation éclatante. On eſt
avide de connoître les moindres
particularitez de leur vie. Telle eſt

la

la miſerable foibleſſe des hommes, qu'ils regardent avec admiration ceux qui ont fait du mal d'une maniere brillante , & qu'ils parleront ſouvent plus volontiers du deſtruc‑teur d'un Empire , que de celui qui l'a fondé.

Pour les autres Princes, qui n'ont été illuſtres ni en paix ni en guer‑re , & qui n'ont été connus ni par de grands vices ni par de grandes vertus ; comme leur vie ne fournit aucun exemple ni à imiter ni à fuïr, elle n'eſt pas digne qu'on s'en ſou‑vienne. De tant d'Empereurs de Rome , de Grece , d'Allemagne, de Moſcovie ; de tant de Sultans , de Califes , de Papes , de Rois , com‑bien y en a‑t‑il dont le nom mérite de ſe trouver ailleurs que dans les Tables Chronologiques , où ils ne ſont que pour ſervir d'époques ?

Il y a un Vulgaire parmi les Prin‑ces comme parmi les autres hom‑

mes ; cependant la fureur d'écrire
eft venuë au point, qu'à peine un
Souveran ceffe de vivre, que le
Public eft inondé de Volumes, fous
le nom de Mémoires, d'Hiftoire
de fa vie, d'Anecdotes de fa Cour.
Par-là les Livres fe multiplient de
telle forte, qu'un homme qui vi-
vroit cent ans, & qui les employe-
roit à lire, n'auroit pas le tems de
parcourir ce qui s'eft imprimé fur
l'Hiftoire feule depuis deux fiécles
en Europe.

Cette demangeaifon de tranf-
mettre à la pofterité des détails
inutiles, & d'arrêter les yeux des
fiécles à venir fur des événemens
communs, vient d'une foibleffe
très-ordinaire à ceux qui ont vêcu
dans quelque Cour, & qui ont eu le
malheur d'avoir quelque part aux
affaires publiques. Ils regardent la
Cour où ils ont vêcu, comme la
plus belle qui ait jamais été : le Roi
qu'ils

qu'ils ont vû , comme le plus grand
Monarque ; les affaires dont ils se
font mêlez , comme ce qui a jamais
été de plus important dans le monde. Ils s'imaginent que la posterité verra tout cela avec les mêmes
yeux.

Qu'un Prince entreprenne une
guerre , que sa Cour soit troublée
d'intrigues , qu'il achette l'amitié
d'un de ses voisins , & qu'il vende la
sienne à un autre , qu'il fasse enfin la
paix avec ses Ennemis , après quelques victoires & quelques défaites ;
ses Sujets échauffez par la vivacité
de ces événemens présens , pensent
être nez dans l'époque la plus singuliere depuis la création. Qu'arri-
ve-t-il ? Ce Prince meurt, on prend
après lui des mesures toutes différentes , on oublie & les intrigues
de sa Cour , & ses Maîtresses , & ses
Ministres , & ses Généraux , & ses
Guerres , & lui-même.

Depuis

Depuis le tems que les Princes
Chrétiens tâchent de se tromper les
uns les autres, & font des guerres
& des Alliances, on a signé des
milliers de Traitez, & donné autant de batailles, & les belles ou
infâmes actions sont innombrables.
Quand toute cette foule d'événemens & de détails se présente devant la posterité, ils sont presque
tous anéantis les uns par les autres;
les seuls qui restent sont ceux qui
ont produit de grandes révolutions,
ou ceux qui ayant été décrits par
quelque Ecrivain excellent, se sau-
vent de la foule, comme des por-
traits d'hommes obscurs peints par
de grands Maîtres.

On se seroit donc bien donné de
garde d'ajoûter cette Histoire particuliere de Charles XII. Roi de
Suede, à la multitude des Livres
dont le Public est accablé, si ce
Prince & son rival Pierre Alexio-
wits,

wits, beaucoup plus grand homme que lui, n'avoient été du confentement de toute la terre, les perfonnages les plus finguliers qui euffent paru depuis plus de vingt fiécles. Mais on n'a pas été déterminé feulement à donner cette vie, par la petite fatisfaction d'écrire des faits extraordinaires ; on a penfé que cette lecture pourroit être utile à quelques Princes, fi ce Livre leur tombe par hazard entre les mains. Certainement il n'y a point de Souverain qui en lifant la vie de Charles XII. ne doive être guéri de la folie des conquêtes. Car où eft le Souverain qui pût dire : J'ai plus de courage & de vertus, une ame plus forte, un corps plus robufte ; j'entens mieux la guerre, j'ai de meilleures Troupes que Charles XII. Que fi avec tous ces avantages, & après tant de victoires, ce Roi a été fi malheureux, que devroient

efperer

efperer les autres Princes qui auroient la même ambition , avec
moins de talens & de reſſources ?

On a compoſé cette Hiſtoire ſur
des récits de perſonnes connuës, qui
ont paſſé pluſieurs anneés auprès
de Charles XII. & de Pierre le
Grand , Empereur de Moſcovie ; &
qui s'étant retirez dans un Pays libre long-tems après la mort de ces
Princes, n'avoient aucun intérêt de
déguiſer la vérité.

On n'a pas avancé un ſeul fait
ſur lequel on n'ait conſulté des témoins oculaires & irréprochables.
C'eſtpourquoi on trouvera cette
Hiſtoire fort différente des Gazet-
tes qui ont paru juſqu'ici ſous le
nom de la Vie de Charles XII. On a
omis pluſieurs petits combats donnez entre les Officiers Suedois &
Moſcovites ; c'eſt qu'on n'a point
prétendu écrire l'Hiſtoire de ces
Officiers , mais ſeulement celle du
Roi

Roi de Suede : même parmi les événemens de sa Vie, on n'a choisi que les plus intéressans. On est persuadé que l'Histoire d'un Prince, n'est pas tout ce qu'il a fait ; mais ce qu'il a fait de digne d'être transmis à la posterité.

On est obligé d'avertir que plusieurs choses qui étoient vrayes, lorsqu'on écrivit cette Histoire en 1728. cessent déja de l'être aujourd'hui en 1731. Le Commerce commence, par exemple, à être moins négligé en Suede. L'Infanterie Polonoise est mieux disciplinée, & a des habits d'ordonnance qu'elle n'avoit pas alors. Il faut toûjours lorsqu'on lit une Histoire, songer au tems où l'Auteur a écrit. Un homme qui ne liroit que le Cardinal de Rets, prendroit les François pour des forcenez, qui ne respirent que la guerre civile, la faction, & la folie. Celui qui ne liroit

que

que l'Histoire des belles années de Loüis XIV. diroit, les François sont nez pour obéïr, pour vaincre & pour cultiver les Arts. Un autre qui verroit les Mémoires des premieres années de Loüis XV. ne remarqueroit dans notre Nation que de la molesse, une avidité extrême de s'enrichir, & trop d'indifférence pour tout le reste. Les Espagnols d'aujourd'hui ne sont plus les Espagnols de Charles-Quint. Les Anglois ne ressemblent pas plus aux Fanatiques de Cromwel, que les Moines & les Monsignori dont Rome est peuplée, ressemblent aux Scipions. Je ne sçai si les Suedois seroient aujourd'hui des Troupes aussi formidables qu'elles l'étoient dans les derniers tems. On dit d'un homme, il étoit brave un tel jour. Il faudroit dire en parlant d'une Nation, elle paroissoit telle sous un tel Gouvernement, & en telle année.

Si

Si quelque Prince ou quelque Miniſtre trouvoit dans cet Ouvrage des véritez déſagréables ; qu'ils ſe ſouviennent qu'étant hommes Publics, ils doivent compte au Public de leurs actions ; que c'eſt à ce prix qu'ils achetent leur grandeur ; que l'Hiſtoire eſt un témoin , & non un flatteur ; & que le ſeul moyen d'obliger les hommes à dire du bien de nous , c'eſt d'en faire.

Fin du Diſcours.

ARGUMENT

ARGUMENT
du premier Livre.

HISTOIRE *abregée de la Suede jusqu'à Charles XII. son éducation, ses Ennemis. Caractere du Czar Pierre Alexiovits : Ses desseins, ses entreprises. Charles est attaqué à la fois par la Moscovie, la Pologne, & le Dannemark. Il part de Stokolm à l'âge de seize ans, & défait cent mille Moscovites avec huit mille Suedois.*

HISTOIRE
DE CHARLES XII.
ROY DE SUEDE.

LIVRE PREMIER.

L A Suede & la Finlande compo-
sent un Royaume deux fois aussi
grand que la France ; mais bien
moins fertile , & aujourd'hui
moins peuplé. Ce Pays s'étend du Midy au
Nord, depuis le cinquante-cinquiéme dégré jusqu'au soixante & dixiéme , sous un
climat rigoureux, qui n'a presque ni printemps ni automne. L'hyver y régne neuf
mois de l'année , les chaleurs de l'été suc-
cedent tout-à-coup à un froid excessif, & il
y gle dès le mois d'Octobre sans aucune
de ces dégradations insensibles qui ame-
nent ailleurs les saisons , & en rendent le
changement plus doux. La nature en ré-

compense

compenfe a donné à ce climat rude, un
Ciel ferain, un air pur. L'été prefque toûjours échauffé par le Soleil y produit les
fleurs & les fruits en peu de temps. Les
longues nuits de leurs hyver font adoucies
par des aurores & des crépufcules qui du-
rent, à proportion que le Soleil s'éloigne
plus de la Suede ; & la lumiere de la Lune
qui n'y eft obfcurcie par aucun nuage,
augmentée encore par le reflet de la neige
qui couvre la terre, & très-fouvent par la
lumiere boréale, fait qu'on voyage en Suede la nuit comme le jour. Les Beftiaux y
font plus petits que dans les Pays Méridio-
naux de l'Europe, faute de pâturages. Les
hommes y font plus grands. La férénité du
Ciel les rend fains, la rigueur du climat les
fortifie, ils vivent même plus long-temps
que les autres hommes, quand ils ne s'af-
foibliffent pas par l'ufage immoderé des li-
queurs fortes, & des vins que les Nations
Septentrionales femblent aimer d'autant
plus, que la nature les leur a refufez.

Les Suedois font bien faits, robuftes,
agiles, capables de foutenir les plus grands
travaux, la faim & la mifere; nez guerriers,
pleins de fierté, plus braves qu'induftrieux,
ayant long temps négligé, & cultivant mal
encore aujourd'hui le commerce, qui feul
pourroit leur donner ce qui manque à leur
Pays. C'eft principalement de la Suede,
dont une partie fe nomme encore Gotie,
que

ue se déborderent ces multitudes de Gots
ui inonderent l'Europe, & l'arracherent à
l'Empire Romain, qui en avoit été cinq cens
années l'usurpateur & le Tyran.

Les Pays Septentrionaux étoient alors
beaucoup plus peuplez qu'ils ne le font de
nos jours; parceque leur Religion leur laif-
soit la liberté de donner plus de Citoyens
à l'Etat, par la pluralité de leurs femmes;
que ces femmes elles-mêmes ne connoif-
soient d'opprobre que la stérilité & l'oisiveté, & qu'aussi laborieuses & aussi ro-
bustes que les hommes, elles en étoient plûtôt & plus long-temps fécondes. Depuis
ce temps-là la Suede fut toûjours libre jufqu'au milieu du quatorziéme siécle. Dans
ce long espace de temps le Gouvernement
changea plus d'une fois; mais toutes les
innovations furent en faveur de la liberté.
Leur premier Magistrat eut le nom de Roy,
titre qui en différens Pays se donne à des
puissances bien différentes; car en France,
en Espagne, il signifie un homme absolu;
& en Pologne, en Suede, en Angleterre,
l'homme de la République. Ce Roy ne
pouvoit rien sans le Sénat, & le Sénat dépendoit des Etats Généraux, que l'on con-
voquoit souvent. Les Représentatifs de la
Nation dans ces grandes Assemblées, étoient
les Gentilshommes, les Evêques, les Députez des Villes. Avec le temps on y admit les
Paysans même, portion du peuple injuste-

A 2 ment

ment méprisée ailleurs, & esclave dans
presque tout le Nord.

Environ l'an 1492. cette Nation si jalouse de la liberté, & qui est encore fiere
aujourd'hui d'avoir subjugué Rome il y a
treize siécles, fut mise sous le joug par une
femme, & par une Nation bien moins
puissante que la Suede.

Marguerite de Valdemar, la Semiramis
du Nord, Reine de Dannemark & de
Norvege, conquit la Suede par force &
par adresse, & fit un seul Royaume de ces
trois vastes Etats. Après sa mort la Suede
fut déchirée par des Guerres Civiles, elle
secoüa le joug des Danois, elle le reprit,
elle eut des Rois, elle eut des Administra-
teurs. Deux Tyrans l'opprimerent d'une
maniere horrible vers l'an 1520. L'un étoit
Christiern second, Roy de Dannemarck,
monstre formé de vices, sans aucune vertu.
L'autre un Archevêque d'Upsal, Primat du
Royaume, aussi barbare que Christiern.
Tous deux de concert firent saisir un jour
les Consuls, les Magistrats de Stockolm
avec quatre-vingt-quatorze Sénateurs, &
les firent massacrer par des bourreaux, sous
prétexte qu'ils étoient excommuniez par
le Pape, pour avoir défendu les Droits
de l'Etat contre l'Archevêque. Ensuite ils
abandonnerent Stockolm au pillage, &
tout y fut égorgé sans distinction d'âge ni
de sexe.

Tandis

Tandis que ces deux hommes liguez pour opprimer, défunis quand il falloit partager les dépoüilles, exerçoient ce que le defpotifme a de plus tyrannique, & ce que la vengeance a de plus cruel; un nouvel événement changea la face du Nord.

Guftave Vaza, jeune homme defcendu des anciens Rois du Pays, fortit du fonds des Forêts de la Dalecarlie où il étoit caché, & vint venger la Suede. C'étoit une de ces grandes ames que la nature forme si rarement, avec toutes les qualitez néceffaires pour commander aux hommes; fa taille avantageufe, & fon grand air lui faifoient des Partifans dès qu'il fe montroit. Son éloquence, à qui fa bonne mine donnoit de la force, étoit d'autant plus perfuafive qu'elle étoit fans Art; fon génie formoit de ces entreprifes que le Vulgaire croit téméraires, & qui ne font que hardies aux yeux des grands hommes. Son courage infatigable les faifoit réüffir. Il étoit intrépide avec prudence, d'un naturel doux dans un fiécle féroce, vertueux enfin autant qu'un Chef de parti peut l'être.

Guftave Vaza avoit été ôtage de Chriftiern, & retenu prifonnier contre le droit des gens. Échappé de fa prifon il avoit erré, déguifé en Payfan dans les montagnes & dans les bois de la Dalecarlie. Là, il

A 3   s'étoit

s'étoit vû réduit à la néceſſité de travailler aux mines de cuivre pour vivre & pour ſe cacher.

Enſeveli dans ſes ſouterrains il oſa ſonger à détrôner le Tyran. Il ſe découvrit aux Payſans ; il leur parut un homme d'une nature ſupérieure, pour qui les hommes ordinaires croyent ſentir une ſoumiſſion naturelle. Il fit en peu de temps de ces Sauvages des Soldats aguerris. Il attaqua Chriſtiern & l'Archevêque, les vainquit ſouvent, les chaſſa tous deux de la Suede, & fut élu *avec juſtice* par les Etats, Roy du Pays dont il étoit le Libérateur.

A peine, affermi ſur le Trône, il tenta une entrepriſe plus difficile que des Conquêtes. Les Evêques, qui avoient preſque toutes les richeſſes de l'Etat, s'en étoient ſouvent ſervis pour l'opprimer, & avoient plus d'une fois fait la guerre à leurs Rois. Cette puiſſance étoit d'autant plus terrible, que l'ignorance des Peuples l'avoit renduë ſacrée. Il eut le malheur de punir la Religion Catholique des attentats de ſes Miniſtres. En moins de deux ans il rendit la Suede Luthérienne par la ſupériorité de ſa politique, plus encore que par autorité. Ayant ainſi conquis ce Royaume, comme il le diſoit, ſur les Danois & ſur le Clergé, il régna heureux & abſolu juſqu'à l'âge de ſoixante & dix ans, & mourut plein de gloire,

...oire, laissant sur le Trône sa famille & sa
Religion qui y régnent encore.

L'un de ses descendans fut Gustave Adolphe, qui ébranla le Trône de Ferdinand II.
& intimida l'Europe. Il fut tué à l'âge de
trente-sept ans dans la bataille de Lutzen,
qu'il gagna contre Valstein, emportant
dans le Tombeau le nom de Grand, les
regrets du Nord & l'estime de ses ennemis.
Sa fille Christine, née avec un génie rare,
aima mieux converser avec des Sçavans
que de régner sur un Peuple qui ne connoissoit que les armes. Elle se rendit aussi
illustre en quittant le Trône, que ses Ancêtres pour l'avoir conquis ou affermi. Les
Protestans l'ont déchirée, comme si on ne
pouvoit pas avoir de grandes vertus sans
croire à Luther; & les Papes triompherent
trop de la conversion d'une femme qui
n'étoit que Philosophe. Elle se retira à
Rome où elle passa le reste de ses jours,
dans le centre des Arts qu'elle aimoit, &
pour lesquels elle avoit renoncé à un Empire à l'âge de vingt-sept ans.

Avant d'abdiquer, Elle engagea les Etats
de la Suede à élire en sa place son cousin
Charles Gustave X. de ce nom. Ce Prince
affecta de ne tenir que *de Dieu & de Chris-*
tine, la Couronne qu'il avoit reçuë comme élective. Il conçut le dessein d'établir
en Suede la puissance arbitraire; mais il
mourut à trente-sept ans avant d'avoir

achevé

achevé cet ouvrage que fon fils éleva jufqu'au comble.

Charles XI. guerrier comme tous fes
Ancêtres, fut plus abfolu qu'eux. Il abolit
l'autorité du Sénat qui fut déclaré le Sénat
du Roi, & non du Royaume. Il étoit fru-
gal, vigilant, laborieux ; tel enfin qu'on
l'eût aimé fi fon defpotifme n'eût réduit les
fentimens de fes Sujets pour lui, à celui de
la crainte.

Il époufa en 1680. Ulric-Eleonore, fille
de Frederic III. Roi de Dannemark, Princeffe vertueufe, digne de plus de confiance
que fon Epoux ne lui en témoigna. De ce
Mariage naquit le 27. de Juin 1682. le Roi
Charles XII. l'homme le plus extraordinaire qui ait jamais été fur la terre, qui a
réüni en lui toutes les grandes qualitez de
fes Ayeuls, & qui n'a eu d'autre défaut ni
d'autre malheur que de les avoir toutes
outrées. C'eft lui dont on fe propofe ici
d'écrire ce qu'on a appris de fa perfonne
& de fes actions, par des bouches fidéles
& dans quelques Manufcrits judicieux.

A fix ans on le tira des mains des femmes, & on lui donna pour Gouverneur
Monfieur de Nordcopenfer, homme fage
& affez inftruit. Le premier Livre qu'on lui
fit lire fut l'Ouvrage de Samuel Puffendorf,
qui commençoit à paroître, afin qu'il fçût
connoître de bonne heure fes Etats & ceux
de fes voifins. Il apprit d'abord l'Allemand,
qu'il

u'il parla toûjours depuis auffi-bien que
Langue maternelle. A l'âge de fept ans
fçavoit déja manier un Cheval. Les exer-
ces violens où il fe plaifoit, & qui dé-
ouvroient fes inclinations martiales, lui
ormerent de bonne heure une conftitution
igoureufe, capable de foûtenir les fatigues
u le portoit fon tempérament.

Quoique doux dans fon enfance, il avoit
ne opiniâtreté infurmontable ; le feul
oyen de le plier étoit de le piquer d'hon-
eur, avec le mot de gloire on obtenoit
out de lui. Il avoit de l'averfion pour le
atin ; mais dès qu'on lui eût dit que le Roi
e Pologne & le Roi de Dannemark l'en-
endoient, il l'apprit bien vîte, & en retint
ffez pour le parler le refte de fa vie. On
y prit de la même maniere pour l'enga-
er à entendre le François ; mais il s'obfti-
a tant qu'il vêcut à ne jamais s'en fervir,
même avec des Ambaffadeurs François
ui ne connoiffoient point d'autre Langue.

Dès-qu'il eût quelque connoiffance de
a langue Latine, on lui fit traduire Quinte-
Curce : il prit pour ce Livre un goût que le
ujet lui infpiroit beaucoup plus encore que
e ftile. Celui qui lui expliquoit cet Auteur
ui ayant demandé ce qu'il penfoit d'Ale-
andre : Je penfe, dit le jeune Prince, que
e voudrois lui reffembler. Mais, lui dît-on,
l n'a vêcu que trente-deux ans. Ah, réprit-
il, n'eft-ce pas affez quand on a conquis

A 5   des

des Royaumes! On ne manqua pas de rapporter ces réponses au Roi son pere, qui s'écria : Voilà un Enfant qui vaudra mieux que moi, & qui ira plus loin que le grand Guftave. Un jour il s'amufoit dans l'Appartement du Roi à regarder deux Cartes Géographiques; l'une d'une Ville de Hongrie, prife par les Turcs fur l'Empereur; & l'autre de Riga, Capitale de la Livonie, Province conquife par les Suedois depuis un fiécle. Au bas de la Carte de la Ville Hongroife il y avoit ces mots tirez du Livre de Job : *Dieu me l'a donné, Dieu me l'a ôté, le nom du Seigneur foit beni.* Le jeune Prince ayant lû ces paroles, prit fur le champ un crayon, & écrivit au bas de la Carte de Riga : *Dieu me l'a donné, le diable ne me l'ôtera pas.* Ainfi dans les actions les plus indifférentes de fon enfance, ce naturel indomptable laiffoit fouvent échaper des traits qui marquoient ce qu'il devoit être un jour.

Il avoit onze ans lorfqu'il perdit fa Mere. Cette Princeffe mourut en 1693. le 5. Août d'une maladie caufée par les chagrins que lui donnoit fon mari, & par les efforts qu'elle faifoit pour les diffimuler. Charles XI. avoit dépoüillé de leurs biens un grand nombre de fes Sujets, par le moyen d'une efpece de Cour de Juftice, nommée la Chambre des Liquidations, établie de fon autorité feule. Une foule de

Citoyens

Citoyens ruïnez par cette Chambre, Nobles, Marchands, Fermiers, Veuves, Orphelins, rempliffoient les ruës de Stockolm, & venoient tous les jours à la porte du Palais pouffer des cris que le Roi n'entendoit point. La Reine fecourut ces malheureux de tout ce qu'elle avoit. Elle leur donna fon argent, fes pierreries, fes meubles, fes habits même. Quand elle n'eut plus rien à leur donner, elle fe jetta en larmes aux pieds de fon mari, pour le prier d'avoir compaffion de fes Sujets. Le Roi lui répondit gravement : Madame, nous vous avons prife pour nous donner des enfans, & non pour nous donner des avis. Depuis ce tems il la traita avec une dureté qui avança fes jours.

Il mourut quatre ans après elle, le 15. Avril 1697. dans la quarante-deuxiéme année de fon âge, & dans la trente-feptiéme de fon Regne, dans le temps que l'Empire, l'Espagne, la Hollande d'un côté, & la France de l'autre, venoient de remettre la décifion de leurs querelles à fa médiation, & qu'il avoit déja entamé l'ouvrage de la Paix entre ces Puiffances.

Il laiffa à fon fils, âgé de quinze ans, un Trône affermi & refpecté au-hehors, des Sujets pauvres, mais belliqueux & foumis, avec des Finances en bon ordre, ménagées par des Miniftres habiles.

Charles XII. à fon avenement, non feu-

A 6   lement

lement se trouva maître absolu & paisible
de la Suede & de la Finlande ; mais il re-
gnoit encore sur la Livonie , la moitié de
l'Ingrie , la plus belle partie de la Pomeranie , & le Duché de Breme & de Verden ;
toutes conquêtes de ses Ancêtres , assurées
à sa Couronne par une longue possession ,
& par la foi des Traitez , soutenuë de la
terreur des armes Suedoises. La Paix de
Risvick commencée sous les auspices du
Pere , fut concluë sous ceux du Fils : il fut
le Médiateur de l'Europe dès qu'il commença à regner.

Les Loix Suedoises fixent la Majorité
des Rois à quinze ans. Mais Charles XI.
absolu en tout , retarda par son Testament
celle de son Fils jusqu'à dix-huit. Il favorisoit par cette disposition les vuës ambi-
tieuses de sa Mere Edwige-Eleonore de
Holstein , veuve de Charles X. Cette Princesse fut déclarée par le Roi son fils Tutrice
du jeune Roi son petit-fils , & Régente du
Royaume , conjointement avec un Conseil
de cinq personnes.

Elle ordonna d'abord pour le Corps de
son fils Charles XI. une pompe funebre
d'une magnificence à laquelle la Suede
n'étoit point accoûtumée. Elle voulut de-
plus que les Bourgeois de Stockolm por-
tassent trois ans le deüil. Il sembloit qu'on
les forçât à montrer d'autant plus de dou-
leu, qu'ils en ressentoient moins de la mort

d'un

un Prince qui leur avoit ôté leur liberté
& leurs biens.

La Régente avoit eu part aux affaires
sous le Regne du Roi son Fils. Elle étoit
avancée en âge, mais son ambition plus
grande que ses forces & que son génie,
lui faisoit esperer de joüir long-tems des
douceurs de l'autorité, sous le Roi son
petit-fils. Elle l'éloignoit autant qu'elle
pouvoit des affaires. Le jeune Prince passoit
son temps à la chasse, ou s'occupoit à faire
la revüe des Troupes; il faisoit même quelquefois l'exercice avec elles; ses amusemens ne sembloient que l'effet naturel de
la vivacité de son âge. Il ne paroissoit dans
sa conduite aucun dégoût contre la Régente,
& cette Princesse se flattoit que les dissi-
pations de ces exercices le rendroient incapable d'application, & qu'elle en gouverneroit plus long-tems.

Un jour au mois de Novembre de la même année de la mort de son Pere, il venoit de faire la revüe de plusieurs Régimens, le Conseiller d'Etat Piper étoit auprès de lui, le Roi paroissoit abîmé dans
une rêverie profonde : Puis-je prendre la
liberté, lui dit Piper, de demander à Votre Majesté à quoi Elle songe si sérieuse-
ment? Je songe, répondit ce Prince, que
je me sens digne de commander à ces braves gens, & je voudrois que ni eux ni moi
ne reçussions l'ordre d'une Femme. Piper
saisit

faifit dans le moment l'occafion de faire
une grande fortune. Il n'avoit pas affez de
crédit pour ofer fe charger lui-même de
l'entreprife dangereufe d'ôter la Régence
à la Reine, & d'avancer la Majorité du
Roi. Il propofa cette négociation au Comte
Axel Sparre, homme ardent, & qui cherchoit à fe donner de la confidération : il
le flatta de la confiance du Roi. Sparre le
crut, fe chargea de tout, & ne travailla
que pour Piper; les Confeillers de la Régence furent bien-tôt perfuadez; c'étoit à
qui précipiteroit l'execution de ce deffein,
pour s'en faire un mérite auprès du Roi.

Ils allerent en Corps en faire la propofition à la Reine, qui ne s'attendoit pas
à une pareille déclaration. Les Etats Généraux étoient affemblez alors, les Confeillers de la Régence y propoferent l'affaire. Il n'y eut pas une voix contre, la
chofe fut emportée d'une rapidité que rien
ne pouvoit arrêter ; deforte que Charles
XII. fouhaita de regner, & en trois jours
les Etats lui défererent le Gouvernement.
Le pouvoir de la Reine, & fon crédit tomberent en un inftant; elle mena depuis
une vie privée, plus fortable à fon âge,
quoique moins à fon humeur. Le Roi fut
couronné le 24. Decembre fuivant. Il fit
fon entrée dans Stockolm fur un cheval
alezan, ferré d'argent, ayant le Sceptre
à la main & la Couronne en tête, aux
acclamations

clamations de tout un Peuple, idolâ-
tre de ce qui est nouveau, & concevant
toûjours de grandes espérances d'un jeune
Prince.

L'Archevêque d'Upsal est en possession
de faire la Cérémonie du Sacre & du Couronnement ; c'est de tant de droits que ses
predecesseurs s'étoient arrogez, presque le
seul qui lui reste. Après avoir, selon l'u-
sage, donné l'onction au Prince, il tenoit
entre ses mains la Couronne pour la lui
remettre sur la tête : Charles l'arracha des
mains de l'Archevêque & se couronna lui-
même, en regardant fierement le Prélat.
La multitude à qui tout air de grandeur
impose toûjours, applaudit à l'action du
Roi. Ceux même qui avoient le plus gé-
mi sous le despotisme du pere, se laisserent entraîner à loüer dans le fils cette
fierté qui étoit l'augure de leur servitude.

Dès que Charles fut maître, il donna sa
confiance & le maniement des affaires au
Conseiller Piper, qui fut en effet son Premier Ministre, sans en avoir le nom. Peu
de temps après il le fit Comte ; ce qui est
une qualité éminente en Suede, & non un
vain titre qu'on puisse prendre sans conséquence.

Les premiers temps de l'administration
du Roi ne donnerent point de lui des idées
favorables ; il parut qu'il avoit été plus
impatient que digne de regner. Il n'avoit
à la

à la vérité aucune paffion dangereufe ; mais
on ne voyoit dans fa conduite que des
emportemens de jeuneffe , & de l'opiniâtreté. Il paroiffoit inappliqué & hautain.
Les Ambaffadeurs qui étoient à fa Cour
le prirent même pour un génie médiocre,
& le peignirent tel à leurs Maîtres. La
Suede avoit de lui la même opinion, perfonne ne connoiffoit fon caractere ; il
l'ignoroit lui-même , lorfque des orages
formez tout-à-coup dans le Nord , donnerent à fes talens cachez occafion de fe
déployer.

Trois puiffans Princes voulant fe pré-
valoir de fon extrême jeuneffe , confpire-
rent fa ruine prefque en même temps. Le
premier fut Frideric IV. Roi de Dannemark fon coufin. Le fecond , Augufte,
Electeur de Saxe , Roi de Pologne. Pierre
le Grand , Czar de Mofcovie , étoit le troifiéme , & le plus dangereux. Il faut déve-
lopper l'origine de ces guerres qui ont
produit de fi grands évenemens , & commencer par le Dannemark.

De deux fœurs qu'avoit Charles XII.
l'aînée avoit époufé le Duc de Holftein,
jeune Prince plein de bravoure & de douceur. Le Duc , opprimé par le Roi de
Dannemark , vint à Stockolm avec fon
Epoufe fe jetter entre les bras du Roi , &
lui demander du fecours , non feulement
comme à fon beau-frere ; mais comme au

Roi

Roi d'une Nation qui a pour les Danois une haine irréconciliable.

L'ancienne Maison de Holſtein , fondüe dans celle d'Oldembourg, étoit montée ſur le Trône de Dannemark par élection en 1449. tous les Royaumes du Nord étoient alors électifs. Celui de Dannemark devint bien-tôt héréditaire. Un de ſes Rois nommé Chriſtiern troiſiéme , avoit pour ſon frere Adolphe une tendreſſe dont on ne trouve guéres d'exemples. Il ne vouloit point le laiſſer ſans Souveraineté ; mais il ne pouvoit démembrer ſes propres Etats. Il partagea avec lui par un accord bizarre les Duchez de Holſtein & de Sleſwich , établiſſant que les Deſcendans d'Adolphe gouverneroient deſormais le Holſtein, conjointement avec les Rois de Dannemark ; que ces deux Duchez leur appartiendroient en commun , & que le Roi de Dannemark ne pourroit rien innover dans le Holſtein ſans le Duc , ni le Duc ſans le Roi. Une union ſi étrange , dont pourtant il y avoit déja eu un exemple dans la même Maiſon pendant quelques années , étoit depuis près de quatrevingt ans une ſource de querelles éternelles entre la branche de Dannemark & celle de Holſtein-Gottorp, les Rois cherchant toûjours à opprimer les Ducs , & les Ducs à être indépendans. Il en avoit coûté la liberté & ſa Souveraineté au dernier Duc. Il avoit recouvré l'une & l'autre

tre aux Conférences d'Altena en 1689. par
l'entremife de la Suede, de l'Angleterre &
de la Hollande, garants de l'execution du
Traité. Mais comme un Traité entre les
Princes n'eft fouvent autre chofe qu'une
foumiffion à la néceffité, jufqu'à çe que le
plus fort puiffe accabler le plus foible, la
querelle renaiffoit plus envenimée que jamais entre le nouveau Roi de Dannemark
& le jeune Duc. Tandis que le Duc étoit à
Stockolm, le Danois faifoit déja des
actes d'hoftilité dans le pays de Holftein,
& fe liguoit fécretemedt avec le Roi de
Pologne, pour accabler le Roi de Suede
lui-même.

Frideric-Augufte, Electeur de Saxe, que
ni l'éloquence & les négociations de l'Abbé
de Polignac, ni les grandes qualitez du
Prince de Conty fon Concurrent, n'avoient
pu empêcher d'etre élu depuis deux ans
Roi de Pologne, étoit un Prince moins
connu encore par fa force de corps in-
croyable, que par fa bravoure & la ga-
lanterie de fon efprit. Sa Cour étoit la
plus brillante de l'Europe, après celle de
Loüis XIV. jamais Prince ne fut plus généreux, ne donna plus, & n'accompagna
fes dons de tant de grace. Il avoit acheté
la moitié des fuffrages de la Nobleffe Polonoife, & forcé l'autre par l'approche
d'une Armée Saxonne. Il crut avoir befoin
de fes Troupes pour fe mieux affermir fur

le

Trône : Mais il falloit un prétexte pour les occuper. Il les deftina pour attaquer le Roi de Suede en Livonie, à l'occafion que l'on va rapporter.

La Livonie, la plus belle & la plus fertile Province du Nord, avoit appartenu autrefois aux Chevaliers de l'Ordre Teutonique. Les Mofcovites, les Polonois & les Suedois s'en étoient depuis difputez la poffeffion. La Suede en joüiffoit depuis cent années, & elle lui avoit été enfin cedée folemnellement par la paix d'Oliva.

Le feu Roi Charles XI. dans fes fevéritez pour fes Sujets n'avoit pas épargné les Livoniens. Il les avoit dépouillez de leurs Privileges, & d'une partie de leurs patrimoines. Patkul, malheureufement célébre depuis par fa mort tragique, fut député de la Nobleffe Livonienne pour porter au Trône les plaintes de la Province. Il fit à fon Maître une Harangue refpectueufe ; mais forte & pleine de cette éloquence mâle que donne la calamité quand elle eft jointe à la hardieffe. Mais les Rois ne regardent trop fouvent ces Harangues publiques que comme des cérémonies vaines qu'il eft d'ufage de fouffrir, fans y faire attention. Toutefois Charles XI. diffimulé quand il ne fe livroit pas aux emportemens de fa colere, frappa doucement fur l'épaule de Patkul : Vous avez parlé pour votre Patrie en brave homme, lui dit-il, je vous

en eftime, continuez. Mais peu de jours
après il le fit déclarer coupable de Leze-
Majefté , & comme tel condamner à la
mort. Patkul qui s'étoit caché , prit la
fuite. Il porta dans la Pologne fes reffen-
timens. Il fut admis depuis devant le Roi
Augufte. Charles XI. étoit mort ; mais la
Sentence de Patkul & fon indignation fub-
fiftoient. Il préfenta au Monarque Polonois
la facilité de la conquête de la Livonie,
des Peuples défefperez , prêts à fecoüer le
joug de la Suede; un Roi enfant , incapable de fe défendre. Ces follicitations furent bien reçuës d'un Prince déja tenté de
cette conquête. Tout fut prêt bien-tôt pour
une invafion foudaine , fans même daigner
recourir à la vaine formalité des Déclara-
tions de guerre , & des Manifeftes. Le
nuage groffiffoit en même temp du côté de
la Mofcovie.

Pierre Alexiovits, Czar de Ruffie, s'étoit
déja rendu redoutable par la bataille qu'il
avoit gagnée fur les Turcs il y avoit trois
ans , & par la prife d'Azoph qui lui
ouvroit l'Empire de la Mer Noire. Mais
c'étoit par des actions plus glorieufes que
des victoires , qu'il méritoit le nom de
Grand. La Mofcovie ou Ruffie embraffe le
Nord de l'Afie , & celui de l'Europe ; &
depuis les Frontieres de la Chine , s'étend
l'efpace de quinze cens lieuës jufqu'aux
confins de la Pologne & de la Suede. Mais
ce

Pays immense étoit à peine connu de
l'Europe avant le Czar Pierre. Les Moscovites étoient moins civilisez que les Mexicains,
quand ils furent découverts par Cortez;
presque tous Esclaves de Maîtres auſſi Barbares
qu'eux, ils croupiſſoient dans l'ignorance,
dans le beſoin de tous les Arts, & dans
l'inſenſibilité de ces beſoins qui étouffoit
toute induſtrie. Une ancienne Loi ſacrée
parmi eux leur défendoit, ſous peine de
mort, de ſortir de leur Pays ſans la per-
miſſion de leur Patriarche. Cette Loi faite
pour leur ôter les occaſions de connoître
leur joug, plaiſoit à une Nation qui dans
l'abîme de ſon ignorance & de ſa miſere
dédaignoit tout commerce avec les Nations
étrangeres.

L'Aire des Moscovites commençoit à la
création du monde, ils comptoient 7207.
ans au commencement du ſiécle paſſé, ſans
pouvoir rendre raiſon de cette datte. Le
premier jour de leur année revenoit au
ſeize de notre mois de Septembre. Ils alle-
guoient pour raiſon de cet établiſſement,
qu'il étoit vraiſemblable que Dieu avoit
créé le monde en automne, dans la ſaiſon
où les fruits de la terre ſont dans leur
maturité. Ainſi les ſeules apparences de
connoiſſance qu'ils avoient, étoient des
erreurs groſſieres. Perſonne ne doutoit
parmi eux que l'automne de Moſcovie pût
être le printemps d'un autre Pays dans les
climats

climats oppofez. Il n'y avoit pas long-
temps que le peuple avoit voulu brûler à
Mofcou le Sécrétaire d'un Ambaffadeur de
Perfe, qui avoit prédit une éclipfe de
Soleil.

Ils ignoroient jufqu'à l'ufage des chifres,
ils fe fervoient pour leurs calculs de petites boules enfilées dans des fils d'archal.
Il n'y avoit pas d'autre maniere de compter
dans tous les Bureaux des Recettes, &
dans le Tréfor du Czar.

Leur Religion étoit & eft encore celle
des Chrétiens Grecs; mais mêlée de fu-
perftitions aufquelles ils étoient d'autant
plus fortement attachez, qu'elles étoient
plus extravagantes, & que le joug en étoit
plus gênant. Peu de Mofcovites ofoient
manger du Pigeon, parceque le Saint Efprit eft peint en forme de Colombe. Ils
obfervoient régulierement quatre Carêmes
par an, & dans ces temps d'abftinence ils
n'ofoient fe nourrir, ni d'œufs, ni de lait.
Dieu & Saint Nicolas étoient les objets de
leur culte; immédiatement après eux, le
Czar & le Patriarche. L'autorité de ce dernier étoit fans bornes, comme leur ignorance. Il rendoit des Arrêts de mort, &
infligeoit les fupplices les plus cruels, fans
qu'on pût appeller de fon Tribunal. Il fe
promenoit à cheval deux fois l'an en cérémonie, fuivi de tout fon Clergé. Le Czar
à pied tenoit la bride du cheval, & le
peuple

uple se prosternoit dans les ruës comme
s Tartares devant leur grand Lama. La
onfession étoit pratiquée; mais ce n'étoit
ue dans le cas des plus grands crimes.
lors l'absolution leur paroissoit nécessai-
; mais non le repentir. Ils se croyoient
urs devant Dieu avec la Bénédiction de
urs Papas. Ainsi ils passoient sans re-
ords de la Confession au vol & à l'ho-
cide, & ce qui est un frein pour les
tres Chrétiens, étoit chez eux un en-
uragement à l'iniquité. Ils faisoient scru-
ule de boire du lait un jour de jeûne;
ais les peres de famille, les Prêtres, les
mmes, les filles, s'enyvroient d'eau-de-
e les jours de Fêtes. On disputoit cepen-
ant sur la Religion en ce Pays comme
lleurs; la plus grande querelle étoit si les
aïques devoient faire le signe de la croix
vec deux doigts, ou avec trois. Un certain
acob Nursoff, sous le précédent Regne,
oit excité une sédition dans Astracan au
jet de cette dispute.

Le Czar dans son vaste Empire, avoit
eaucoup d'autres Sujets qui n'étoient pas
hrétiens. Les Tartares qui habitent le
ord Occidental de la Mer Caspienne &
es Palus Meotides, sont Mahométans.
es Siberiens, les Ostiaques, les Samoye-
es qui habitent vers l'Océan Septentrio-
al, étoient des Sauvages, dont les uns
étoient idolâtres, les autres n'avoient pas
même

même la connoiſſance d'un Dieu ; & cependant les Suedois envoyez priſonniers
parmi eux, ont été plus contens de leurs
mœurs que de celles des anciens Moſcovites.

Pierre Alexiovits avoit reçu une éducation qui tendoit à augmenter encore la
barbarie de cette partie du monde.

Le hazard voulut que le fils d'un François refugié à Geneve, nommé Le Fort,
vint chercher de l'emploi dans les Troupes Moſcovites, & fut connu du Czar,
encore jeune. Il s'inſinua dans ſa familiarité ; il lui parloit ſouvent des avantages
du Commerce & de la Navigation : il lui
diſoit comment la Hollande, qui n'eut pas
été la centiéme partie des Etats de Moſcovie, faiſoit par le moyen du Commerce
ſeul, une auſſi grande figure dans l'Europe, que les Eſpagnes à qui elle avoit autrefois appartenu. Il l'entretenoit de la Politique rafinée des Princes de l'Europe, de la
Diſcipline de leurs Troupes, de la Police
de leurs Villes, du nombre infini de Manufactures ; des Arts & des Sciences qui rendent les Européans puiſſans & heureux.
Ces diſcours éveillerent le jeune Empereur,
comme d'une profonde létargie. Son puiſſant génie, qu'une éducation barbare avoit
retenu, & n'avoit pû détruire, ſe develop-
pa preſque tout-à-coup. Il réſolut d'être
homme, de commander à des hommes,
&

...e créer une Nation nouvelle. Plusieurs ...ces avoient avant lui renoncé à des ...ronnes, par dégoût pour le poids des ...tes; mais aucun n'avoit cessé d'être ... pour apprendre mieux à régner: c'est ...ue fit Pierre le Grand. Il quitta la ...covie en 1698. n'ayant encore régné ... deux années, & alla en Hollande, ...sé sous un nom vulgaire, comme s'il ... été un Domestique de ce même M. ...ort, qu'il envoyoit Ambassadeur Ex...rdinaire auprès des Etats Généraux. ...vé à Amsterdam, il se fit inscrire dans ...ole des Charpentiers de l'Amirauté des ..., sous le nom de Pierre Michaëlof. ...vailloit dans le Chantier, comme les ...es Charpentiers. Dans les intervalles ...on travail il apprenoit les parties de ...hématiques, qui peuvent être utiles à ...Prince, les Fortifications, la Naviga...., l'Art de lever des Plans. Il entroit ... toutes les Boutiques des Ouvriers, ...inoit toutes les Manufactures; rien ...happoit à ses observations. De-là il ...a en Angleterre, où il se perfectionna ... la Science de la Construction des ...seaux: Il repassa en Hollande, vit toute ...emagne, observant toûjours tout ce ...pouvoit tourner à l'avantage de son ...s. Enfin après deux ans de voyages & ...travaux, ausquels nul autre homme que ...n'eût voulu se soumettre, il reparut

en Moſcovie, amenant avec lui les Arts
de l'Europe. Des Artiſans de toute eſpece
l'y ſuivirent en foule. On vit la premiere
fois de grands Vaiſſeaux Moſcovites ſur la
Mer-Noire, dans la Baltique & dans l'O-
céan : Des Bâtimens d'une architecture ré-
guliere & noble furent élevez au milieu
des Huttes Ruſſiennes. Il établit des Colle-
ges, des Academies, des Imprimeries, des
Bibliotheques : Les Villes furent policées,
les habillemens, les coûtumes changerent
peu-à-peu, quoiqu'avec difficulté. Les
Moſcovites connurent par degrez ce que
c'eſt que la ſocieté : Les ſuperſtitions même
furent abolies, la Dignité de Patriarche fut
éteinte : Le Czar ſe déclara le Chef de la
Religion, afin que rien ne pût le traverſer
dans ſes deſſeins.

En même tems il fit naître le Commerce
dans ſes Etats. Ses vûës s'agrandiſſant à
meſure qu'il échangeoit la face de ſon
Pays, il n'y eut pas plûtôt établit le Commerce, qu'il entreprit de rendre un jour la
Moſcovie le centre du Négoce de l'Aſie &
de l'Europe. Le Volga, le Tanaïs, la Duine
devoient être unis par des Canaux dont il
dreſſa lui-même le Plan. Ainſi il ſe pro-
poſoit d'ouvrir de nouveaux chemins de la
Mer Baltique au Pont-Euxin & à la Mer
Caſpienne, & de ces deux Mers à l'Océan
Septentrional. Mais ce n'étoit pas aſſez de
changer la nature dans ſes Etats, il falloit
changer

...nger les mœurs de ses Sujets, & c'étoit-
...le plus difficile. Il avoit surtout besoin
...Troupes disciplinées & aguerries. Il avoit
...a vérité donné quelques coups à la Puis-
...nce Ottomane ; mais il n'avoit battu que
...Tartares, aussi peu disciplinez que ses
...dats. Fondateur & Légiflateur de son
...pire, & plus heureux, & plus grand
...t-être s'il se fût contenté de ces deux
...es, il vouloit y joindre celui de Con-
...érant. L'Ingrie, qui est au Nord-Est de
...Livonie, avoit autrefois appartenu aux
...ars ; mais depuis que Gustave Adolphe
...it conquis ces deux Provinces, la Suede
...avoit possedées paisiblement. Le Czar
...it impatient de faire revivre des droits
...ez par ses Ancêtres. D'ailleurs il lui
...loit un Port à l'Orient de la Mer Balti-
...e pour l'exécution de ses grands desseins.
...conclut donc une Ligue avec le Roy de
...logne, pour enlever à la Suede tout ce
...elle possedoit dans ces Pays qui sont
...re le Golphe de Finlande, la Baltique,
...Pologne & la Moscovie.

...Voilà quels étoient les Ennemis qui se
...éparoient à attaquer tous ensemble l'En-
...nce de Charles XII.

...Les bruits sourds de ces préparatifs allar-
...erent le Conseil du Roy : on délibéroit
...n sa présence, & quelques-uns propo-
...oient de détourner la tempête par des
...Négociations, lorsque Charles se levant,

avec

avec un air de gravité & d'un homme Su-
périeur qui a pris son parti : » Messieurs,
» dit-il, j'ai résolu de ne jamais faire une
» guerre injuste ; mais de n'en finir une
» légitime, que par la perte de mes Enne-
» mis : Ma résolution est prise ; j'irai atta-
» quer le premier qui se déclarera, & quand
» je l'aurai vaincu, j'espere faire quelque
» peur aux autres. Ces paroles étonnerent
tous ses vieux Conseillers, ils se regarderent sans oser répondre. Enfin honteux
d'esperer moins que leur Roy, ils reçurent
avec admiration ses ordres pour les préparatifs de la Guerre.

On fut bien plus surpris encore quand
on le vit renoncer tout-d'un-coup aux
amusemens les plus innocens de la jeunesse. Du moment qu'il se prépara à la
Guerre, il commença une vie toute nouvelle, dont il ne s'est jamais depuis écarté
un seul moment. Plein de l'idée d'Alexandre & de Cesar, il se proposa d'imiter tout
de ces deux Conquérans, hors leurs vies.
Il ne connut plus ni magnificence, ni jeux,
ni délassemens : Il réduisit sa table à la
frugalité la plus grande. Il avoit aimé le
faste dans les habits ; il ne fut vêtu depuis
que comme un simple Soldat. On l'avoit
soupçonné d'avoir eu une intrigue avec
une femme de sa Cour ; soit que la chose
fut vraye ou non, il est certain qu'il re-
nonça alors aux femmes pour jamais : non
seulement

lement de-peur d'être gouverné, mais
ur donner l'exemple à fes Soldats, qu'il
uloit contenir dans la difcipline la plus
oureufe; peut-être encore par la vanité
être le feul de tous les Rois qui domptât
un penchant fi difficile à furmonter. Il réfolut auffi de s'abftenir de vin tout le refte
fa vie. Ce n'eft pas, comme on l'a pré-
du, qu'il voulût fe punir d'un excès,
dans lequel on difoit qu'il s'étoit laiffé
emporter à des actions indignes de lui :
Rien n'eft plus faux que ce bruit populaire;
jamais le vin n'avoit furpris fa raifon;
mais il allumoit trop fon tempérament tout
de feu : il quitta même depuis la biere,
& fe réduifit à l'eau pure. De-plus la fo-
briété étoit une vertu nouvelle dans le
Nord, & il vouloit être le modele de fes
Suedois en tout genre.

Il commença par affurer des fecours au
Duc de Holftein fon beaufrere. Huit mille
hommes furent envoyez d'abord en Pomeranie, Province voifine du Holftein, pour fortifier le Duc contre les attaques des Danois.
Le Duc en avoit befoin. Ses Etats étoient
déja ravagez, fon Château de Gottorp pris,
fa Ville de Tonninge preffée par un Siége
opiniâtre, où le Roy de Dannemark étoit
venu en perfonne pour jouïr d'une conquête qu'il croyoit fure. Cette étincelle
commençoit à embrafer l'Empire. D'un
côté les Troupes Saxonnes du Roy de

Pologne, celles de Brandebourg, de Wol-
fembutel, de Heffe-Caffel marchoient pour
fe joindre aux Danois. De l'autre, les huit
mille hommes du Roy de Suede, les Troupes de Hannover & de Zell, & trois Régimens de Hollande venoient fecourir le
Duc. Tandis que le petit Pays de Holftein
étoit ainfi le théâtre de la Guerre, deux
Efcadres, l'une d'Angleterre & l'autre
d'Hollande, parurent dans la Mer Baltique. Le Roy de Suede avoit eu la prudence
d'engager ces deux Etats garants du Traité
d'Altena, violé par les Danois, à fe joindre à lui pour fecourir un Prince opprimé.
Alors il partit pour fa premiere campagne
le 8. May nouveau ftile de l'année 1700.
Il quitta Stokolm, où il ne revint jamais.
Une foule innombrable de peuple l'accompagna jufqu'au Port de Carlefcroon, en
faifant des vœux pour lui, en verfant des
larmes & en l'admirant. Avant de fortir
de Suede, il établit à Stokolm un Confeil
de défenfe, compofé de plufieurs Sénateurs.
Cette Commiffion devoit prendre foin de
tout ce qui regardoit la Flotte, les Troupes & les Fortifications du Pays. Le Corps
du Sénat devoit régler tout le refte provi-
fionnellement dans l'intérieur du Royaume. Ayant ainfi mis un ordre certain dans
fes Etats, fon efprit libre de tout autre
foin, ne s'occupa plus que de la Guerre.
Sa Flotte étoit compofée de quarante-trois
Vaiffeaux,

ſſeaux ; celui qu'il monta, nommé le
Charles, le plus grand qu'on ait ja-
is vû, étoit de cent vingt piéces de ca-
n : Le Comte Piper ſon Premier Miniſ-
le Général Renchild , & le Comte de
ſcard Ambaſſadeur de France en Suede,
embarquerent avec lui. Il joignit les
dres des Alliez. La Flotte Danoiſe évita
ombat , & laiſſa la liberté aux trois
tes combinées de s'approcher aſſez près
Coppenhague , pour y jetter quelques
mbes.

Alors le Roy comme dans un tranſport
dain, prenant les mains du Comte Piper
de Renchild : Ah ! dit-il, ſi nous profi-
ns de l'occaſion pour faire une deſcente,
pour aſſiéger Coppenhague par terre,
dis qu'elle ſeroit bloquée par mer. Ren-
ld lui répondit : Sire, le Grand Guſta-
, après quinze ans d'expérience, n'eût
s fait une autre propoſition. Les ordres
ent donnez le moment d'après, pour
re embarquer cinq mille hommes qui
oient ſur les côtes de Suede , & qui fu-
nt joints aux Troupes qu'on avoit à
rd. Le Roy quitta ſon grand Vaiſſeau ,
monta une Frégate plus légere : On com-
ença par faire partir trois cens Grena-
ers dans de petites Chalouppes. Entre ces
halouppes, de petits batteaux plats por-
ient des faſcines, des chevaux de frize,
les inſtrumens des pionniers. Cinq cens
hoinmes

hommes d'élite fuivoient dans d'autres Chalouppes. Après venoient les Vaiffeaux de Guerre du Roy, avec deux Frégates An-gloifes & deux Hollandoifes, qui devoient favorifer la defcente à coups de canon.

Coppenhague, Capitale du Dannemark, eft fituée dáns l'Ifle de Zéeland au milieu d'une belle plaine, ayant au Nord-Oueft le Sund, & à l'Orient la Mer Baltique, où étoit alors le Roy de Suede. Au mouve-ment imprévu des Vaiffeaux qui mena-çoient d'une defcente, la Cavalerie Da-noife qu'on put raffembler vint défendre l'approche du rivage dans un lieu nommé Humblebek, à fix mille de la Capitale. Des Milices furent placées derriere d'épais retranchemens, & l'Artillerie qu'on put y conduire fut tournée contre les Suedois.

Le Roy quitta alors fa Frégate, pour s'aller mettre dans la premiere Chalouppe, à la tête de fes Gardes. L'Ambaffadeur de France étoit toûjours auprès de lui : Mon-fieur l'Ambaffadeur, lui dit-il en Latin, (car il ne vouloit jamais parler François,) vous n'êtes point garant comme moi du Traité d'Altena, & vous n'avez rien à dé-mêler avec les Danois ; vous n'irez pas plus loin, s'il vous plaît. Sire, lui répondit le Comte de Guifcard en François, le Roy mon Maître m'a ordonné de réfider auprès de Votre Majefté : Je me flatte que vous ne me chafferez pas aujourd'hui de votre

Cour,

...ur, qui n'a jamais été si brillante. En
...sant ces paroles il donna la main au
...oy, qui sauta dans la Chalouppe, où le
...omte Piper & l'Ambassadeur entrerent.
...On s'avançoit sous les coups de canon des
...vaisseaux qui favorisoient la descente. Les
...bateaux de débarquement n'étoient encore
...à trois cent pas du rivage. Charles XII.
...patient de ne pas aborder assez près, ni
...assez tôt, se jette de sa Chalouppe dans la
...mer, l'épée à la main, ayant de l'eau par-
...là la ceinture ; ses Ministres, l'Ambassa-
...deur de France, les Officiers, les Soldats,
...suivent aussi-tôt son exemple, & marchent
...au rivage, malgré une grêle de mousque-
...tades que tiroient les Danois. Le Roy qui
...n'avoit jamais entendu de sa vie de mous-
...queterie chargée à balle, demanda au Major
...Stuard qui se trouva auprès de lui, ce que
...c'étoit que ce petit sislement qu'il enten-
...doit à ses oreilles ? C'est le bruit que font
...les balles de fusil qu'on vous tire, lui
...dit le Major : Bon, dit le Roy, ce sera
...dorénavant ma musique. Dans le même
...moment le Major qui expliquoit le bruit
...des mousquetades, en reçut une dans l'é-
...paule, & un Lieutenant tomba mort à
...l'autre côté du Roy. Il est ordinaire à des
...troupes attaquées dans leurs retranche-
...mens, d'être battuës ; parceque ceux qui
...attaquent ont toûjours une impétuosité
...que ne peuvent avoir ceux qui se défen-

B 5   dent,

dent, & qu'attendre les Ennemis dans ses lignes, c'est souvent un aveu de sa foiblesse & de leur supériorité. La Cavalerie Danoise & les Milices s'enfuïrent après une foible résistance. Le Roy Maître de leurs retranchemens, se jetta à genoux pour remercier Dieu du premier succès de ses armes. Il fit sur le champ élever des redoutes vers la Ville, & marqua lui-même un campement. En même temps il renvoya ses Vaisseaux en Scanie, partie de la Suede, voisine de Coppenhague, pour chercher neuf mille hommes de renfort. Tout conspiroit à servir la vivacité de Charles. Les neuf mille hommmes étoient sur le rivage prêts à s'embarquer, & dès le lendemain un vent favorable les lui amena.

Tout cela s'étoit fait à la vûë de la Flotte Danoise qui n'avoit osé branler. Coppenhague intimidée, envoya aussi-tôt des Députez au Roi pour le supplier de ne point bombarder la Ville. Il les reçut à cheval à la tête de son Régiment des Gardes; les Députez se mirent à genoux devant lui: il fit payer à la Ville quatre cens mille Rixdales, avec ordre de faire voiturer au camp toutes sortes de provisions, qu'il promit de faire payer fidellement. On lui apporta des vivres, parcequ'il falloit obéïr; mais on ne s'attendoit guéres que des Vainqueurs daignassent payer. Ceux qui les apporterent furent bien étonnez d'être payez

généreusement

généreusement & sans délai par les moindres Soldats de l'Armée. Il régnoit depuis long-temps dans les Troupes Suedoises une discipline qui n'avoit pas peu contribué à leurs victoires; le jeune Roi en augmenta encore la sévérité. Un Soldat n'eût pas osé refuser de payer ce qu'il achetoit, encore moins aller en maraude, pas même sortir du camp. Il voulut de-plus, que dans une victoire ses Troupes ne dépouillassent les morts qu'après en avoir eu la permission, & il parvint aisément à faire observer cette Loi. On faisoit toujours dans son camp la priere deux fois par jour, à sept heures du matin, & à quatre heures du soir : il ne manqua jamais d'y assister & de donner à ses Soldats l'exemple de la pieté, comme de la valeur. Son camp bien mieux policé que Coppenhague, eut tout en abondance : les Paysans aimoient mieux vendre leurs denrées aux Suedois leurs ennemis, qu'aux Danois, qui ne les payoient pas si bien. Les Bourgeois de la Ville furent même obligez de venir plus d'une fois chercher au camp du Roi de Suede, des provisions qui manquoient dans leurs marchez.

Le Roi de Dannemark étoit alors dans le Holstein, où il sembloit ne s'être rendu que pour lever le siége de Tonninge. Il voyoit la Mer Baltique couverte de Vaisseaux ennemis ; un jeune Conquerant déja

maître

maître de la Zéeland, & prêt à s'emparer de la Capitale. Il fit publier dans ses Etats, que ceux qui prendroient les armes contre les Suedois auroient leur liberté. Cette Déclaration étoit d'un grand poids dans un Pays où tous les Paysans, & même beaucoup de Bourgeois sont Serfs. Mais Charles XII. ne craignoit pas des Armées d'Esclaves. Il fit dire au Roi de Dannemark qu'il ne faisoit la guerre que pour l'obliger à faire la paix ; qu'il n'avoit qu'à se résoudre à rendre justice au Duc de Holstein, ou à voir Coppenhague détruite, & son Royaume mis à feu & à sang. Le Danois étoit trop heureux d'avoir à faire à un Vainqueur qui se piquoit de justice. On assembla un Congrès dans la ville de Travendal, sur les frontieres du Holstein. Le Roi de Suede ne souffrit pas que l'art des Ministres traînât les Négociations en longueur ; il voulut que le Traité s'achevât aussi rapidement qu'il étoit descendu en Zéeland. Effectivement il fut conclu le cinq d'Août à l'avantage du Duc de Holstein, qui fut indemnisé de tous les frais de la guerre, & délivré d'oppression. Le Roi de Suede ne voulut rien pour lui-même, satisfait d'avoir secouru son Allié, & humilié son Ennemi. Ainsi Charles XII. à dix-huit ans commença à finir cette guerre en moins de six semaines.

Précisément dans le même tems le Roi
de

de Pologne affiégeoit en perfonne la ville
de Riga, Capitale de la Livonie, & le Czar
s'avançoit du côté de l'Orient à la tête de
cent mille hommes. Riga étoit défenduë
par le vieux Comte d'Alberg, Général Suedois, qui à l'âge de quatrevingts ans joi-
gnoit le feu d'un jeune homme à l'expérience de foixante campagnes. Le Comte
Flemming, depuis Miniftre de Pologne,
grand homme de guerre & de cabinet, &
le Sieur Patkul preffoient tous deux le fiége
fous les yeux du Roi; l'un, avec toute
l'activité de fon caractere; l'autre, avec
l'opiniâtreté de la vengeance. Mais malgré
plufieurs avantages que les Affiégeans
avoient remportez, l'expérience du vieux
Comte d'Alberg rendoit inutiles leurs efforts, & le Roi de Pologne défefperoit de
prendre la Ville. Il faifit enfin une occafion
honorable de lever le fiége. Riga étoit pleine de marchandifes appartenant aux Hollandois. Les Etats Généraux ordonnerent
à leur Ambaffadeur auprès du Roi Augufte,
de lui faire fur cela des repréfentations.
Le Roi de Pologne ne fe fit pas prier. Il
confentit à lever le fiége plûtôt que de caufer le moindre dommage à fes Alliez, qui
ne furent point étonnez de cet excès de
complaifance, dont ils fçurent la véritable caufe.

Il ne reftoit donc plus à Charles XII.
pour achever fa premiere campagne, que
de

de marcher contre fon Rival de gloire,
Pierre Alexiovits. Il étoit d'autant plus
animé contre lui, qu'il y avoit encore à
Stockolm trois Ambaffadeurs Mofcovites
qui venoient de jurer le renouvellement
d'une paix inviolable. Il ne pouvoit com-
prendre, lui qui fe piquoit d'une probité
févere, qu'un Légiflateur comme le Czar
fe fît un jeu de ce qui doit être fi facré.
Ce jeune Prince plein d'honneur ne penfoit pas qu'il y eût une différente Morale
pour les Rois & pour les Particuliers. L'Empereur de Mofcovie venoit de faire paroître
un Manifefte qu'il eût mieux fait de fup-
primer. Il alleguoit pour raifon de la guerre ; qu'on ne lui avoit pas rendu affez
d'honneur, lorfqu'il avoit paffé *incognitò*
à Riga, & qu'on avoit vendu les vivres
trop chers à fes Ambaffadeurs. C'étoit-là
les griefs pour lefquels il ravageoit l'Ingrie
avec cent mille hommes.

Il parut devant Narva à la tête de cette
grande Armée, le premier Octobre dans
un temps plus rude en ce climat, que ne
l'eft le mois de Janvier à Paris. Le Czar
qui dans de pareilles faifons faifoit quelquefois quatre cens lieuës en pofte à cheval, pour aller vifiter lui-même une mine
ou quelque canal, n'épargnoit pas plus fes
Troupes qu'il ne s'épargnoit lui-même. Il
fçavoit d'ailleurs que les Suedois depuis
le temps de Guftave Adolphe, faifoient la
guerre

uerre au cœur de l'hyver comme dans
été ; il voulut accoûtumer auſſi ſes Moſ-
ovites à ne point connoître de ſaiſons,
& les rendre un jour pour le moins égaux
aux Suedois. Ainſi dans un temps où les
glaces & les neiges forcent les autres Na-
ons dans des climats temperez à ſuſ-
endre la guerre, le Czar Pierre aſſiégeoit
Narva à trente dégrez du Pôle, & Char-
es XII. s'avançoit pour la ſecourir.

Le Czar ne fut pas plûtôt arrivé devant
la Place, qu'il ſe hâta de mettre en pra-
ique ce qu'il venoit d'apprendre dans ſes
voyages. Il traça lui-même ſon camp, le
it fortifier de tous côtez, éleva des redou-
es de diſtançe en diſtançe, & ouvrit lui-
même la tranchée. Il avoit donné le Commandement de ſon Armée au Duc de Croy
Allemand, Général habile ; mais peu ſecondé alors par les Officiers Moſcovites.
Pour lui il n'avoit dans ſes propres Troupes que le rang de ſimple Lieutenant. Il
avoit cru néceſſaire de donner l'exemple
de l'obéïſſance militaire à ſa Nobleſſe,
juſques-là indiſciplinable, laquelle étoit
en poſſeſſion de conduire ſans expérience
& en tumulte des Eſclaves mal armez. Il
leur voulut apprendre que les Grades mili-
res devoient s'acheter par des ſervices : il
commença lui-même par être Tambour,
& étoit devenu Officier par dégrez. Il n'é-
toit pas étonnant que celui qui s'étoit fait

Charpentier

Charpentier à Amſterdam pour avoir des
Flottes, fût Lieutenant à Narva, pour en-
ſeigner à ſa Nation l'Art de la guerre. Les
Moſcovites ſont robuſtes, infatigables,
peut-être auſſi courageux que les Suédois;
mais c'eſt au temps à aguerrir les Troupes, & à la diſcipline à les rendre invin-
cibles. Les ſeuls bons Soldats de l'Armée
étoient trente mille Streletſes, qui étoient
en Moſcovie ce que les Janiſſaires ſont en
Turquie. Le reſte étoit des Barbares attachez à leurs forêts, couverts de peaux de
bêtes ſauvages, les uns armez de fléches,
les autres de maſſuës, peu avoient des fu-
ſils, aucun n'avoit vu un ſiége régulier;
il n'y avoit pas un bon Canonier dant
toute l'Armée. Cent cinquante canons qui
auroient dû avoir réduit la petite Ville de
Narva en cendre, y avoient à peine fait
brêche, tandis que l'Artillerie de la Ville
nettoyoit à tout moment les tranchées.
Narva étoit preſque ſans fortifications, le
Comte de Hoorn qui y commandoit n'a-
voit pas mille hommes de Troupes réglées;
cependant cette Armée innombrable n'a-
voit pû la réduire en dix ſemaines.

On étoit déja au quinze de Novembre
quand le Czar apprit que le Roi de Suede
ayant traverſé la Mer avec deux cens Vaiſ-
feaux de tranſport, marchoit pour ſecourir Narva. Les Suedois n'étoient que vingt
mille; mais le Czar n'avoit que la ſupériorité

orité du nombre. Loin donc de méprifer n Ennemi, il employa tout ce qu'il avoit art pour l'accabler. Non content de cent ille hommes, il fe prépara à lui oppofer core une autre Armée, & à l'arrêter à aque pas. Il avoit déja mandé près de arante mille hommes qui s'avançoient Plefcou à grandes journées. Il alla lui-me hâter leur marche, afin de pouvoir fermer le Roi entre ces deux Armées. e n'étoit pas tout : trente mille hommes étachez du camp devant Narva, étoient oftez à une lieuë de cette Ville fur le che-in du Roi de Suede. Vingt mille Stre-tfes étoient plus loin fur le même chemin. inq mille autres faifoient une Garde avan-ée. Il falloit paffer fur le ventre à toutes s Troupes, avant que d'arriver devant camp qui étoit muni d'un remparr & un double foffé. Le Roi de Suede avoit ébarqué à Pernau dans le Golfe de Riga, vec environ feize mille hommes d'Infan-rie, & un peu plus de quatre mille che-aux; de Pernau il avoit hâté fa marche nfqu'à Revel, fuivi de toute fa Cavale-e, & feulement de quatre mille Fantaf-ns. Il marchoit toûjours en avant fans ttendre le refte de fes Troupes. Il fe trou-a bien-tôt avec fes huit mille hommes de-ant les premiers poftes des Ennemis. Il ne alança pas à les attaquer tous les uns après es autres. La Garde avancée de cinq mille

Mofcovites

Moſcovites ne tint pas un moment, les vingt mille hommes qui étoient derriere ne réſiſterent pas un quart-d'heure, les trente mille qui étoient à une lieuë du Camp ſe retirerent au gros de l'Armée ſans combattre. Ces trois poſtes furent forcez en deux jours & demi, & ce qui en d'autres occaſions eût été compté pour trois victoires, ne retarda pas d'une heure la marche du Roi. Il parut donc avec ſes huit mille hommes fatiguez d'une ſi longue marche devant un Camp de cent mille Moſcovites, bordé de cent cinquante piéces de canons de bronze. A peine ſes Troupes eurent-elles pris quelque repos, que ſans déliberer il donna ſes ordres pour l'attaque.

Le ſignal étoit deux fuſées, & le mot en Allemand, *avec l'aide de Dieu.* Un Officier Général lui ayant repréſenté la grandeur du péril : Quoi, vous doutez, dit-il, qu'avec mes huit mille braves Suedois je ne paſſe ſur le corps à cent mille Moſcovites ? Un moment après, craignant qu'il n'y eût un peu de fanfaronade dans ces paroles, il courut lui-même après cet Officier ? N'êtes-vous donc pas de mon avis, lui dit-il ? N'ai-je pas deux avantages ſur les Ennemis ; l'un, que leur Cavalerie ne pourra leur ſervir ; & l'autre, que le lieu étant reſſerré, leur grand nombre ne fera que les incommoder ; & ainſi je ſerai réellement

lement

ment plus fort qu'eux ? L'Officier n'eut
rde d'être d'un autre avis, & marcha
ux Moscovites à midi le premier Decem-
e 1700.

Dès que le Canon des Suedois eût fait
êche aux retranchemens, ils s'avance-
nt la bayonnette au bout du fusil, ayant
dos une neige furieuse qui donnoit au
age des Ennemis. Les Moscovites se fi-
nt tuer pendant une demie-heure, sans
uitter le revers des fossez ; le Roi atta-
uoit à la droite du Camp où étoit le
uartier du Czar ; il esperoit le rencon-
er, ne sçachant pas que l'Empereur lui-
ême avoit été chercher ces quarante mille
ommes qui devoient arriver dans peu.
ux premiers décharges de la mousque-
rie ennemie le Roi reçut une balle dans
e bras gauche ; mais elle ne fit qu'en-
ommager légerement les chairs, son ac-
ivité l'empêcha même de sentir qu'il étoit
lessé. Son cheval fut tué sous lui presqu'aussi-tôt. Un second eut la tête emportée
d'un coup de canon. Il sauta légerement
ur un troisiéme, en disant, ces gens-ci
me font faire mes exercices, & continua
de combattre & de donner les ordres avec
a même présence d'esprit. Après trois
heures de combat les retranchemens furent
forcez de tous côtez. Le Roi poursuivit la
droite des Ennemis jusqu'à la Riviere de
Narva, avec son aîle gauche, si l'on peut
appeller

appeller de ce nom, environ quatre mille
hommes qui en pourſuivoient près de cinquante mille. Le Pont rompit ſous les
fuyards, la Riviere fut en un moment
couverte de morts. Les autres deſeſperez
retournerent à leur Camp, ſans ſçavoir
où ils alloient. Ils trouverent quelques
barraques, derriere leſquelles ils ſe mirent. Là ils ſe défendirent encore, parcequ'ils ne pouvoient pas ſe ſauver; mais
enfin leurs Généraux Dolorouky, Gollöüin,
Fedorovits, vinrent ſe rendre au Roi, &
mettre leurs armes à ſes pieds. Pendant
qu'on les lui préſentoit, arrive le Duc de
Croy, Général de l'Armée, qui venoit ſe
rendre lui-même avec trente Officiers.

Charles reçut tous ces priſonniers d'importance avec une politeſſe auſſi aiſée &
un air auſſi humain, que s'il leur eût fait
dans ſa Cour les honneurs d'une fête. Il ne
voulut garder que les Généraux Tous les
Officiers ſubalternes & les Soldats furent
conduits déſarmez juſqu'à la riviere de
Narva : on leur fournit des batteaux pour
la repaſſ r, & pour s'en retourner chez eux.
Cependant la nuit s'approchoit, la droite
des Moſcovites ſe battoit encore : les Suedois n'avoient pas perdu quinze cens hommes, dix-huit mille Moſcovites avoient été
tuez dans leurs retranchemens : un grand
nombre étoit noyé, beaucoup avoient paſſé
la riviere, il en reſtoit encore aſſez dans le
Camp,

amp, pour exterminer jufqu'au dernier
edois. Mais ce n'eſt pas le nombre des
orts, c'eſt l'épouvante de ceux qui furvi-
nt qui fait perdre les batailles. Le Roi
ofita du peu de jour qui reſtoit, pour
ſir l'Artillerie ennemie. Il ſe poſta avan-
eufement entre leur Camp & la Ville.
, il dormit quelques heures ſur la terre,
veloppée dans ſon manteau, en atten-
nt qu'il pût fondre au point du jour ſur
le gauche des Ennemis, qui n'avoit point
core été tout-à-fait rompuë. A deux
ures du matin, le Général Vede, qui
mmandoit cette gauche, ayant ſçu le
acieux accueil que le Roi avoit fait aux
tres Généraux, & comment il avoit ren-
yé tous les Officiers fubalternes & les
ldats, l'envoya fupplier de lui accorder
même grace. Le Vainqueur lui fit dire,
'il n'avoit qu'à s'approcher à la tête de
Troupes, & venir mettre bas leurs ar-
es & leurs Drapeaux devant lui. Ce Gé-
ral parut bien-tôt après avec ſes Mof-
vites, qui étoient au nombre d'environ
ente mille. Ils marcherent nuë tête, Sol-
ts & Officiers, à travers moins de ſept
ille Suedois. Les Soldats en paſſant dent le Roi, jettoient à terre leurs fufils
leurs épées, & les Officiers portoient à
s pieds les Enfeignes & les Drapeaux.
fit repaſſer la riviere à toute cette multi-
ude, ſans en retenir un ſeul Soldat prifonnier:

fonnier. S'il les avoit gardez, le nombre des prifonniers eût été au moins cinq fois plus grand que celui des vainqueurs.

Alors il entra victorieux dans Narva, accompagné du Duc de Croy & des autres Officiers Généraux Mofcovites : Il leur fit rendre à tous leurs épées, & fçachant qu'ils manquoient d'argent, & que les Marchands de Nerva ne vouloient point leur en prêter, il envoya mille ducats au Duc de Croy, & cinq cent à chacun des Officiers Mofcovites, qui ne pouvoient fe laffer d'admirer ce traitement, dont ils n'avoient pas même d'idée. On dreffa auffi-tôt à Narva une Relation de la victoire, pour l'envoyer à Stockolm & aux Alliez de la Suede : Mais le Roi retrancha de fa main tout ce qui étoit trop avantageux pour lui, & trop injurieux pour le Czar. Sa modeftie ne put empêcher qu'on ne frappât à Stockolm plufieurs Médailles pour perpétuer la mémoire de ces événemens. Entr'autres on en frappa une qui le repréfentoit d'un côté fur un pied-d'eftal, où paroiffoient enchaînez un Mofcovite, un Danois & un Polonois. De l'autre étoit un Hercule armé de fa maffuë, tenant fous fes pieds un Cerbere, avec fes paroles dans la Légende, *tres uno contudit ictu.*

Parmi les prifonniers faits à la journée de Narva, on en vit un qui étoit un grand exemple des révolutions de la fortune ; il étoit fils aîné & héritier du Roi de Georgie,

e ; on le nommoit le Czarafis , nom qui
gnifie Prince , ou fils de Czar , chez tous
s Tartares , comme en Moscovie : car le
ot Czar , vouloit dire Roi chez les an-
ens Scithes , dont tous ces peuples font
scendus , & ne vient point des Cefars de
me , si long-temps inconnus à ces Bar-
res. Son pere Mitelleski Czar , maître
la plus belle partie des Pays qui sont
tre les montagnes d'Ararat , & les extrê-
tez Orientales de la Mer Noire , avoit
é chassé de son Royaume par ses pro-
es Sujets en mil six cens quatre - vingt
it , & avoit choisi de se jetter entre les
as de l'Empereur de Moscovie , plûtôt
e de recourir à celui des Turcs. Le fils
ce Roi âgé de dix-neuf ans , voulut
ivre Pierre le Grand dans son Expédition
ntre les Suedois , & fut pris en com-
attant , par quelques Soldats Finlandois,
i l'avoient déja dépoüillé & qui al-
ient le massacrer. Le Comte de Renchild
arracha de leurs mains , lui fit donner un
abit , & le présenta à son Maître : Charles
envoya à Stockolm , où ce Prince mal-
eureux mourut quelques années après.
e Roi ne put s'empêcher en le voyant
rtir , de faire tout haut devant ses Offi-
ers une réfléxion naturelle sur l'étran-
e prédeftination d'un Prince Afiatique,
é au pied du Mont Caucafe , qui alloit
vivre captif parmi les glaces de la Suede.
C'eft

C'est comme si j'étois un jour prisonnier,
dit-il, chez les Tartares de Crimée. Ces
paroles ne firent alors aucune impression;
mais dans la suite on ne s'en souvint que
trop, lorsque l'événement en eût fait une
prédiction.

Le Czar s'avançoit à grandes journées
avec l'Armée de quarante mille Russes,
comptant envelopper son ennemi de tous
côtez. Il apprit à moitié chemin la Bataille
de Narva, & la dispersion de tout son
Camp. Il ne s'obstina pas à vouloir attaquer avec ses quarante mille hommes,
sans expérience & sans discipline, un
Vainqueur qui venoit d'en détruire plus
de cent mille dans un Camp retranché. Il
retourna sur ses pas, poursuivant toûjours
le dessein de discipliner ses Troupes, pendant qu'il civilisoit ses Sujets. Je sçai bien,
dit-il, que les Suedois nous battront long-
temps; mais à la fin ils nous apprendront
eux-mêmes à les vaincre. Moscou sa Capitale fut dans l'épouvante & dans la désolation, à la nouvelle de cette défaite. Telle
étoit la fierté & l'ignorance de ce peuple,
qu'ils crurent avoir été vaincus par un pouvoir plus qu'humain, & que les Suedois
étoient de vrais magiciens. Cette opinion
fut si générale, que l'on ordonna à ce sujet
des Prieres publiques à Saint Nicolas, Patron
de la Moscovie. Cette priere est trop singuliere pour n'être pas rapportée. La voici :

» O toi,

, O toi, qui eſt notre Conſolateur per-
petuel dans toutes nos adverſitez, grand
Saint Nicolas, infiniment puiſſant, par
quel péché t'avons-nous offenſé dans nos
ſacrifices, génuflexions, réverences &
actions de grace, que tu nous ayes ainſi
abandonnez? Nous avions imploré ton
aſſiſtance contre ces terribles, inſolens,
enragez, épouvantables, indomptables,
deſtructeurs, lorſque comme des lions
& des ours qui ont perdu leurs petits,
ils nous ont attaquez, effrayez, bleſſez,
tuez par milliers, nous qui ſommes ton
peuple? Comme il eſt impoſſible que cela
ſoit arrivé ſans ſortilege & enchante-
ment, nous te ſupplions, ô grand Saint
Nicolas, d'être notre champion & notre
porte-étendart; de nous délivrer de cette
foule de ſorciers, & de les chaſſer bien
loin de nos frontieres avec la récompenſe
qui leur eſt duë.

Tandis que les Moſcovites ſe plaignoient
à Saint Nicolas de leur défaite, Charles
en faiſoit rendre graces à Dieu, & ſe
préparoit à de nouvelles victoires.

Fin du Premier Livre.

ARGUMENT
du Second Livre.

CHARLES *bat les Saxons au passage de la Duna : Soumet la Curlande, eſt maître de la Lithuanie : Prend la réſolution de détrôner Auguſte. Idée du Gouvernement Polonois. Une Diette eſt convoquée à Varſovie : La moitié de la Nation ſe déclare contre le Roi Auguſte. Ambaſſade de la République de Pologne à Charles : Le Roi de Pologne lui envoye ſecretement la Comteſſe de Koniſmar : Bataille de Craſſau: Le Duc de Holſtein eſt tué : Le Cardinal Primat déclare le Roi Auguſte déchu de la Couronne. Auguſte fait arrêter Jacques Sobieski qu'on vouloit élire à ſa place, & l'enferme à Leipſic, avec le Prince Conſtantin, frere de Jacques.*

HISTOIRE
DE CHARLES XII.
ROY DE SUEDE.

❖❖❖❖❖❖❖❖❖❖ ❖❖❖❖❖❖❖❖❖

LIVRE SECOND.

L E Roi de Pologne s'attendit bien
que son Ennemi, vainqueur des
Danois & des Moscovites, viendroit bien-tôt fondre sur lui. Il
se ligua plus étroitement que jamais avec le
Czar : ces deux Princes convinrent d'une
entrevuë, pour prendre leurs mesures de
concert. Ils se virent à Birsen, petite Ville
de Lithuanie, sans aucune de ses formali-
tez qui ne servent qu'à retarder les affaires,
& qui ne convenoient ni à leur situation,
ni à leur humeur. Ils passerent quinze jours
ensemble dans des plaisirs, qui allerent jusqu'à l'excès : Car le Czar, qui vouloit ré-
former sa Nation, ne put jamais bien ré-

former

former dans lui-même son panchant dangereux pour la débauche.

Le Comte Piper, toûjours Premier Ministre du Roi de Suede, avoit été informé le premier de l'entrevuë qui devoit se faire, entre l'Empereur de Moscovie & le Roi de Pologne. Il conseilla à son Maître d'opposer à leurs mesures un peu de politique, qu'il avoit jusques-là trop méprisée. Charles XII. l'écouta, & mit en usage, pour la premiere fois, ces manéges tant pratiquez dans les autres Cours. Il y avoit dans l'Armée Suedoise un jeune Gentilhomme Ecossois, de ceux qui quittent de bonne heure leur Pays où ils sont pauvres, & qu'on rencontre dans toutes les Armées de l'Europe. Celui-ci parloit très-bien l'Allemand, & avoit une grande souplesse dans l'esprit. On le choisit pour servir d'Espion aux Conférences des deux Rois. Il alla s'adresser au Colonel du Régiment des Cuirassiers Saxons qui devoient servir de Gardes au Czar pendant l'entrevuë: Il se fit passer pour un Gentilhomme de Brandebourg: Sa bonne mine, & un peu d'argent qu'il donna à propos, lui firent avoir une Lieutenance dans le Régiment. Arrivé à Birzen, il s'insinua adroitement dans la familiarité des Sécretaires des Ministres, fut admis dans tous leurs plaisirs, & soit qu'il eût profité de leur indiscrétion dans la débauche, soit qu'il les eût séduits par des présens, il tira

d'eux

d'eux les secrets de leurs Maîtres , & courut en rendre compte à Charles XII.

Le Roi de Pologne s'étoit engagé à fournir au Czar cinquante mille hommes de Troupes Allemandes, qu'on devoit acheter de divers Princes , & que le Czar devoit soudoyer. Celui-ci de son côté devoit envoyer cinquante mille Moscovites en Pologne pour y apprendre l'art de la Guerre , & promettoit de payer au Roi Auguste trois millions de Rixdales en deux ans. Ce Traité , s'il eût été executé , eût pû être fatal au Roi de Suede. C'étoit un moyen prompt & sûr d'aguerrir les Moscovites : c'étoit peut-être forger des fers à une partie de l'Europe.

Charles XII. se mit en devoir d'empêcher le Roi de Pologne de recueillir le fruit de cette Ligue. Après avoir passé l'hyver auprès de Narva , il parut en Livonie auprès de cette même Ville de Riga que le Roi Auguste avoit assiégée inutilement. Les Troupes Saxonnes étoient postées le long de la riviere de Duna , qui est fort large en cet endroit : Il falloit disputer le passage à Charles , qui étoit à l'autre bord du Fleuve. Les Saxons n'étoient pas commandez par leur Prince , alors malade ; mais ils avoient à leur tête Ferdinand Duc de Courlande , un des plus braves Princes du Nord , & le Maréchal Stenau , Officier de réputation. Le Roi de Suede avoit seul formé le plan

C 3   du

du paſſage qu'il alloit tenter. Il avoit fait conſtruire de grands batteaux d'une inven-tion nouvelle, dont les bords, beaucoup plus hauts qu'à l'ordinaire, pouvoient ſe lever & ſe baiſſer, comme des Ponts-levis. En ſe levant ils couvroient les Troupes qu'ils portoient; en ſe baiſſant ils ſervoient de Pont pour le débarquement; il mit en-core en uſage un autre artifice. Ayant re-marqué que le vent foufloit du Nord où il étoit, au Sud où étoient campez les Enne-mis, il fit mettre le feu à quantité de paille moüillée, dont la fumée épaiſſe ſe répan-dant ſur la riviere, déroboit aux Saxons la vuë de ſes Troupes, & de ce qu'il alloit faire. A la faveur de ce nuage, il fait avan-cer des barques remplies de cette même paille fumante; deſorte que le nuage groſ-ſiſſant toûjours, & chaſſé par le vent dans les yeux des Ennemis, les mettoit dans l'im-poſſibilité de ſçavoir ſi le Roi paſſoit ou non. Cependant il conduiſoit ſeul l'execu-tion de ſon ſtratagême. Etant déſja au mi-lieu de la riviere: Eh bien, dit-il au Géné-ral Renchild, la Duna ne ſera pas plus méchante que la Mer de Coppenhague. Croyez-moi, Général, nous les battrons: il arrive en un quart-d'heure à l'autre bord, & fut bien mortifié de ne ſauter à terre que le quatriéme. Il fait auſſi-tôt débar-quer ſon canon, & forme ſa bataille ſans que les Ennemis offuſquez de la fumée, puſſent

pussent s'y opposer. Le vent ayant dissipé ce broüillard, les Saxons virent le Roi de Suede marchant déja à eux.

Le Maréchal Stenau ne perdit pas un moment ; à peine apperçut-il les Suedois, qu'il fondit sur eux avec la meilleure partie de sa Cavalerie. Le choc violent de cette troupe, tombant sur les Suedois dans l'instant qu'ils formoient leurs bataillons, les mit en désordre. Ils s'ouvrirent, ils furent rompus, & poursuivis jusques dans la riviere. Le Roi de Suede les rallia le moment d'après au milieu de l'eau, aussi aisément que s'il eût fait une revûë. Alors ses Soldats marchant plus serrez qu'auparavant, repousserent le Maréchal Stenau, & s'avancerent dans la plaine. Le Duc de Courlande sentit que ses Troupes étoient étonnées : Il les fit retirer en habile homme dans un lieu sec, flanqué de marais, & d'un bois où étoit son Artillerie. L'avantage du terrain, & le temps qu'il avoit donné aux Saxons de revenir de leur premiere surprise, leur rendit tout leur courage. Charles ne balança pas à les attaquer ; il avoit avec lui quinze mille hommes, le Duc de Courlande environ douze mille. La bataille fut rude & sanglante. Le Duc eut deux chevaux tuez sous lui ; il pénétra trois fois au milieu de la Garde du Roi ; mais enfin ayant été renversé de son cheval d'un coup de crosse de mousquet, le

désordre

défordre fe mit dans fon Armée, qui ne difputa plus la victoire. Ses Cuiraffiers le retirerent avec peine tout froiffé, & à demi-mort du milieu de la mêlée, & de deffous les chevaux qui le fouloient aux pieds.

Le Roi de Suede, après fa victoire, court à Mittau, Capitale de la Courlande, & la prend. Toutes les Villes de ce Duché fe rendent à lui à difcrétion : C'étoit un voyage, plûtôt qu'une conquête. Il paffe fans s'arrêter en Lithuanie, foumettant tout fur fon paffage. Il fentit une fatisfaction flatteufe, & il l'avoüa lui-même, quand il entra en vainqueur dans cette Ville de Birzen, où le Roi de Pologne & le Czar avoient confpiré fa ruïne quelques mois auparavant.

Ce fut dans cette Place qu'il conçut le deffein de détrôner le Roi de Pologne, par les mains des Polonois même. Là, étant un jour à table, tout occupé de cette entreprife, & obfervant fa fobrieté extrême, dans un filence profond, paroiffant comme enfeveli dans fes grandes idées ; un Colonel Allemand, qui affiftoit à fon dîner, dit affez haut pour être entendu, que les repas que le Czar & le Roi de Pologne avoient fait au même endroit, étoient un peu différens de ceux de Sa Majefté. Oüi, dit le Roi en fe levant, & j'en troublerai plus aifément leur digeftion. En effet, mêlant alors un peu de
politique

politique à la force de ſes armes, il ne
tarda pas à préparer l'événement qu'il méditoit.

La Pologne eſt la plus fidelle image de
l'ancien Gouvernement Gotique, corrigé
ou alteré partout ailleurs : C'eſt le ſeul Etat
qui ait conſervé le nom de République
avec la Dignité Royale. La Nobleſſe & le
Clergé défendent leur liberté contre leur
Roi, & l'ôtent au reſte de la Nation. Tout
le peuple y eſt eſclave, tant la deſtinée des
hommes eſt que le plus grand nombre
ſoit partout, de façon ou d'autre, ſubju-
gué par le plus petit. Là, le Payſan ne ſeme
point pour lui ; mais pour des Seigneurs,
à qui lui & ſon champ & le travail de
ſes mains, appartiennent, & qui peuvent
le vendre & l'égorger avec le bétail de la
terre. Tout ce qui eſt Gentilhomme ne dé-
pend que de ſoi. Il faut pour le juger dans
une affaire criminelle, une Aſſemblée entiere de la Nation : Il ne peut être arrêté
qu'après avoir été condamné. Ainſi il n'eſt
preſque jamais puni. Il y en a beaucoup de
pauvres : Ceux-là ſe mettent au ſervice des
plus puiſſans, en reçoivent un ſalaire, font
les fonctions les plus baſſes, & aiment
mieux ſervir leurs égaux, que de s'enrichir par le commerce. L'eſclavage de la
plus grande partie de la Nation, & l'or-
gueil & l'oiſiveté de l'autre, font que les
Arts ſont ignorez dans ce Pays, d'ailleurs

C 5   fertile,

fertile, arrofé des plus beaux Fleuves de
l'Europe, & dans lequel il feroit très-aifé
de joindre par des canaux, l'Océan Septentrional & la Mer Noire, & d'embraffer le
Commerce de l'Europe & de l'Afie. Le peu
d'Ouvriers & de Marchands qui font en
Pologne, font des Etrangers, des Ecoffois,
des François, des Juifs, qui achetent à vil
prix les denrées du Pays, & vendent cherement aux Nobles de quoi fatisfaire leur luxe.

Qui verroit un Roi de Pologne dans la
pompe de la Majefté Royale, le croiroit le
Prince le plus abfolu de l'Europe : c'eft cependant celui qui l'eft le moins. Les Polonois
font réellement avec lui, ce contrat qu'on
fuppofe chez d'autres Nations, entre le
Souverain & les Sujets. Le Roi de Pologne
à fon Sacre même, & en jurant les *Pacta
conventa*, difpenfe fes Sujets du ferment
d'obéïffance, en cas qu'il viole les Loix
de la République.

Il nomme à toutes les Charges, confere
tous les honneurs. Rien n'eft héréditaire
en Pologne, que les terres & les rangs nobles. Le fils d'un Palatin, & celui du Roi,
n'ont nul droit aux Dignitez de leur pere.
Mais il y a cette grande différence entre le
Roi & la République, qu'il ne peut ôter
aucune Charge après l'avoir donnée, & que
la République a le droit de lui ôter la Couronne, s'il tranfgreffoit les Loix de l'Etat.

La Nobleffe jaloufe de fa liberté, vend
fouvent

souvent ses suffrages , & rarement ses affec-
tions. A peine ont-ils élu un Roi, qu'ils
craignent son ambition , & lui opposent
leurs cabales. Les Grands qu'il a fait &
qu'il ne peut défaire , deviennent souvent
ses Ennemis au lieu de rester ses créatures.
Ceux qui sont attachez à la Cour , sont
l'objet de la haine du reste de la Noblesse :
Ce qui forme toûjours deux partis ; division inévitable , & même nécessaire dans
des Pays où l'on veut avoir des Rois , &
conserver sa liberté.

Ce qui concerne la Nation est réglé dans
les Etats Généraux qu'on appelle Diétes.
Ces Etats sont composez du Corps du Sénat , & de plusieurs Gentilhommes. Les
Sénateurs sont les Palatins & les Evêques ;
le second ordre sont des Députez des Diétes
particulieres de chaque Palatinat. A ces
grandes Assemblées préside l'Archevêque
de Gnéne , Primat de Pologne , Vicaire du
Royaume dans les interregnes , & la premiere personne de l'Etat après le Roi.
Rarement y a-t'il en Pologne un autre
Cardinal que lui , parceque la Pourpre
Romaine ne donnant aucune préséance
dans le Sénat , un Evêque qui seroit Cardinal , seroit obligé ou de s'asseoir à son
rang de Sénateur , ou de renoncer aux
droits solides de la Dignité qu'il a dans sa
Patrie , pour soûtenir les prétentions d'un
honneur étranger.

Ces

Ces Diétes se doivent tenir par les Loix du Royaume, alternativement en Pologne, & en Lithuanie. Les Députez y décident souvent leurs affaires le sabre à la main, comme les anciens Sarmates dont ils sont descendus, & quelquefois même au milieu de l'yvresse, vice que les Sarmates ignoroient. Chaque Gentilhomme Député à ces Etats Généraux, joüit du droit qu'avoient à Rome les Tribuns du peuple de s'opposer aux Loix du Sénat. Un seul Gentilhomme qui dit, *je proteste*, arrête par ce mot seul les résolutions unanimes de tout le reste, & s'il part de l'endroit où se tient la Diéte, il faut alors qu'elle se sépare.

On apporte aux désordres qui naissent de cette Loi un remede plus dangereux encore. La Pologne est rarement sans deux factions. L'unanimité dans les Diétes étant alors impossible, chaque parti forme des Confédérations, dans lesquelles on décide à la pluralité des voix, sans avoir égard aux protestations du plus petit nombre. Ces Assemblées illégitimes, selon les loix, mais autorisées par l'usage, se font au nom du Roi, quoique souvent contre son consentement & contre ses intérêts, à-peu-près comme la Ligue se servoit en France du nom de Henri III. pour l'accabler, & comme en Angleterre le Parlement qui fit mourir Charles premier sur un échaffaut, commença par mettre le nom de ce Prince à la tête

de

de toutes le résolutions qu'ils prenoient
pour le perdre. Lorsque les troubles sont
finis, alors c'est aux Diétes générales à
confirmer ou à casser les Actes de ces Confédérations. Une Diéte même peut changer tout ce qu'a fait la précédente, par la
même raison que dans les Etats Monarchi-
ques un Roi peut abolir les Loix de son
Prédécesseur, & les siennes propres.

La Noblesse qui fait les Loix de la République en fait aussi la force. Elle monte
à cheval dans les grandes occasions, &
peut composer un Corps de plus de cent
mille hommes. Cette grande Armée nommée Pospolite se meut difficilement, & se
gouverne mal : la difficulté des vivres &
des fourages la met dans l'impuissance de
subsister long-temps assemblée ; la discipline, la subordination, l'expérience lui
manquent ; mais l'amour de sa liberté qui
l'anime, la rend toûjours formidable.

On peut la vaincre ou la dissiper, ou la
tenir même pour un tems dans l'esclavage ;
mais elle secouë bien-tôt le joug : ils se
comparent eux-mêmes aux roseaux que la
tempête couche par terre, & qui se relevent dès que le vent ne souffle plus. C'est
pour cette raison qu'ils n'ont point de Places de guerre : ils veulent être les seuls
remparts de la République : ils ne souffrent
jamais que leur Roi bâtisse de Forteresses,
de-peur qu'il ne s'en serve, moins pour

les

les défendre que pour les opprimer. Leur Pays est tout ouvert, à la reserve de deux ou trois Places frontieres. Que si dans leurs guerres civiles ou étrangeres ils s'obstinent à soûtenir chez eux quelque siége, il faut faire à la hâte des Fortifications de terre, réparer de vieilles murailles à demi-ruinées, élargir des fossez presque comblez, & la Ville est prise avant que les retranchemens soient achevez.

La Postpolite n'est pas toûjours à cheval pour garder le Pays, elle n'y monte que par l'ordre des Diétes, ou même quelquefois sur le simple ordre du Roi dans les dangers extrêmes

La Garde ordinaire de la Pologne est une Armée qui doit toûjours subsister aux dépens de la République. Elle est composée de deux Corps indépendans l'un de l'autre, sous deux grands Généraux différens. Le premier Corps est celui de la Pologne, & doit être de trente-six mille hommes; le second au nombre de douze mille est celui de Lithuanie. Les deux grands Généraux sont indépendans l'un de l'autre, & quoique nommez par le Roi, ne rendent jamais compte de leurs opérations qu'à la République, & ont une autorité suprême sur leurs Troupes. Les Colonels sont les maîtres absolus de leurs Régimens; c'est à eux à les faire subsister comme ils peuvent, & à leur payer leur folde.

folde. Mais étant rarement payez eux-mêmes, ils défolent le Pays, & ruïnent les Laboureurs pour fatisfaire leur avidité & celle de leurs Soldats. Les Seigneurs Polonois paroiffent dans ces Armées avec plus de magnificence que dans les Villes; leurs tentes font plus belles que leurs maifons. La Cavalerie qui fait les deux tiers de l'Armée, eft prefque toute compofée de Gentilshommes; elle eft remarquable par la bonne mine des Cavaliers, par la beauté des Chevaux, & par la richeffe des habillemens & des harnois.

Leurs Gens-d'armes furtout, que l'on diftingue en Houffars & Pancernes, ne marchent qu'accompagnez de plufieurs Valets qui leur tiennent des chevaux de main, ornez de brides à plaques & cloux d'argent, de felles brodées, d'arçons, d'étriers dorez, & quelquefois d'argent maffif, avec de grandes houffes traînantes à la maniere des Turcs, dont les Polonois imitent autant qu'ils peuvent la magnificence.

Autant cette Cavalerie eft parée & fuperbe, autant l'Infanterie paroît miferable & délabrée, mal vêtuë, mal armée, fans habit d'Ordonnance ni rien d'uniforme. Ces Fantaffins qui reffemblent à des Tartares vagabonds, fupportent avec une fermeté étonnante la faim, le froid, la fatigue, & tout le poids de la guerre.

On

On voit encore dans les Soldats Polonois le caractere des anciens Sarmates leurs Ancêtres, aussi peu de discipline, la même fureur à attaquer, la même promptitude à fuïr & à revenir au combat, le même acharnement dans le carnage quand ils sont vainqueurs.

Le Roi de Pologne s'étoit flatté d'abord que dans le besoin ces deux Armées combattroient en sa faveur; que la Pospolite Polonoise s'armeròit à ses ordres, & que toutes ses forces jointes aux Saxons ses Sujets, & aux Moscovites ses Alliez, composeroient une multitude devant qui le petit nombre des Suedois n'oseroit paroître. Il se vit presque tout-à-coup privé de tous ces secours par les soins même qu'il avoit pris pour les avoir tous à la fois.

Accoûtumé dans ses Pays héréditaires au pouvoir absolu, il crut trop qu'il pourroit gouverner la Pologne comme la Saxe; le commencement de son Regne fit des mécontens; ses premieres démarches irriterent le Parti qui s'étoit opposé à son élection, & alienerent presque tout le reste. La Pologne murmura de voir ses Villes remplies de Garnisons Saxonnes, & ses Frontieres de Troupes Moscovites. Cette Nation bien plus jalouse de maintenir sa liberté, qu'empressée à attaquer ses voisins, ne regarda point la guerre du Roi Auguste contre la Suede, & l'irruption en Livonie,

comme

comme une entreprife avantageufe à la République. On trompe difficilement une Nation libre fur fes vrais intérêts. Les Polonois fentoient que fi cette guerre entreprife fans leur confentement étoit malheureufe, leur Pays ouvert de tous côtez feroit en proye au Roi de Suede, & que fi elle étoit heureufe ils feroient fubjuguez par leur Roi même, qui maître alors de la Livonie comme de la Saxe, enclaveroit la Pologne entre ces deux Pays pleins de Places fortes. Dans cette alternative, ou d'être Efclaves du Roi qu'ils avoient élu, ou d'être ravagez par Charles XII. juftement outragé, ils ne formerent qu'un cri contre la guerre qu'ils crurent déclarée contre eux-mêmes plus que contre la Suede. Ils regarderent les Saxons & les Mofcovites comme les inftrumens de leurs chaînes. Bien-tôt voyant que le Roi de Suede avoit renverfé tout ce qui étoit fur fon paffage, & s'avançoit avec une Armée victorieufe au cœur de la Lithuanie, ils éclaterent contre leur Souverain, avec d'autant plus de liberté qu'il étoit malheureux.

Deux Partis divifoient alors la Lithuanie, celui des Princes Sapieha, & celui d'Oginsky. Ces deux factions avoient commencé par des querelles particulieres dégenerées en guerre civile. Le Roi de Suede s'attacha les Princes Sapieha; Oginsky, mal fecouru par les Saxons, vit fon Parti prefqu'anéanti.

qu'anéanti. L'Armée Lithuanienne, que ces
troubles & le défaut d'argent réduisoient
à un petit nombre, étoit en partie disper-
sée par le Vainqueur, le reste s'étoit dé-
bandé faute de paye. Le peu qui tenoit
pour le Roi de Pologne étoit séparé en petit corps de Troupes fugitives, qui erroient
dans la campagne, & subsistoient de rapines. Auguste ne voyoit en Lithuanie que
de l'impuissance dans son Parti, de la haine
dans ses Sujets & une Armée ennemie,
conduite par un jeune Roi outragé, victorieux & implacable.

Il y avoit à la vérité en Pologne une Armée : Mais au lieu d'être de trente-six mille hommes, nombre prescrit par les Loix,
elle n'étoit pas de dix-huit mille. Non
seulement elle étoit mal payée & mal armée, mais ses Généraux ne sçavoient encore quel parti prendre.

La ressource du Roi étoit d'ordonner à la
Noblesse de le suivre; mais il n'osoit s'exposer à un refus qui eût trop découvert,
& par conséquent augmenté sa foiblesse.

Dans cet état de trouble & d'incertitude tous les Palatinats du Royaume demandoient au Roi une Diéte; de même
qu'en Angleterre dans les temps difficiles,
tous les Corps de l'Etat présentent des
adresses au Roi pour le prier de convoquer
un Parlement. Auguste avoit plus besoin
d'une Armée que d'une Diéte, où les actions
des

des Rois sont pesées. Il fallut bien cependant qu'il la convoquât pour ne point
aigrir la Nation sans retour. Elle fut donc
indiquée à Varsovie pour le deux Decembre de l'année 1701. Il s'apperçut bien-tôt
que Charles XII. avoit pour le moins autant de pouvoir que lui dans cette Assemblée. Ceux qui tenoient pour les Sapieha,
les Lubormisky & leurs amis, le Palatin
Lecsinsky, Trésorier de la Couronne, &
surtout les Partisans des Princes Sobiesky,
étoient tous sécretement attachez au Roi
de Suede.

Le plus considérable de ces Partisans,
& le plus dangereux ennemi qu'eût le Roi
de Pologne, étoit le Cardinal Radjousky,
Archevêque de Gnene, Primat du Royaume, & Président de la Diéte. C'étoit un
homme plein d'artifices & d'obscuritez
dans sa conduite, entierement gouverné
par une femme ambitieuse, que les Suedois appelloient Madame la Cardinale,
laquelle ne cessoit de le pousser à l'intrigue & à la faction. L'habileté du Primat
consistoit à profiter des conjonctures, sans
chercher à les faire naître; il paroissoit ir-
résolu lorsqu'il étoit le plus déterminé dans
ses projets, allant toûjours à ses fins par
des voyes qui y sembloient opposées. Le
Roi Jean Sobiesky, Prédecesseur d'Auguste, l'avoit d'abord fait Evêque de
Warmie, & Vice-Chancelier du Royaume.

me. Radjousky n'étant encore qu'Evêque, obtint le Cardinalat par la faveur du même Roi. Cette dignité lui ouvrit bien-tôt le chemin à celle de Primat ; ainsi réünissant dans sa personne tout ce qui impose aux hommes, il étoit en état d'entreprendre beaucoup impunément.

Il essaya son crédit après la mort de Jean, pour mettre le Prince Jacques Sobiesky sur le Trône ; mais le Torrent de la haine qu'on portoit au pere, tout grand homme qu'il étoit, en écarta le fils. Le Cardinal Primat se joignit alors à l'Abbé de Polignac, Ambassadeur de France, pour donner la Couronne au Prince de Conty, qui en effet fut élu. Mais l'argent & les Troupes de Saxe triompherent de ses négociations. Il se laissa enfin entraîner au Parti qui couronna l'Electeur de Saxe, & attendit avec patience l'occasion de mettre la division entre la Nation & ce nouveau Roi.

Les victoires de Charles XII. Protecteur du Prince Jacques Sobiesky, la guerre civile de Lithuanie, le soulevement général de tous les esprits contre le Roi Auguste, firent croire au Cardinal Primat, que le temps étoit arrivé où il pourroit renvoyer Auguste en Saxe, & r'ouvrir au fils du Roi Jean le chemin du Trône. Ce Prince, autrefois l'objet innocent de la haine des Polonois, commençoit à devenir leurs délices depuis que le Roi Auguste gufte étoit haï ; mais il n'ofoit concevoir alors l'idée d'une fi grande révolution, & cependant le Cardinal en jettoit infenfiblement les fondemens.

D'abord il fembla vouloir réconcilier le Roi avec la République. Il envoya des Lettres circulaires, dictées en apparence par l'efprit de concorde & par la charité, piéges ufez & connus ; mais où les hommes font toûjours pris. Il écrivit au Roi de Suede une Lettre touchante, le conjurant, au nom de celui que tous les Chrétiens adorent également, de donner la paix à la Pologne & à fon Roi. Charles XII. répondit aux intentions du Cardinal plus qu'à fes paroles. Cependant il reftoit dans le grand Duché de Lithuanie avec fon Armée victorieufe, déclarant qu'il ne vouloit point troubler la Diéte ; qu'il faifoit la guerre à Augufte & aux Saxons, non aux Polonois ; & que loin d'attaquer la République, il venoit la tirer d'oppreffion. Ces Lettres & ces réponfes étoient pour le Public. Des Emiffaires qui alloient & venoient continuellement de la part du Cardinal au Comte Piper, & des Affemblées fecretes chez ce Prélat, étoient les refforts qui faifoient mouvoir la Diéte. Elle propofa d'envoyer une Ambaffade à Charles XII. & demanda unanimement au Roi, qu'il n'appellât plus les Mofcovites fur les frontieres, & qu'il renvoyât fes Troupes Saxonnes.

La

La mauvaife fortune d'Augufte avoit
déja fait ce que la Diéte exigeoit de lui.
La Ligue concluë fecretement à Birzen avec
le Mofcovite, étoit devenuë auffi inutile
qu'elle avoit paru d'abord formidable. Il
étoit bien éloigné de pouvoir envoyer au
Czar les cinquante mille Allemands qu'il
avoit promis de faire lever dans l'Empire.
Le Czar même, dangereux voifin de la
Pologne, ne fe preffoit pas de fecourir
alors de toutes fes forces un Royaume
divifé, dont il efperoit recueillir quelques
dépoüilles. Il fe contenta d'envoyer dans
la Lithuanie vingt mille Mofcovites, qui
y firent plus de mal que les Suédois,
fuyant partout devant le Vainqueur, &
ravageant les terres des Polonois, jufqu'à
ce que pourfuivis par les Généraux Suedois, & ne trouvant plus rien à piller,
ils s'en retournerent par troupes dans
leur Pays. A l'égard des débris de l'Armée
Saxonne battuë à Riga, le Roi Augufte
les envoya hyverner, & fe recruter en
Saxe; afin que ce facrifice, tout forcé
qu'il étoit, pût ramener à lui la Nation
Polonoife irritée. -

Alos la guerre fe changea en intrigues.
La Diéte étoit partagée en prefque autant
de factions qu'il y avoit de Palatins. Un
jour les intérêts du Roi Augufte y domi-
noient, le lendemain ils y étoient prof-
crits. Tout le monde crioit pour la liberté
&

& la justice ; mais on ne sçavoit point ce que c'étoit que d'être libres & justes. Le temps se perdoit à cabaler en secret, & à haranguer en Public. La Diéte ne sçavoit, ni ce qu'elle vouloit, ni ce qu'elle devoit faire. Les grandes Compagnies n'ont jamais pris de bons conseils dans les troubles civils ; parceque les hommes hardis y sont factieux, & que les gens de bien y sont timides pour l'ordinaire. La Diéte se sépara en tumulte le 17. Février de l'année 1702. après trois mois de cabales & d'irrésolutions. Les Sénateurs, qui sont les Palatins & les Evêques, resterent dans Varsovie. Le Sénat de Pologne a le droit de faire provisionnellement des Loix, que rarement les Diétes infirment. Ce Corps moins nombreux, accoutumé aux affaires, fut bien moins tumultueux, & décida plus vîte.

Ils arrêterent qu'on envoyeroit au Roi de Suede l'Ambassade proposée dans la Diéte, que la Pospolite monteroit à cheval, & se tiendroit prête à tout événement : Ils firent plusieurs réglemens pour appaiser les troubles de Lithuanie, & plus encore pour diminuer l'autorité de leur Roi, quoique moins à craindre que celle de Charles.

Auguste aima mieux alors recevoir des Loix dures de son Vainqueur, que de ses Sujets. Il se détermina à demander la paix

au

au Roi de Suede, & voulut entamer avec
lui un Traité fecret. Il falloit cacher cètte
démarche au Senat, qu'il regardoit comme un ennemi encore plus intraitable.
L'affaire étoit délicate; il s'en repofa fur la
Comtefle de Konifmar, Suedoife d'une
grande naiffance, à laquelle il étoit alors
attaché. Cette femme célebre dans le monde par fon efprit & par fa beauté, étoit
plus capable qu'aucun Miniftre de faire
réüffir une négociation. De-plus, comme
elle avoit du bien dans les Etats de Charles XII. & qu'elle avoit été long-tems à fa
Cour, elle avoit un prétexte plaufible d'aller
trouver ce Prince. Elle vint donc au Camp
des Suedois en Lithuanie, & s'adreffa d'a-
bord au Comte Piper, qui lui promit trop
légerement une audience de fon Maître.
La Comtefle parmi les perfections qui la
rendoient une des plus aimables perfonnes
de l'Europe, avoit le talent fingulier de
parler les Langues de plufieurs Pays qu'elle
n'avoit jamais vus, avec autant de délicateffe que fi elle y étoit née; elle s'amufoit même quelquefois à faire des Vers
François, qu'on eût pris pour être d'une
perfonne née à Verfailles. Elle en compofa
pour Charles XII. que l'Hiftoire ne doit
point obmettre. Elle introduifoit les Dieux
de la Fable, qui tous loüoient les différentes vertus de Charles : La Piéce finiffoit
ainfi :

Enfin

Enfin chacun des Dieux difcourant à fa gloire,
Le plaçoit par avance au Temple de Mémoire ;
Mais Venus & Bachus n'en dirent pas un mot.

Tant d'efprit & d'agrémens étoient perdus auprès d'un homme tel que le Roi de
Suede. Il refufa conftamment de la voir.
Elle prit le parti de fe trouver fur fon chemin, dans les fréquentes promenades qu'il
faifoit à cheval. Effectivement elle le rencontra un jour dans un fentier fort étroit ;
elle defcendit de Caroffe dès qu'elle l'apperçut. Le Roi la falua fans lui dire un
feul mot, tourna la bride de fon cheval,
& s'en retourna dans l'inftant ; deforte
que la Comteffe de Konifmar ne remporta
de fon voyage que la fatisfaction de pouvoir croire que le Roi de Suede ne redou-
toit qu'elle.

Il fallut bien alors que le Roi de Pologne fe jettât dans les bras du Sénat. Il
lui fit deux propofitions par le Palatin de
Mariembourg ; l'une, qu'on lui laiffât la
difpofition de l'Armée de la République,
à laquelle il payeroit de fes propres de-
niers deux quartiers d'avance ; l'autre,
qu'on lui permît de faire revenir en Pologne douze mille Saxons. Le Cardinal
Primat fit une réponfe auffi dure que le
refus du Roi de Suede. Il dit au Palatin
de Mariembourg, au nom de l'Affemblée :
» Qu'on avoit réfolu d'envoyer à Charles

» XII. une Ambaſſade ; qu'il ne s'agiſſoit
» plus que d'accommoder le Roi avec la
» Pologne & la Suede; qu'il étoit inutile
» de payer une Armée qui ne combattoit
» pas pour lui ſans l'ordre de la Républi-
» que, & que pour les Saxons, il ne lui
» conſeilloit pas de les faire venir.

Le Roi dans cette extrémité voulut au
moins conſerver les apparences de l'autorité Royale. Un de ſes Chambellans alla
de ſa part trouver Charles, pour ſçavoir
de lui, où, & comment Sa Majeſté voudroit recevoir l'Ambaſſade du Roi ſon
Maître & de la République. On avoit
oublié malheureuſement de demander un
Paſſeport aux Suedois pour ce Chambellan.
Le Roi de Suede le fit mettre en priſon,
au lieu de lui donner audience, en diſant
qu'il comptoit recevoir une Ambaſſade de
la République, & rien du Roi Auguſte.

Alors Charles ayant laiſſé derriere lui
des Garniſons dans quelques Villes de Lithuanie, s'avança au-delà de Grodno,
Ville connuë en Europe par les Diétes qui s'y
tiennent; mais mal bâtie, & plus mal fortifiée.

A quelques milles par-delà Grodno, il
rencontra l'Ambaſſade de la République,
elle étoit compoſée de cinq Sénateurs. Le
Waivode Galesky, & le Comte Tarlo,
mort depuis en France, devoient porter la
parole. Le Roi leur donna audience dans
ſa Tente, avec une pompe qu'il avoit toûjours

jours dédaignée : mais qu'il crut nécessaire
alors. Un Lieutenant Général avec cent
Drabans à Cheval, qui sont les Gardes du
Roi de Suede, alla au-devant des Ambassadeurs ; ils mirent pied à terre à cinquante
pas de la Tente Royale, & furent conduits
entre deux hayes de Gardes sous les armes,
jusqu'à une grande antichambre. Un Major Général les introduisit de-là dans une
chambre assez vaste, dont le platfond, le
plancher & les murs étoient de tapis de
Perse. Le Roi les attendoit sur un Trône ;
il se leva & se découvrit à leur premiere
révérence ; ensuite le Roi & les Ambassadeurs s'étant couverts, le Waivode parla
le premier, le Comte Tarlo ensuite. Leurs
discours furent pleins de ménagemens &
d'obscuritez ; ils ne prononcerent pas une
seule fois le nom du Roi de Pologne, ne
voulant ni parler en sa faveur, ni s'en
plaindre ouvertement ; mais seulement laisser entendre ce qu'il ne convenoit pas d'expliquer. Charles traita en particulier chaque Ambassadeur avec amitié & avec confiance : Mais quand il fallut répondre à la
République qui les envoyoit, & qui à son
gré n'entroit pas dans ses vûës avec une
soumission assez prompte, il leur fit dire
par le Comte Piper, qu'il feroit réponse
dans Varsovie.

Le même jour il marcha vers cette Ville.
Sa marche fut précedée par un Manifeste

dont

dont le Cardinal & son Parti inonderent la Pologne en huit jours. Charles par cet Ecrit invitoit tous les Polonois à joindre leur vengeance à la sienne, & prétendoit leur faire voir que leurs intérêts & les siens étoient les mêmes. Ils étoient cependant bien différens. Mais le Manifeste, soutenu par un grand Parti, par le trouble du Sénat, & par l'approche du Conquérant, fit de très-fortes impressions. Il fallut bien reconnoître Charles pour Protecteur, puisqu'il vouloit l'être, & qu'on étoit encore trop heureux qu'il se contentât de ce titre.

Les Sénateurs contraires à Auguste, publierent hautement l'Ecrit sous ses yeux même. Le peu qui lui étoient attachez, demeurerent dans le silence. Enfin quand on apprit que Charles avançoit à grandes journées, tous se préparerent en confusion à partir, le Cardinal quitta Varsovie des premiers. La plûpart fuirent en hâte; les uns, pour aller attendre dans leurs terres le dénoûment de cette affaire; les autres, pour aller soulever leurs amis. Il ne demeura auprès du Roi que l'Ambassadeur de l'Empereur, celui du Czar, le Nonce du Pape, & quelques Evêques, & Palatins liez à sa fortune. Il falloit fuir, & on n'avoit encore rien décidé en sa faveur. Il se hâta avant de partir de tenir un Conseil avec ce petit nombre de Sénateurs, qui représentoient encore le Sénat. Quelques
zélez

zélez qu'ils fussent pour son service, ils
étoient Polonois. Ils avoient tous conçu
une si grande aversion pour les Troupes
Saxonnes, qu'ils n'oserent pas lui accorder la liberté d'en faire venir au-delà de
six mille pour sa défense ; encore voterent-
ils que ces six mille hommes seroient
commandez par le grand Général de la
Pologne, & renvoyez immédiatement
après la Paix. Quant aux Armées de la République, ils lui en laisserent la disposition.

Après ce résultat le Roi quitta Varsovie, trop foible contre ses Ennemis, &
peu satisfait de son Parti même. Il fit aussi-
tôt publier ses Universaux pour assembler
la Pospolite, & les Armées qui n'étoient
guéres que de vains noms ; il n'y avoit
rien à esperer en Lithuanie où étoient les
Suedois. L'Armée de Pologne réduite à
peu de Troupes, manquoit d'armes, de
provisions & de bonne volonté. La plus
grande partie de la Noblesse intimidée,
irrésoluë, ou mal disposée, demeura dans
ses Terres. En vain le Roi autorisé par les
Loix de l'Etat, ordonna sur peine de la
vie à tous les Gentilhommes de monter à cheval, & de le suivre. Il commençoit à devenir problematique, si on
devoit lui obéir. Sa grande ressource étoit
dans les Troupes de son Electorat, où
la forme du Gouvernement entierement
absoluë, ne lui laissoit pas craindre une

D 3   désobéïs-

défobéiffance. Il avoit déja mandé fécretement douze mille Saxons qui s'avançoint avec précipitation. Il en faifoit encore revenir huit mille, qu'il avoit promis à l'Empereur dans la guerre de l'Empire contre la France, & qu'il fut obligé de rappeller par la néceffité où il étoit réduit. Introduire tant de Saxons en Pologne, c'étoit revolter contre lui tous les efprits, & violer la loi faite par fon Parti même, qui ne lui en permettoit que fix mille; mais il fçavoit bien que s'il étoit vainqueur, on n'oferoit pas fe plaindre, & que s'il étoit vaincu, on ne lui pardonneroit pas d'avoir même amené les fix mille hommes. Pendant que ces Soldats arrivoient par troupes, & qu'il alloit de Palatinat en Palatinat raffembler la Nobleffe qui lui étoit attachée, le Roi de Suede arriva enfin devant Varfovie le 5. May 1702. A la première fommation les portes lui furent ouvertes. Il renvoya la Garnifon Polonoife, congedia la Garde Bourgeoife, établit des Corps de Gardes partout, ordonna aux habitans de venir remettre toutes leurs armes; mais content de les défarmer, & ne voulant pas les aigrir, il n'exigea d'eux qu'une contribution de cent mille francs. Le Roi Augufte affembloit alors fes forces à Cracovie; il fut bien furpris d'y voir arriver le Cardinal Primat. Cet homme qui brûloit de confommer fon
ouvrage,

ouvrage, prétendoit garder jusqu'au bout
la décence de son caractere, & chasser son
Roi avec les dehors respectueux d'un bon
Sujet; il lui fit entendre que le Roi de
Suede paroissoit disposé à un accommodement raisonnable, & demanda humble-
ment la permission d'aller le trouver. Le
Roi Auguste accorda ce qu'il ne pouvoit
refuser, c'est-à-dire, la liberté de lui
nuire.

Le Cardinal Primat couvrant ainsi le
scandale de sa conduite, en y ajoûtant la
perfidie, courut incontinent voir le Roi
de Suede, auquel il n'avoit point encore
osé se présenter. Il vit ce Prince à Praag,
près de Varsovie; mais sans les cérémonies
dont on avoit usé avec les Ambassadeurs de
la République. Il trouva ce Conquérant
vêtu d'un habit de gros drap bleu avec
des boutons de cuivre doré, de grosses
bottes, des gands de buffle qui lui venoient jusqu'au coude, dans une chambre
sans tapisserie, où étoient le Duc de Holstein son beaufrere, le Comte Piper son
Premier Ministre, & plusieurs autres Officiers Généraux. Le Roi avança quelques
pas au-devant du Cardinal; ils eurent ensemble debout une conférence d'un quart-
d'heure, que Charles finit en disant tout
haut : Je ne donnerai point la Paix aux
Polonois, qu'ils n'ayent élu un autre Roi.
Le Cardinal qui s'attendoit à cette décla-

D 4   ration,

ration , la fit fçavoir auffi-tôt à tous les
Palatinats , les affurant de l'extrême dé-
plaifir qu'il difoit en avoir , & en même
temps de la néceffité où l'on étoit de com-
plaire au Vainqueur.

A cette nouvelle, le Roi de Pologne vit
bien qu'il falloit perdre ou conferver fon
Trône par une bataille. Il épuifa fes ref-
fources pour cette grande décifion. Toutes
fes Troupes Saxonnes étoient arrivées des
Frontieres de Saxe ; la Nobleffe du Palatinat de Cracovie où il étoit encore , venoit
en foule lui offrir fes fervices. Il encourageoit lui-même chacun de fes Gentilshommes à fe fouvenir de leurs fermens ; ils l'af-
furerent de verfer pour lui jufqu'à la derniere goutte de leur fang. Fortifié de leurs
fecours , & des Troupes qui portoient le
nom de l'Armée de la Couronne , il alla
pour la premiere fois chercher en perfonne le Roi de Suede, Il le trouva bien-tôt
qui s'avançoit lui-même vers Cracovie.

Les deux Rois parurent en préfence le
19. Juillet de cette année 1702. dans une
vafte plaine auprès de Cliffau , entre Varfovie & Cracovie. Le Roi Augufte avoit
près de vingt-quatre mille hommes. Charles XII. n'en avoit que douze mille. Le
combat commença par des décharges d'Artillerie. A la premiere volée qui fut tirée
par les Saxons , le Duc de Holftein qui
commandoit la Cavalerie Suedoife , jeune

Prince

Prince plein de courage & de vertu, reçut un coup de canon dans les reins. Le Roi demanda s'il étoit mort, on lui dit qu'oüi: il ne répondit rien, quelques larmes tomberent de ses yeux; il se cacha un moment le visage avec les mains, puis tout-à-coup poussant son cheval à toute bride, il s'élança au milieu des Ennemis, à la tête de ses Gardes.

Le Roi de Pologne fit ce jour-là tout ce qu'on devoit attendre d'un Prince qui combattoit pour sa Couronne. Il ramena lui-même trois fois ses Troupes à la charge; mais l'ascendant de Charles XII. l'emporta: il gagna une victoire complette. Le Camp ennemi, les Drapeaux, l'Artillerie, la Caisse Militaire d'Augufte lui demeurerent. Il ne s'arrêta pas sur le champ de bataille, & marcha droit à Cracovie, poursuivant le Roi de Pologne qui fuyoit devant lui.

Les Bourgeois de Cracovie furent assez hardis pour fermer leur porte au Vainqueur. Il les fit rompre & prit le Château d'assaut. Ses Soldats, les seuls dans le monde qui s'abstinssent de piller après la victoire, ne maltraiterent aucun Bourgeois; mais le Roi fit payer aux Habitans la témérité de leur résistance par des contributions excessives.

Il sortit de Cracovie bien résolu de poursuivre le Roi Augufte sans relâche. A quelques milles de la Ville, son cheval s'abattit,

D 5   battit,

battit, & lui fracaffa la cuiffe. Il fallut le rapporter à Cracovie, où il demeura au lit fix femaines entre les mains des Chirurgiens. Cet accident donna à Augufte le loifir de refpirer. Il fait auffi-tôt répandre dans la Pologne & dans l'Empire, que Charles XII. eft mort de fa chute. Cette fauffe nouvelle cruë quelque temps jetta tous les efprits dans l'étonnement & dans l'incertitude. Dans ce petit intervalle il affemble à Mariembourg, puis à Lublin tous les Ordres du Royaume déja convoquez à Sendomir. La foule y fut grande: peu de Palatinats refuferent d'y envoyer. Il regagna prefque tous les efprits par des largeffes, par des promeffes, & par cette affabilité néceffaire aux Rois abfolus pour fe faire aimer, & aux Rois électifs pour fe maintenir. La Diéte fut bien-tôt détrompée de la fauffe nouvelle de la mort du Roy de Suede ; mais le mouvement étoit déja donné à ce grand Corps : Elle fe laiffa emporter à l'impulfion qu'elle avoit reçuë ; tous fes Membres jurerent de demeurer fidéles à leur Souverain.

Le Cardinal Primat lui-même affectant encore d'être attaché au Roi Augufte, vint à la Diéte de Lublin ; il y baifa la main au Roi, & ne refufa point de prêter le ferment comme les autres. Ce ferment confiftoit à jurer que l'on n'avoit rien entrepris, & qu'on n'entreprendroit

rien

sien contre lui. Le Prince dispensa le Cardinal de la premiere partie du serment, & le Prélat jura le reste en rougissant. Le résultat de cette Diéte fut que la République de Pologne entretiendroit une Armée de cinquante mille hommes à ses dépens pour le service de son Souverain; qu'on donneroit six semaines aux Suedois pour déclarer s'ils vouloient la paix ou la guerre, & pareil terme aux Princes de Sapieha, les premiers auteurs des troubles de Lithuanie, pour venir demander pardon au Roi de Pologne.

Mais durant ces Délibérations Charles XII. guéri de sa blessure renversoit tout devant lui. Toûjours ferme dans le dessein de forcer les Polonois à détrôner eux-mêmes leur Roi, il fit convoquer par les intrigues du Cardinal Primat une nouvelle Assemblée à Varsovie pour l'opposer à celle de Lublin. Ses Généraux lui représentoient que cette affaire pourroit encore avoir des longueurs, & s'évanouïr dans les délais; que pendant ce temps les Moscovites s'aguérissoient tous les jours contre les Troupes qu'il avoit laissées en Livonie & en Ingrie; que les combats qui se donnoient souvent dans ces Provinces entre les Suedois & les Russes, n'étoient pas toûjours à l'avantage des premiers, & qu'enfin sa présence y seroit peut-être bien-tôt nécessaire. Charles aussi inébranlable dans ses projets, que vif dans les

actions,

actions, leur répondit : » Quand je devrois
» rester ici cinquante ans , je n'en sortirai
» point que je n'aye détrôné le Roi de
» Pologne.

Il laissa l'Assemblée de Varsovie combattre par des discours & par des Ecrits
celle de Lublin, & chercher dequoi justifier ses procedez dans les Loix du Royaume ; Loix toûjours équivoques , que chaque Parti interprête à son gré , & que le
succès seul rend valides. Pour lui , ayant
augmenté ses Troupes victorieuses de six
mille hommes de Cavalerie , & de huit
mille d'Infanterie qu'il reçut de Suede , il
marcha contre les restes de l'Armée Saxonne qu'il avoit battuë à Clissau , & qui avoit
eu le temps de se rallier & de se grossir
pendant que sa chute de cheval l'avoit retenu au lit. Cette Armée évitoit ses appro-
ches , & se retiroit vers la Prusse au Nord-
Ouest de Varsovie. La riviere de Bug étoit
entre lui & les Ennemis. Charles fait passer
son Infanterie à gué , & sa Cavalerie à la
nage , & arrive aux Saxons le premier de
May 1703, dans un lieu nommé Pultusk.
Le Général Stenau les commandoit au
nombre d'environ dix mille. Le Roi de
Suede dans sa marche précipitée n'en avoit
pas amené davantage , sûr qu'un moindre
nombre lui suffisoit. La terreur de ses armes étoit si grande , que la moitié de l'Armée Saxonne s'enfuit à son approche sans
rendre

rendre de combat. Le Général Stenau fit ferme un moment avec deux Régimens : Le moment d'après il fut lui-même entraîné dans la fuite générale de son Armée, qui se dispersa avant d'être vaincuë. Les Suedois ne firent pas mille prisonniers, & ne tuerent pas six cens hommes, ayant plus de peine à les poursuivre qu'à les défaire.

Auguste à qui il ne restoit plus que les débris de ses Saxons battus de tous côtez, se retira en hâte dans Thorn, Ville de la Prusse Royale sur la Vistule, laquelle est sous la protection des Polonois. Charles se disposa aussi-tôt à l'assiéger. Le Roi de Pologne qui ne s'y crut pas en sureté, se retira jusqu'en Saxe ; cependant Charles dans tant de démarches si vives, traversant des rivieres à la nage, & courant avec son Infanterie montée en croupe derriere ses Cavaliers, n'avoit pû amener de canon devant Thorn. Il lui fallut attendre qu'il lui en vînt de Suede par mer.

En attendant il se posta à quelques milles de la Ville. Il s'avançoit souvent jusqu'auprès des remparts pour la reconnoître.

L'habit simple qu'il portoit toûjours, lui étoit dans ces dangereuses promenades d'une utilité à laquelle il n'avoit jamais pensé : Il l'empêchoit d'être remarqué, & d'être choisi par les Ennemis qui eussent tiré à sa personne. Un jour s'étant avancé

fort

fort près avec un de ses Généraux nommé Lieven qui étoit vêtu d'un habit d'écarlatte galonné d'Or, il craignit que ce Général ne fût trop apperçu, il lui ordonna de se mettre derriere lui, par un mouvement de magnanimité qui lui étoit si naturelle, que même il ne faisoit pas réfléxion qu'il exposoit sa vie à un danger manifeste pour sauver celle de son Sujet.

Lieven connoissant trop tard sa faute d'avoir mis un habit remarquable qui exposoit aussi ceux qui étoient auprès de lui, & craignant également pour le Roi, en quelque place qu'il fût, hésitoit s'il devoit obéïr. Dans le moment que dura cette contestation, le Roi le prend par le bras, se met devant lui, & le couvre ; au même instant une volée de canon qui venoit en flanc, renverse le Général, mort sur la place même que le Roi quittoit à peine. La mort de cet homme tué précisément au lieu de lui, & parcequ'il l'avoit voulu sauver, ne contribua pas peu à l'affermir dans l'opinion où il fut toute sa vie d'une prédestination absoluë, & lui fit croire que sa destinée qui le conservoit si singulierement, le réservoit à l'execution des plus grandes choses.

Tout lui succedoit, & ses négociations & ses armes étoient également heureuses. Il étoit comme présent dans toute la Pologne ; car son Grand-Maréchal Renchild

étoit

étoit au cœur de cet Etat avec un grand
Corps d'Armée. Près de trente mille Suedois, fous divers Généraux, répandus au
Nord & à l'Orient fur les Frontieres de la
Mofcovie, arrêtoient les efforts de tout
l'Empire des Ruffes, & le Roi étoit à l'Occident à l'autre bout de la Pologne à la tête
de l'élite de fes Troupes.

Le Dannemark, lié par le Traité de Travendal que fon impuiffance empêchoit
de rompre, demeuroit dans le filence.
L'Electeur de Brandebourg qui avoit acquis le titre de Roi de Pruffe, fans être
devenu plus puiffant, n'ofoit faire éclater
fon dépit de voir le Roi de Suede fi près
de fes Etats. Son grand-pere avoit été dépoüillé de la plus belle partie de la Pomeranie par Guftaphe Adolphe. Il n'avoit de
fureté pour le refte que la modération de
Charles. Plus loin, en tirant vers le Sud-
Oueft, entre les Fleuves de l'Elbe & du
Wefer, le Duché de Breme, dernier Ter-
ritoire des anciennes conquêtes de la Suede, rempli de fortes Garnifons, ouvroit
encore à ce Conquérant les portes de la
Saxe & de l'Empire. Ainfi depuis la Mer
du Nord jufques affez près de l'embouchure du Borifthene, (ce qui fait la largeur
de l'Europe) & jufqu'aux portes de Mofcou, tout étoit dans la confternation &
dans l'attente d'une révolution entiere. Ses
Vaiffeaux, maîtres de la Mer Baltique,
étoient

étoient employez à tranfporter dans fon
Pays les prifonniers faits en Pologne. La
Suede tranquille au milieu de ces grands
mouvemens, goûtoit une paix profonde,
& jouïffoit de la gloire de fon Roi fans
en porter le poids; puifque ces Troupes
victorieufes étoient payées & entretenuës
aux dépens des vaincus.

Dans ce filence général du Nord devant les armes de Charles XII. la Ville de
Dantzik ofa lui déplaire. Quatorze Frégates & quarante Vaiffeaux de tranfport ame-
noient au Roi un renfort de fix mille hommes, avec du canon & des munitions
pour achever le fiége de Thorn. Il falloit
que ce fecours remontât la Viftule. A l'embouchure de ce Fleuve eft Dantzik, Ville
riche & libre, qui jouït avec Thorn & Elbing, des mêmes Privileges en Pologne,
que les Villes Impériales ont dans l'Allemagne. Sa liberté a été attaquée tour-à-
tour par les Danois, la Suede & l'Empire,
& elle ne l'a confervée que par la jaloufie
qu'ont ces Puiffances les unes des autres.
Le Comte de Steinbock, un des Généraux
Suedois affembla le Magiftrat de la part du
Roi, demanda le paffage pour les Troupes, & leur propofa de lui vendre de la
poudre & quelques munitions. Le Magiftrat, par une imprudence ordinaire à ceux
qui traitent avec plus forts qu'eux, n'ofa
ni le refufer, ni lui accorder nettement fes
demandes.

demandes. Le Général Steinbock se fit donner de force plus qu'il n'avoit demandé :
On exigea même de la Ville une contribution de cent mille écus, par laquelle elle
paya son refus imprudent.

Enfin les Troupes de renfort, le canon &
les munitions étant arrivez devant Thorn,
on commença le siége le 22. Septembre.
Rovel Gouverneur de la Place, la défendit trois semaines avec cinq mille hommes
de Garnison. Au bout de ce temps il fut
forcé de se rendre à discrétion. La Garnison fut faite prisonniere de Guerre, & envoyée en Suede. Rovel fut présenté désar-
mé au Roi. Ce Prince qui ne perdoit jamais une occasion d'honorer le mérite dans
ses Ennemis, lui donna une épée de sa
main, lui fit un présent considérable en
argent, & le renvoya sur sa parole. L'honneur qu'avoit la Ville de Thorn d'avoir
produit autrefois Coppernic, le Fondateur
du vrai Systême du monde, ne lui servit de
rien auprès d'un vainqueur trop peu instruit de ces matieres, & qui ne sçavoit
encore récompenser que la valeur. La Ville,
petite & pauvre, fut condamnée à payer
quarante mille écus, contribution excessive
pour elle.

Elbing bâtie sur un bras de la Vistule,
fondée par les Chevaliers Teutons, & an-
nexée aussi à la Pologne, ne profita pas de
la faute des Dantzikois ; elle balança trop
à don-

à donner paſſage aux Troupes Suedoiſes.
Elle en fut plus féverement punie que
Dantzik. Charles y entra le 13. de Décembre à la tête de quatre mille hommes, la
bayonnette au bout du fuſil. Les Habitans
épouvantez ſe jetterent à genoux dans les
ruës, & lui demanderent miſéricorde. Il les
fit tous déſarmer, logea ſes Soldats chez tous
les Bourgeois : Enſuite ayant mandé le Ma-
giſtrat, il exigea le jour même une contribution de deux cens ſoixante mille écus. Il y
avoit dans la Ville deux cens piéces de canon,
& quatre cens milliers de poudre qu'il ſaiſit. Une Bataille gagnée ne lui eût pas valu
de ſi grands avantages.

Tous ces ſuccez étoient les avant-cou-
reurs du détrônement du Roi Auguſte.

A peine le Cardinal avoit juré à ſon Roi
de ne rien entreprendre contre lui, qu'il
s'étoit rendu à l'Aſſemblée de Varſovie,
toûjours ſous le prétexte de la paix. Il arriva
ne parlant que de concorde & d'obéïſſance ; mais accompagné de trois mille Soldats levez dans ſes terres. Enfin il leva le
maſque, & le 14. Février 1704. il déclara
au nom de l'Aſſemblée, *Auguſte Electeur
de Saxe, inhabile à porter la Couronne de
Pologne.* On y prononça d'une commune
voix que le Trône étoit vacant. La Seſſion
de ce jour n'étoit pas encore finie, lorſqu'un Courier du Roi de Suède apporte
une Lettre de ce Monarque à l'Aſſemblée.

Le

Le Cardinal ouvre la Lettre : Elle contenoit un ordre en forme de priere , d'élire
pour Roi le Prince Jacques Sobieski. On fe
difpofa à obéïr avec joye , & on fixa même
le jour de l'Election. Jacques Sobieski étoit
alors à Breflau en Silefie , attendant avec
impatience le moment de recevoir la Couronne qu'avoit porté fon pere. Il en recevoit les complimens , quelques flatteurs lui
avoient même déja donné le titre de Majefté , en lui parlant. Il étoit un jour à la
chaffe à quelques lieuës de Breflau avec le
Prince Conftantin, l'un de fes freres : Trente
Cavaliers Saxons, envoyez fecrettement par
le Roi Augufte , fortent tout-à-coup d'un
bois voifin , entourent les deux Princes &
les enlevent fans réfiftance. On avoit préparé des chevaux de relais , fur lefquels
ils furent fur le champ conduits à Leipfic ,
où on les enferma étroitement. Ce coup
dérangea les mefures du Roi de Suede ,
du Cardinal , & de l'Affemblée de Varfovie.

    La fortune qui fe jouë des Têtes Couron-
nées , mit prefque dans le même temps le
Roi Augufte fur le point d'être pris lui-
même. Il étoit à table à trois lieuës de Cracovie , fe repofant fur une Garde avancée ,
poftée à quelque diftance , lorfque le Général Renchild parut fubitement après avoir
enlevé cette Garde. Le Roi de Pologne
                     n'eut

n'eut que le temps de monter à cheval lui onziéme. Le Général Renchild le poursuivit pendant quatre jours, prêt de le saisir à tout moment. Il fuit jusqu'à Sendomir ; le Général Suedois l'y suivit encore, & ce ne fut que par un bonheur singulier que ce Prince échappa.

Pendant tout ce temps le parti du Roi Auguste traitoit celui du Cardinal, & en étoit traité réciproquement, de traître à la Patrie. L'Armée de la Couronne étoit partagée entre les deux Factions. Auguste forcé enfin d'accepter le secours Moscovite, se repentit de n'y avoir pas eu recours assez tôt. Il couroit tantôt en Saxe où ses ressources étoient épuisées ; tantôt il retournoit en Pologne, où on n'osoit le servir. D'un autre côté le Roi de Suede victorieux & tranquille, régnoit en Pologne plus absolument que n'avoit jamais fait Auguste.

Le Comte Piper, qui avoit dans l'esprit autant de politique que son Maître avoit de grandeur dans le sien, proposa alors à Charles XII. de prendre pour lui-même la Couronne de Pologne. Il lui représentoit combien l'execution en étoit facile avec une Armée victorieuse, & un parti puissant dans le cœur d'un Royaume qui lui étoit déja soumis. Il le tentoit par le titre de Défenseur *de la Religion Evangelique*, nom qui flattoit l'ambition de Charles. Il étoit aisé, disoit-il,

difoit-il, de faire en Pologne ce que Guftave Vafa avoit fait en Suede, d'y établir le
Luthéranifme, & de rompre les chaînes du
Peuple, efclave de la Nobleffe & du Clergé.
Charles XII. fut tenté un moment ; mais la
gloire étoit fon Idole. Il lui facrifia fon intérêt, & le plaifir qu'il eût eu d'enlever la
Pologne au Pape. Il dit au Comte Piper,
qu'il étoit plus flatté de donner que de
gagner des Royaumes ; il ajoûta en fou-
riant : Vous êtiez fait pour être le Miniftre
d'un Prince Italien.

Charles étoit encore auprès de Thorn,
dans cette partie de la Pruffe-Royale qui
appartient à la Pologne ; il portoit de là fa
vûë fur ce qui fe paffoit à Varfovie, & tenoit en refpect les Puiffances voifines. Le
Prince Alexandre, frere des deux Sobieski
enlevez en Silefie, vint lui demander vengeance. Charles la lui promit d'autant plus
qu'il la croyoit aifée, & qu'il fe vengeoit
lui-même. Mais impatient de donner un
Roi à la Pologne, il propofa au Prince
Alexandre de monter fur le Trône, dont la
fortune s'opiniâtroit à écarter fon frere. Il
ne s'attendoit pas à un refus. Le Prince
Alexandre lui déclara, que rien ne pourroit jamais l'engager à profiter du malheur
de fon aîné. Le Roi de Suede, le Comte
Piper, tous fes amis, & furtout le jeune
Palatin de Pofnanie Staniflas Lecfinski, le
                                         prefferent

presserent d'accepter la Couronne. Il fut
inébranlable. Les Princes voisins apprirent
avec étonnement ce réfus inoüi , & ne sçavoient qui ils devoient admirer davantage , ou un Roi de Suede qui à l'âge de
vingt-deux ans donnoit la Couronne de
Pologne , ou Alexandre Sobieski qui la re-
fusoit.

Fin du second Livre.

ARGUMENT

ARGUMENT
du Troisiéme Livre.

STANISLAS *Lecsinski élu Roi de Pologne. Mort du Cardinal Primat. Belle retraite du Général Shullembourg. Exploits du Czar. Fondation de Petersbourg. Bataille de Fravenstad. Charles entre en Saxe. Paix d'Alrandstad. Auguste abdique la Couronne, & la cede à Stanislas. Le Général Patkul, Plénipotentiaire du Czar, est roüé & écartelé. Charles reçoit en Saxe des Ambassadeurs de tous les Princes : Il va seul à Dresde voir Auguste avant de partir.*

HISTOIRE

HISTOIRE
DE CHARLES XII.
ROY DE SUEDE.

❖❖❖❖❖❖❖❖❖❖❖❖❖❖❖❖❖❖❖❖❖❖

LIVRE TROISIE'ME.

ANS ces conjonctures Staniflas Lecfinski, fils du Grand Tréforier de la Couronne mort depuis peu, fut Député de l'Affemblée de Varfovie pour aller rendre compte au Roi de Suede de plufieurs différens furvenus dans le temps de l'enlevement du Prince Jacques. Staniflas avoit une phifionomie heureufe, pleine de hardieffe & de douceur, avec une air de probité & de franchife, qui de tous les avantages extérieurs, eft fans doute le plus grand, & qui donne plus de poids aux paroles que l'éloquence même. La fageffe avec laquelle il parla du Roi Augufte, de l'Affemblée, du Cardinal Primat,

Primat, & des intérêts différens, qui divisoient la Pologne, frappa Charles XII. Ce Prince se connoissoit en hommes; il avoit réüssi dans le choix qu'il avoit fait de ses Généraux & de ses Ministres. Il prolongea exprès la Conférence pour mieux sonder le génie du jeune Député. Après l'Audience il dit tout haut : Qu'il n'avoit jamais vû d'homme si propre à concilier tous les Partis. Il ne tarda pas à s'informer du caractere du Palatin Lecsinski ; il sçut qu'il étoit plein de bravoure, endurci à la fatigue, & même l'aimant ; qu'il couchoit toûjours sur une espece de paillasse, n'exigeant aucun service de ses Domestiques auprès de sa personne; qu'il étoit d'une tempérance peu commune dans ce climat, liberal, adoré de ses Vassaux, & le seul Seigneur peut-être en Pologne qui eût quelques amis, dans un temps où on ne connoissoit de liaisons que celles de l'intérêt & de la faction.

Ce caractere qui avoit en beaucoup de choses du rapport avec le sien, le détermina entierement. Il ne prit conseil de personne, & sans aucune intrigue, sans même aucune délibération publique, il dit à deux de ses Généraux, en montrant Lecsinski : Voici le Roi que je donnerai aux Polonois.

La résolution étoit prise, & Stanislas n'en sçavoit rien encore, quand le Cardi-

nal Primat vint trouver Charles. Le Prélat
étoit Roi dans l'interregne, & vouloit prolonger fon autorité paffagere ; Charles lui
demanda quel homme il croyoit en Pologne digne de régner. Je n'en connois que
trois, dit le Cardinal. Le premier eft le
Prince Sapieha ; mais fon humeur impé-
rieufe, cruelle, & defpotique ne convient
point à un peuple libre. Le fecond eft Lubormiski, Grand Général de la Couronne ; mais il eft trop vieux, & foupçonné
d'aimer trop l'argent. Le troifiéme, eft le
Palatin de Pofnanie, plus digne du Trône
que les deux autres, fi fon peu d'expérience ne le rendoit pas inhabile à gouverner
une Nation fi difficile. Le Cardinal donnoit ainfi l'exclufion à ceux même qu'il
propofoit, & vouloit faire croire incapable de régner les feuls qu'il avoit dit en
être dignes. Le Roi de Suede finit la converfation en lui difant, que Staniflas Lecfinski feroit fur le Trône.

A peine le Cardinal fortoit d'auprès du
Roi qu'il reçoit un Courier de cette Palatine qui le gouvernoit. Il apprend par les
Lettres qu'elle lui envoye, qu'elle veut
marier fa fille au fils de Lubormiski, & le
conjure de tout employer auprès du Roi,
pour donner la Couronne de Pologne au
pere. La Lettre venoit trop tard, le Cardinal avoit donné de Lubormiski des im-
preffions qu'il ne pouvoit plus effacer. Il

épuifa

épuiſa toute ſon adreſſe pour amener le
Roi de Suede inſenſiblement au nouvel intérêt qu'il embraſſoit. Il eſſaya de le détourner ſurtout du choix de Staniſlas : Mais
qu'avez-vous, dit le Roi, à alleguer contre
lui ? Sire, dit le Prélat, il eſt trop jeune.
Le Roi répliqua ſechement, il eſt à-peu-
près de mon âge ; tourna le dos au Prélat,
& auſſi-tôt envoya le Comte de Hoorn
ſignifier à l'Aſſemblée de Varſovie, qu'il
falloit élire un Roi dans cinq jours, & qu'il
falloit élire Staniſlas Lecſinski. Le Comte
de Hoorn arriva le ſept de Juillet, il
fixa le jour de l'Election au douze, comme
il auroit ordonné le décampement d'un ba-
taillon. Le Cardinal Primat fruſtré du fruit
de tant d'intrigues, retourna à l'Aſſemblée,
où il remua tout pour faire échoüer une
Election où il n'avoit point de part. Mais le
Roi de Suede arriva lui-même *incognitò*
à Varſovie. Alors il fallut ſe taire. Tout ce
que pût faire le Primat fut de ne ſe point
trouver à l'Election. Il ſe réduiſit à la neutralité, ſans vouloir ſeconder ni traverſer
la réſolution du Roi de Suede, ſe ména-
geant encore entre Auguſte & Staniſlas, &
attendant l'occaſion de nuire à tous deux.

Le Samedy douze Juillet, jour fixé pour
l'Election étant venu, on s'aſſembla à trois
heures après midi au Colo, champ deſtiné
pour cette Cérémonie ; l'Evêque de Poſna-
nie vint préſider à l'Aſſemblée à la place

du Cardinal Primat. Il arriva fuivi de plufieurs Caftellans & d'une foule de Gentilshommes du Parti. Le Roi de Suede s'étoit
gliffé parmi eux pour y jouïr en fecret de
fa puiffance. Le Comte de Hoorn & deux
autres Officiers Généraux affiftoient publiquement à cette folemnité, comme Ambaffadeurs Extraordinaires de Charles auprès de la République. La féance dura jufqu'à neuf heures du foir; l'Evêque de Pofnanie la finit en déclarant au nom de la
Diéte *Staniflas* élu Roi de Pologne. Charles XII. mêlé dans la foule fut le premier à
crier, *Vivat*, tous les bonnets fauterent en
l'air, & le bruit des acclamations étouffa
les cris des oppofans.

Il ne fervit de rien au Cardinal Primat,
& à ceux qui avoient voulu demeurer
neutres, de s'être abfentez de l'Election.
Il fallut que dès le lendemain ils vinffent
tous rendre hommage au nouveau Roi. Il
les reçut comme s'il eût été content d'eux.
La plus grande mortification qu'ils eurent,
fut d'être obligez de le fuivre au quartier
du Roi de Suede. Ce Prince rendit au Souverain qu'il venoit de faire, tous les honneurs dûs à un Roi de Pologne, & pour
donner plus de poids à fa nouvelle Dignité,
on lui affigna de l'argent & des Troupes.

Le nom de Roi ne changa rien dans les
mœurs de Staniflas, il ne fit feulement que
tourner fes talens du côté de la Guerre;

un

un orage venoit de le mettre fur le Trône ,
un autre orage pouvoit l'en faire tomber.
Il avoit à conquérir la moitié de fon nouveau Royaume, & à s'affermir dans l'autre :
Traité de Souverain à Varfovie, & de re-
belle à Sendomir , il fe prépara à fe faire
reconnoître de tout le monde par la force
des armes.

Charles XII. partit auffi-tôt de Varfovie
pour aller achever la conquête de la Pologne. Il avoit donné rendez-vous à fon Armée devant Léopold , Capitale du grand
Palatinat de Ruffie , place importante par
elle-même , & plus encore par les richeffes
dont elle étoit remplie. On croyoit qu'elle
tiendroit quinze jours à caufe des Fortifications que le Roi Augufte y avoit faites.
Le Conquérant l'inveftit le 5. Septembre,
& le lendemain la prit d'affaut. Tout ce
qui ofa réfifter fut paffé au fil de l'épée.
Les Troupes victorieufes & maîtreffes de la
Ville ne fe débanderent point pour courir
au pillage , malgré le bruit des Tréfors qui
étoient dans Léopold. Elles fe rangerent en
bataille dans la grande Place. Là , ce qui
reftoit de la Garnifon vint fe rendre prifonniere de Guerre. Le Roi fit publier à fon
de trompe , que tous ceux des Habitans
qui auroient des effets appartenaus au Roi
Augufte ou à fes adhérans, les apportaffent
eux-mêmes avant la fin du jour, fur peine
de la vie. Les mefures furent fi bien prifes,

E 3   que

que peu oferent défobéïr ; on apporta au Roi quatre cens caiffes remplies d'or & d'argent monnoyé, de vaiffelle, & de chofes précieufes.

Le commencement du régne de Staniflas fut marqué prefque le même jour par un événement bien différent. Quelques affaires qui demandoient abfolument fa préfence, l'avoient obligé de demeurer dans Varfovie. Il avoit avec lui, fa mere, fa femme, & fes deux filles, dont l'une alors âgée feulement d'un an, a été depuis Reine de France. Le Cardinal Primat, l'Evêque de Pofnanie, & quelques Grands de Pologne compofoient fa nouvelle Cour. Elle étoit gardée par fix mille Polonois de l'Armée de la Couronne, depuis peu paffez à fon fervice ; mais dont la fidélité n'avoit point encore été éprouvée. Le Général Hoorn, Gouverneur de la Ville, n'avoit d'ailleurs avec lui que deux mille Suedois. On étoit à Varfovie dans une tranquillité profonde, & Staniflas comptoit en partir dans peu de jours pour aller à la conquête de Leopold. Tout-à-coup, il apprend qu'une Armée nombreufe approche de la Ville. C'étoit le Roi Augufte, qui par un nouvel effort & par une des plus belles marches que jamais Général ait faites, ayant donné le change au Roi de Suede, venoit avec vingt mille hommes fondre dans Varfovie & enlever fon rival.

Varfovie

Varsovie étoit très-mal fortifiée, les Troupes Polonoises qui la défendoient, peu sures : Auguste avoit des intelligences dans la Ville ; si Stanislas demeuroit, il étoit perdu. Il renvoya sa famille en Posnanie sous la garde des Troupes Polonoises ausquelles il se fioit le plus. Le Cardinal Primat s'enfuit des premiers sur les frontieres de Prusse. Plusieurs Gentilshommes prirent des chemins différens. Le nouveau Roi partit lui-même pour aller trouver Charles XII. apprenant de bonne heure à souffrir des disgraces, & forcé de quitter sa Capitale six semaines après y avoir été élu Souverain. L'Evêque de Posnanie fut le seul qui ne put fuir, une maladie dangereuse le retint dans Varsovie. Une partie des six mille Polonois suivit Stanislas, une autre escortoit sa famille. On envoya en Posnanie ceux dont on ne vouloit point exposer la fidélité à la tentation de rentrer au service du Roi Auguste. Pour le Général Hoorn, qui étoit Gouverneur de Varsovie au nom du Roi de Suede, il demeura avec ses deux mille Suedois dans le Château.

Le Roi Auguste entra dans la Capitale en Souverain irrité & victorieux. Chaque Habitant fut taxé au-delà de ses forces, & maltraité par le Soldat. Le Palais du Cardinal & toutes les maisons des Seigneurs conféderez, tous leurs biens à la Ville & à la campagne furent livrez au pillage ; ce

qu'il

qu'il y eut de plus étrange dans cette révolution passagere, c'est qu'un Nonce du Pape qui étoit venu avec le Roi Auguste, demanda au nom du Pape, qu'on lui livrât l'Evêque de Posnanie comme justiciable de la Cour de Rome, en qualité d'Evêque & de fauteur d'un Prince mis sur le Trône par les armes d'un Luthérien. Le Prélat Polonois, après avoir vû piller sa maison, fut porté par des Soldats chez le Nonce, & envoyé en Saxe où il mourut. Le Comte de Hoorn essuya dans le Château où il étoit enfermé, le feu continuel des Ennemis ; enfin la Place n'étant pas tenable, il fut forcé de battre la chamade, & resta prisonnier de Guerre avec ses deux mille Suedois. Ce fut-là le premier avantage qu'eut le Roi Auguste dans le torrent de sa mauvaise fortune, contre les armes victorieuses de son Ennemi.

Le Comte de Hoorn relâché sur sa parole arriva à Leopold peu de temps après Stanislas. Il prit la liberté de se plaindre un peu au Roi de Suede de ce que sa Majesté n'avoit pas secouru Varsovie. Consolez-vous, mon pauvre Comte, lui dit le Roi, il faut bien laisser quelque chose à faire au Roi Auguste pour l'amuser, sans cela il s'ennuyeroit de nous avoir si long-temps chez lui ; mais croyez-moi, il ne joüira pas de cet avantage.

En effet, le dernier effort que venoit de
tenter

tenter Augufte, étoit l'éclat d'un feu qui
s'éteint. Ses Troupes raffemblées à la hâte
étoient des Polonois prêts à l'abandonner à
la premiere difgrace, des recruës de Saxons
qui n'avoient point encore vû de Guerres, des Cofaques vagabonds plus propres
à dépoüiller des vaincus qu'à vaincre.
Tous trembloient au feul nom du Roi de
Suede.

Ce Conquérant accompagné du Roi Staniflas alla chercher fon Ennemi à la tête de
l'élite de fes Troupes. L'Armée Saxonne
fuyoit partout devant lui. Les Villes lui
envoyoient leurs clefs de trente mille à la
ronde, il n'y avoit point de jour qui ne
fût fignalé par quelque avantage. Les fuccez devenoient trop familiers à Charles. Il
difoit que c'étoit aller à la chaffe plûtôt que
faire la Guerre, & fe plaignoit de ne point
acheter la victoire.

Augufte confia pour quelque temps le
Commandement de fon Armée au Comte
de Shullembourg, Général très-habile; mais
qui commandant des Troupes découragées
ne pouvoit être que malheureux.

Charles & Staniflas le pourfuivirent de
pofte en pofte. Shullembourg ne vouloit
que fe retirer honorablement, & conferver
les Troupes de fon Maître : Il faifoit la
Guerre avec adreffe, & les deux Rois avec
vivacité. Il leur déroba des marches, occupa des paffages avantageux, facrifia quel-

E 5   que

que Cavalerie pour donner le temps à fon Infanterie de fe retirer en fureté.

Après bien des rufes & des contremarches il fe trouva près de Punits dans le Palatinat de Pofnanie, croyant que le Roi de Suede & le Roi Staniflas étoient à plus de cinquante lieuës de lui. Il apprend en arrivant que les deux Rois avoient fait ces cinquante lieuës en neuf jours, & venoient l'attaquer. Schullembourg fut défait ; mais quoique chargé de cinq bleffures, il commanda la retraite en bon ordre, & marcha en remontant vers l'Oder, Fleuve qui prend fa fource dans la Silefie, & qui après avoir arrofé les terres de Brandebourg, la Ville de Francfort, & paffé fous Stetin, fe jette par trois embouchures dans la Mer Baltique.

A peine ce Général commençoit à refpirer dans le petit Village de Gurau, où il raffembloit fes Troupes, que les deux Rois l'y attaquerent de nouveau. Schullembourg fauva encore cette fois les débris de fon Armée, & arriva à la hauteur de Guben, vis-à-vis de l'Oder qui fépare en cet endroit la Silefie de la Luface. Il ne lui reftoit plus que quatre mille Fantaffins, & quatre cens Cavaliers : il fe difpofoit à les faire repaffer le Fleuve, lorfque voilà les deux Rois qui paroiffent tout-à-coup derriere lui à la tête de huit mille chevaux.

Schullembourg avoit toûjours foûtenu
contre

contre plusieurs Généraux Allemands, que l'Infanterie pouvoit, même sans chevaux de Frise, résister en pleine campagne à tout l'effort de la Cavalerie. Il en voulut faire ce jour-là l'expérience.

Ces quatre mille hommes étoient ses meilleurs Soldats. Il osa se battre avec cette petite Troupe contre huit mille Cavaliers Suedois commandez par Charles & par Stanislas, qui avoient sous eux l'élite de leurs Généraux. Les Suedois fondirent sur les Saxons avec furie. Ceux-ci ne s'ébranlerent point, & cette fermeté seule les sauva. Les coups de fusil, de pique, & de bayonnette effarouchoient les chevaux qui se cabroient au lieu d'avancer; par ce moyen les Suedois ne pouvoient attaquer qu'en désordre, & les Saxons se défendoient en gardant leurs rangs.

La petite Armée du Général Schullembourg ne pouvoit être entourée, parcequ'elle étoit appuyée d'un côté à la Riviere, & de l'autre à un moulin où il avoit jetté cinquante Grenadiers; cependant il eût bien fallu enfin ceder au nombre & à la force. Charles attaquoit le moulin, & il esperoit après s'en être rendu maître, avoir à discretion Schullembourg & les Saxons.

La nuit vint, le Roi sçavoit bien que les Ennemis n'avoient point de Pont de batteaux. On l'assuroit qu'il falloit deux

E 6   jours

jours pour en faire. Il se contenta donc d'attaquer ce moulin, après quoi la perte de Schullembourg paroissoit inévitable. Ce Général se tira de cette extrémité par un de ces coups de l'art qui valent une victoire, & qui sont d'autant plus honorables, que la fortune n'y a point de part. Il fit travailler à quelques retranchemens comme s'il se fût préparé à recevoir encore les Suedois. Pendant ce temps il faisoit faire des radaux qui furent prêts en trois heures. Toute l'Infanterie passa l'Oder avec son bagage, & quand Charles eût pris le moulin, il ne trouva plus d'Armée ennemie. Les deux Rois honorerent par leurs éloges cette retraite dont on parle encore avec estime dans l'Empire, & Charles ne put s'empêcher de dire : Aujourd'hui Schullembourg nous a vaincu.

Mais ce qui faisoit la gloire de Schullembourg n'étoit guéres utile au Roi Auguste. Ce Prince abandonna encore une fois la Pologne à ses Ennemis; il se retira en Saxe, & fit reparer avec précipitation les fortifications de Dresde, craignant déja, non sans raison, pour la Capitale de ses Etats Héréditaires.

Charles XII. voyoit toute la Pologne soumise, ses Généraux à son exemple battoient les Moscovites en Livonie, partout où se trouvoient les Suedois ils se croyoient surs de la victoire quand ils étoient vingt

contre

contre cent. Dans de fi heureufes conjonctures Staniflas prépara fon Couronnement.
La fortune qui l'avoit fait élire à Varfovie,
& qui l'en avoit chaffé, l'y rappella encore
aux acclamations d'une foule de Nobleffe
que le fort des armes lui attachoit. Une
Diéte y fut convoquée, tous les obftacles
furent applanis; il n'y eut que la Cour de
Rome feule qui le traversât.

Il étoit naturel qu'elle fe déclarât pour
le Roi Augufte, qui de Proteftant s'étoit
fait Catholique pour monter fur le Trône,
contre Staniflas placé fur le même Trône
par le grand ennemi de la Religion Catholique. Clement XI. alors Pape envoya
des Brefs à tous les Prélats de Pologne,
& furtout au Cardinal Primat, par lefquels il les menaçoit de l'Excommunica-
tion, s'ils ofoient affifter au Sacre de Staniflas, & attenter en rien contre les droits
du Roi Augufte.

Le Primat retiré alors à Dantzik, étoit
foupçonné d'avoir fait lui-même venir ces
Brefs de Rome, pour rallumer un feu
qu'il ne pouvoit attifer de fes mains. Si
ces Brefs parvenoient aux Evêques qui
étoient à Varfovie, il étoit à craindre
que quelques-uns n'obéiffent par foibleffe,
& que la plûpart ne s'en prévaluffent pour
fe rendre plus difficiles à mefure qu'ils feroient plus néceffaires. On avoit donc
pris toutes les précautions pour empêcher
que

que ces Lettres du Pape ne fuſſent reçuës dans Varſovie. Un Franciſcain reçut ſecretement les Brefs pour les délivrer en main propre aux Prélats. Il en donna d'abord un au Suffragant de Chelm ; ce Prélat très-attaché à Staniſlas le porta au Roi tout cacheté. Le Roi fit venir le Religieux , & lui demanda comment il avoit oſe ſe charger d'une telle Piéce. Le Franciſcain répondit , que c'étoit par ordre de ſon Général. Staniſlas lui ordonna d'écouter déſormais les ordres de ſon Roi , préférablement à ceux du Général des Franciſcains , & le fit ſortir dans le moment de la Ville.

Le même jour on publia un Placard du Roi de Suede , par lequel il étoit défendu à tous Eccleſiaſtiques Séculiers & Réguliers de Varſovie , ſous des peines très-griéves, de ſe mêler des Affaires d'Etat. Pour plus de ſureté , il fit mettre des Gardes à la porte de tous les Prélats , & défendit qu'aucun Etranger n'entrât dans la Ville. Il prenoit ſur lui ſeul ces petites ſévéritez, afin que Staniſlas ne fût point broüillé avec le Clergé à ſon avénement.

Le Cardinal Primat étoit ſollicité par Charles & par Staniſlas de venir faire la Cérémonie du Couronnement. Il ne crut pas devoir quitter Dantzik pour ſacrer un Roi qu'il n'avoit point voulu élire. Mais comme ſa politique étoit de ne jamais rien

rien faire fans prétexte , il voulut préparer
une excufe légitime à fon refus. Il fit afficher pendant la nuit le Bref du Pape à la
porte de fa propre maifon. Le Magiftrat
de Dantzik indigné , fit chercher les coupables qu'on ne trouva point. Le Primat
feignoit d'être irrité , & étoit fort content :
il avoit une raifon pour ne point facrer le
nouveau Roi , & il fe ménageoit en même
tems avec Charles XII. Augufte, Staniflas,
& le Pape. Il mourut peu de jours après ,
laiffant fon Pays dans une confufion affreufe ; & comme les Politiques même ont
quelquefois des remords dans leurs derniers momens , il écrivit au Roi Augufte
en mourant pour lui demander pardon.

Le Sacre fe fit tranquillement , & avec
pompe , le 4. Octobre 1705. dans la Ville
de Varfovie , malgré l'ufage où on eft en
Pologne de couronner les Rois à Cracovie. Staniflas Lecfinski , & fa femme
Charlotte Opalinska furent facrez Roi &
Reine de Pologne par les mains de l'Archevêque de Leopold , affifté de beaucoup
d'autres Prélats. Charles XII. vit la Cérémonie *incognitò* , comme il avoit vu l'E-
lection ; unique fruit qu'il retiroit de fes
conquêtes.

Tandis qu'il donnoit un Roi à la Pologne
foumife ; que le Dannemark n'ofoit le
troubler ; que le Roi de Pruffe recherchoit
fon amitié , & que le Roi Augufte fe retiroit

roit dans fes Etats Héréditaires , le Czar devenoit de jour en jour redoutable. Il avoit foiblement fecouru Augufte en Pologne ; mais il avoit fait de puiffantes diverfions en Ingrie.

Pour lui , non feulement il commençoit à être grand homme de guerre , mais même à montrer l'art à fes Mofcovites ; la difcipline s'établiffoit dans fes Troupes, il avoit de bons Ingenieurs , une Artillerie bien fervie , beaucoup de bons Officiers; il fçavoit le grand art de faire fubfifter des Armées. Quelques-uns de fes Généraux avoient appris & à bien combattre , &, felon le befoin , à ne combattre pas : bien plus il avoit formé une Marine capable de faire tête aux Suedois dans la Mer Baltique.

Fort de tous ces avantages dûs à fon feul génie , & de l'abfence du Roi de Suede, il prit Narva d'affaut le 21. Août de l'année 1704. après un fiége régulier , & après avoir empêché qu'elle ne fût fecouruë par mer & par terre. Les Soldats maîtres de la Ville coururent au pillage , ils s'abandonnerent aux barbaries les plus énormes. Le Czar couroit de tous côtez pour arrêter le défordre & le maffacre ; il arracha lui-même des femmes des mains des Soldats qui les alloient égorger après les avoir violées. Il fut même obligé de tuer de fa main quelques Mofcovites qui n'écoutoient point fes ordres. On montre encore

encore à Narva dans l'Hôtel de Ville, la
table fur laquelle il posa son épée en en-
trant, & on s'y ressouvient encore des
paroles qu'il adressa aux Citoyens qui s'y
rassemblerent. » Ce n'est point du sang des
» Habitans que cette épée est teinte; mais
» de celui des Moscovites que j'ai répandu
» pour sauver vos vies.

Le Czar aspiroit à plus qu'à détruire des
Villes. Il en fondoit une alors peu loin de
Narva même, au milieu de ses nouvelles
conquêtes. C'étoit la ville de Petersbourg,
dont il fit depuis sa résidence, & le centre
de son commerce. Elle est située dans une
Isle à l'embouchure de la Neva, sur le
Golfe de Finlande. Lui-même en avoit tracé
le plan. Cette Isle peu auparavant déserte
& inculte, étoit déja un Port connu des
Marchands de l'Europe, & rempli d'une
Flotte redoutable, on venoit habiter la
Ville de toutes parts. L'Empereur y invitoit tout le monde par son exemple, &
par ses largesses, distribuant des terres
aux uns, des maisons bâties aux autres,
& encourageant tous les Arts qui venoient
adoucir ce climat sauvage. Surtout il avoit
rendu Petersbourg inaccessible aux efforts
des Ennemis; les Généraux Suedois qui
battoient souvent ses Troupes partout
ailleurs, n'avoient pû endommager cette
Colonie naissante. Elle étoit tranquille au
milieu de la guerre qui l'environnoit.

Le

Le Czar en fe créant ainfi de nouveaux
Etats, tendoit toûjours la main au Roi Augufte qui perdoit les fiens; il lui perfuada
par le Général Patkul, paffé depuis peu au
fervice de Mofcovie, & alors Ambaffadeur du Czar en Saxe, de venir à Grodno
conferer encore une fois avec lui fur l'état
malheureux de fes affaires. Le Roi Augufte
y vint avec quelques Troupes, accompagné du Général Schullembourg, que
fon paffage de l'Oder avoit rendu illuftre
dans le Nord, & en qui il mettoit fa derniere efpérance. Le Czar y arriva, faifant
marcher après lui une Armée de cent mille
hommes. Les deux Monarques firent de
nouveaux plans de guerre. Le Roi Augufte
détrôné ne craignoit plus d'irriter les Polonois en abandonnant leur Pays aux
Troupes Mofcovites. Il fut réfolu que
l'Armée du Czar fe diviferoit en plufieurs
corps pour arrêter le Roi de Suede à chaque pas. Ce fut dans le temps de cette en-
trevûë que le Roi Augufte inftitua l'Ordre
de l'Aigle blanche : foible reffource pour
attacher à lui quelques Seigneurs Polonois,
plus avides d'avantages réels, que d'un vain
honneur qui devient ridicule quand on le
tient d'un Prince qui n'eft Roi que de
nom. La conférence des deux Rois finit
d'une maniere extraordinaire. Le Czar
partit foudainement & laiffa fes Troupes à
fon Allié, pour courir éteindre lui-même
une

une rébellion dont il étoit menacé à Aftra-
can. A peine étoit-il parti que le Roi Augufte ordonna que Patkul fût arrêté à
Dreſde. Toute l'Europe fut ſurpriſe qu'il
oſât contre le Droit des Gens , & en apparence contre ſes intérêts , mettre en priſon
l'Ambaſſadeur du ſeul Prince qui le protegeoit.

Tel étoit le nœud ſecret de cet événement. Patkul profcrit en Suede pour avoir
ſoutenu les Privileges de la Livonie ſa
Patrie , avoit été Général du Roi Augufte ;
mais ſon eſprit altier & vif s'accommodant
mal des hauteurs du Général Fleming, favori du Roi , plus impérieux & plus vif
que lui , il avoit paſſé au ſervice du Czar ,
dont il étoit alors Général & Ambaſſadeur
auprès d'Augufte. C'étoit un eſprit péné-
trant , il avoit démêlé que les vûës de Fleming étoit de propoſer la paix au Roi de
Suede à quelque prix que ce fût. Il forma
auſſi-tôt le deſſein de le prévenir , & de
ménager un accommodement entre le Czar
& la Suede. Fleming évanta ſon projet ,
& obtint qu'on l'arrêtât. Le Roi Augufte
dit au Czar que Patkul étoit un perfide
qui les trahiſſoit tous deux. Il n'étoit pourtant coupable que d'avoir trop bien ſervi
ſon nouveau Maître; mais un ſervice rendu mal-à-propos eſt ſouvent puni comme
une trahiſon.

Cependant d'un côté les cent mille
Moſcovites

Moſcovites diviſez en petits Corps, bruloient & ravageoient les Terres des Parti-
ſans de Staniſlas; de l'autre Schullembourg
s'avançoit avec ſes nouvelles Troupes. La
fortune des Suedois diſſipa ces deux Armées en moins de deux mois. Charles XII.
& Staniſlas attaquerent les Corps ſeparez
des Moſcovites, l'un après l'autre; mais ſi
vivement, qu'un Général Moſcovite étoit
battu avant qu'il ſçût la défaite de ſon
Compagnon.

Nul obſtacle n'arrêtoit le Vainqueur,
s'il ſe trouvoit une riviere entre les Ennemis
& lui, Charles XII. & ſes Suedois la paſ-
ſoient à la nage. Un Parti Suedois prit le
bagage du Roi de Pologne, où il y avoit
deux cens mille écus d'argent monnoyé,
Staniſlas ſaiſit huit cent mille ducats appar-
tenans au Prince Menzikof Général Moſcovite. Schullembourg fut battu & ſon
Armée détruite par Renchild, un des grands
Capitaines de Charles XII. Le Roi à la
tête de ſa Cavalerie faiſoit ſouvent trente
lieuës en vingt-quatre heures, chaque Cavalier menant un cheval en main pour le
monter quand le ſien ſeroit rendu. Les
Moſcovites épouvantez & réduits à un
petit nombre, s'enfuirent en déſordre au-
delà du Boriſtene. De toute la Pologne il
ne reſtoit plus au Roi Auguſte que le Palatinat de Cracovie & quelques Troupes
de l'Armée de la Couronne, par leſquelles
même

même il craignoit d'être livré au Vainqueur; mais son malheur fut au comble,
quand il sçut que Charles XII. étoit enfin
entré en Saxe le premier Septembre 1706.

La Diéte de Ratisbonne qui repréfente
l'Empire, mais dont les réfolutions font
fouvent auffi infructueufes que folemnelles,
déclara le Roi de Suede ennemi de l'Empire, s'il paffoit au-delà de l'Oder avec
fon Armée. Cela même le détermina à
venir plûtôt en Allemagne.

A fon approche les Villages furent dé-
ferts, les Habitans fuyoient de tous côtez.
Charles en ufa alors comme à Coppenhague, il fit afficher partout qu'il n'étoit venu que pour donner la Paix; que tous
ceux qui reviendroient chez eux, & qui
payeroient les contributions qu'il ordon-
neroit, feroient traitez comme fes propres
fujets, & les autres pourfuivis fans quartier. Cette Déclaration d'un Prince qu'on
fçavoit n'avoir jamais manqué à fa parole,
fit revenir en foule tous ceux que la peur
avoit écartez. Il choifit fon Camp à Alrandftad près de la campagne de Lutfen,
champ de bataille fameux par la victoire &
par la mort de Guftave-Adolphe; il alla
voir la place où ce grand homme avoit
été tué. Quand on l'eût conduit fur le lieu:
J'ai tâché, dit-il, de vivre comme lui,
Dieu m'accordera peut-être un jour une
mort auffi glorieufe.

De

De ce Camp il ordonna aux Etats de Saxe de s'affembler, & de lui envoyer fans délai les Regiftres des Finances de l'Electorat. Dès qu'il les eût en fon pouvoir, & qu'il fût informé au jufte de ce que la Saxe pouvoit fournir, il la taxa à fix cens vingt-cinq mille rixdalles (*) par mois. Outre cette contribution, les Saxons furent obligez de fournir à chaque Soldat Suedois deux livres de viande, deux livres de pain, deux pots de bierre, & quatre fols par jour, avec du fourage pour la Cavalerie. Les contributions ainfi reglées, le Roi établit une nouvelle Police pour garantir les Saxons des infultes de fes Soldats; il ordonna dans toutes les Villes où il mit Garnifon, que les Hôtes chez qui les Soldats logeroient, donneroient des certificats tous les mois de leur conduite; faute dequoi le Soldat n'auroit point fa paye. Des Infpecteurs alloient de-plus tous les quinze jours de maifon en maifon, s'informer fi les Suedois n'avoient point commis de dégât. Ils avoient foin de dédommager les Hôtes, & de punir les coupables. Parmi des Troupes accoutumées à une difcipline fevere, & à ne pas piller même des Villes prifes d'affaut, il fe trouva peu de Soldats dont on eût à fe plaindre.   Un

(*) Une rixdalle vaut environ un écu de trois livres, monnoye forte,

Un jour le Roi se promenant à cheval près de Leipsic, un Paysan Saxon vint se jetter à ses pieds pour lui demander justice d'un Grenadier qui venoit de lui enlever un dindon destiné pour le dîner de sa famille. Le Roi fit venir le Soldat. Est-il vrai, dit-il d'un visage severe, que vous avez volé cet homme? Sire, dit le Soldat, je ne lui ai pas fait tant de mal que Votre Majesté en a fait à son Maître, vous lui avez ôté un Royaume, & je n'ai pris à ce manant qu'un dindon. Le Roi donna dix ducats de sa main au Paysan, & pardonna au Soldat en faveur de la hardiesse du bon mot, en lui disant : Souviens-toi, mon ami, que si j'ai ôté un Royaume au Roi Auguste, je n'en ai rien pris pour moi.

La grande Foire de Leipsic se tint comme à l'ordinaire : les Marchands y vinrent avec une sureté entiere; on ne vit pas un Soldat Suedois dans la Foire; on eût dit que l'Armée du Roi de Suede n'étoit en Saxe que pour veiller à la conservation du Pays. Il commandoit dans tout l'Electorat avec un pouvoir aussi absolu, & une tranquillité aussi profonde que s'il eût été dans Stokolm.

Le Roi Auguste errant dans la Pologne, privé à la fois de son Royaume & de son Electorat, écrivit enfin une lettre de sa main à Charles XII. pour lui demander la paix.

paix. Il chargea en secret le Baron d'Imhof
d'aller porter la Lettre conjointement avec
Monsieur Finsten Réferendaire du Conseil
Privé ; il leur donna à tous deux ses pleins-
pouvoirs, & son blanc-signé : *Allez*, leur
dit-il en propres mots, *tâchez de m'obte-*
nir des conditions raisonnables & Chrétiennes.
Il étoit réduit à la nécessité de cacher ses
démarches pour la paix, & de ne recourir
à la médiation d'aucun Prince ; car étant
alors en Pologne à la merci des Moscovites, il craignoit avec raison que le dangereux Allié qu'il abandonnoit, ne se van-
geât sur lui de sa soumission au Vainqueur.
Ses deux Plénipotentiaires arriverent de
nuit au Camp de Charles XII. ils eurent
une Audience secrette. Le Roi lut la Lettre.
» Messieurs, dit-il aux Plénipotentiaires,
» vous aurez dans un moment ma ré-
» ponse. Il se retira aussi-tôt dans son cabinet, & écrivit ce qui suit :

Je consens de donner la Paix aux condi-
tions suivantes, ausquelles il ne faut pas
s'attendre que je change rien.

1°. Que le Roi Auguste renonce pour ja-
mais à la Couronne de Pologne ; qu'il recon-
noisse Stanislas pour légitime Roi, & qu'il
promette de ne jamais songer à remonter sur
le Trône, même après la mort de Stanislas.

2°. Qu'il renonce à tous autres Traitez,
& particulierement à ceux qu'il a faits avec
la Moscovie.

3°. Qu'il

3°. Qu'il renvoye avec honneur en mon Camp les Princes Sobiesky, & tous les prisonniers qu'il a pû faire.

4°. Qu'il me livre tous les Déserteurs qui ont passé à son service, & nommément Jean Patkul, & qu'il cesse toute procedure contre ceux qui de son service ont passé dans le mien.

Il donna ce papier au Comte Piper, le chargeant de négocier le reste avec les Plénipotentiaires du Roi Auguste. Ils furent épouvantez de la dureté de ces propositions. Ils mirent en usage le peu d'art qu'on peut employer quand on est sans pouvoir, pour tâcher de fléchir la rigueur du Roi de Suede. Ils eurent plusieurs Conférences avec le Comte Piper. Ce Ministre ne répondoit autre chose à toutes leurs insinuations, sinon : Telle est la volonté du Roi mon Maître, il ne change jamais ses résolutions.

Tandis que cette paix se négocioit sourdement en Saxe, la fortune sembla mettre le Roy Auguste en état d'en obtenir une plus honorable, & de traiter avec son Vainqueur sur un pied plus égal.

Le Prince Menzikoff, Généralissime des Armées Moscovites, vint avec trente mille hommes le trouver en Pologne dans le temps que non-seulement il ne souhaitoit plus ses secours, mais que même il les craignoit. Il avoit avec lui quelques Troupes Polonoises & Saxones qui faisoient en tout six mille

Tome VI. F hommes,

hommes ; environné avec ce petit Corps de l'armée du Prince Menzikoff , il avoit tout à redouter en cas qu'on découvrît sa Négociation. Il se voyoit en même temps détrôné par son ennemi , & en danger d'être arrêté prisonnier par son Allié. Dans cette circonstance délicate l'armée se trouva en présence d'un des Généraux Suedois nommé Meyerfeld , qui étoit à la tête de dix mille hommes à Calish, près du Palatinat de Posnanie. Le Prince Menzikoff pressa le Roy Auguste de donner bataille. Le Roy très-embarassé differa sur divers prétextes ; car quoique les ennemis fussent trois fois moins forts que lui, il y avoit quatre mille Suedois dans l'armée de Meyerfeld , & c'en étoit assez pour rendre l'événement douteux. Donner bataille aux Suedois pendant les Négociations , & la perdre , c'étoit creuser l'abîme où il étoit : il prit le parti d'envoyer un homme de confiance au Général ennemi pour lui donner part du secret de la Paix , & l'avertir de se retirer ; mais cet avis eut un effet tout contraire à ce qu'il en attendoit. Le Général Meyerfeld crut qu'on lui tendoit un piége pour l'intimider , & sur cela seul il se résolut à risquer le combat.

Les Moscovites vainquirent ce jour-là les Suedois en bataille rangée pour la première fois. Cette Victoire que le Roy Auguste remporta presque malgré lui, fut complette; il entra triomphant , au milieu de sa mauvaise

vaise fortune, dans Varsovie, autrefois sa
Capitale, Ville alors démentelée & ruïnée,
prête à recevoir le Vainqueur quel qu'il fût,
& à reconnoître le plus fort pour son Roy.
Il fut tenté de saisir ce moment de prosperité,
& d'aller attaquer en Saxe le Roy de Suede
avec l'armée Moscovite. Mais ayant refléchi
que Charles XII. étoit à la tête d'une armée Suedoise, jusqu'alors invincible ; que
les Moscovites l'abandonneroient au premier bruit de son Traité commencé ; que la
Saxe, son Païs hereditaire, déja épuisée d'argent & d'hommes, seroit ravagée également
par les Moscovites & par les Suedois ; que
l'Empire occupé de la guerre contre la France ne pouvoit le secourir, qu'il demeure-
roit sans Etats, sans argent, sans amis : il
conçut qu'il falloit fléchir sous la loy qu'imposoit le Roy de Suede. Cette loy ne devint
que plus dure, quand Charles eût appris
que le Roy Auguste avoit attaqué ses Troupes pendant la Négociation. Sa colere & le
plaisir d'humilier davantage un ennemi qui
venoit de le vaincre, le rendirent plus infléxible sur tous les Articles du Traité. Ainsi la
victoire du Roy Auguste ne servit qu'à rendre sa situation plus malheureuse : ce qui
peut-être n'étoit jamais arrivé qu'à lui.

Il venoit de faire chanter le *Te Deum* dans
Varsovie, lorsque Finsten, l'un de ses Plénipotentiaires, arriva de Saxe avec ce Traité
de paix qui lui ôtoit la Couronne. Auguste

F 2   hesita,

hefita, mais il figna, & partit pour la Saxe, dans la vaine efperance que fa préfence pourroit fléchir le Roy de Suede, & que fon ennemi fe fouviendroit peut-être des anciennes alliances de leurs Maifons, & du fang qui les uniffoit.

Ces deux Princes fe virent pour la premiere fois dans un lieu nommé Gunterfdorf au quartier du Comte Piper, fans aucune cérémonie. Charles XII. étoit en groffes bottes, ayant pour cravatte un taffetas noir qui lui ferroit le col ; fon habit étoit comme à l'ordinaire, d'un gros drap bleu avec des boutons de cuivre doré. Il portoit au côté une longue épée qui lui avoit fervi à la bataille de Narva, & fur le pommeau de laquelle il s'appuyoit fouvent. La converfation ne roula que fur cet étrange habillement & fur ces groffes bottes. Charles XII. dit au Roy Augufte, qu'il ne les avoit quittées depuis fix ans que pour fe coucher. Ces bagatelles furent le feul entretien de deux Rois, dont l'un ôtoit une Couronne à l'autre. Augufte furtout parloit avec un air de complaifance & de fatisfaction, que les Princes & les hommes accoûtumez aux grandes affaires fçavent prendre au milieu des mortifications les plus cruelles. Les deux Rois dînerent depuis plufieurs fois enfemble. Charles XII. affecta toujours de donner la droite au Roy Augufte ; mais loin de relâcher de fes demandes, il en fit encore de plus

plus dures: il voulut que le Roy-Electeur,
non seulement envoyât à Stanislas les Pierreries & les Archives de la Couronne; mais encore qu'il lui écrivît une Lettre de félicita-
tion sur son Avenement. Il insista surtout
qu'on lui livrât sans differer le Général
Patkul. Auguste fut donc forcé d'écrire à
son Rival la Lettre suivante.

MONSIEUR ET FRERE,

*Comme je dois avoir des égards pour les Prie-
res du Roy de Suede, je ne puis m'empêcher de
feliciter Vôtre Majesté sur son Avenement à
la Couronne, quoique peut-être le Traité avantageux que le Roy de Suede vient de conclure
pour Votre Majesté, m'eût dû dispenser de ce
commerce. Toutefois je felicite Vôtre Majesté,
priant Dieu que vos Sujets vous soient plus fi-
deles qu'ils ne me l'ont été.*

AUGUSTE, Roy.

A Leipsic 8. Avril 1707.

Stanislas répondit:

MONSIEUR ET FRERE,

*La correspondance de Votre Majesté est une
nouvelle obligation que j'ai au Roy de Suede:*

F 3 je

je suis sensible, comme je le dois, aux compli-
mens que vous me faites sur mon Avenement;
j'espere que mes Sujets n'auront point lieu de
me manquer de fidélité, puisque j'observerai les
Loix du Royaume.

STANISLAS, Roy de Pologne.

Le Roy Staniflas vint lui-même à Leipfic;
il y rencontra un jour le Roy Augufte, mais
ces Princes fe faluerent fans fe parler. C'é-
toit le comble du triomphe de Charles XII.
de voir dans fa Cour deux Rois, dont l'un
étoit couronné, & l'autre détrôné par fes
armes.

Il fallut qu'Augufte ordonnât lui-même
à tous fes Officiers de Magiftrature de ne
plus le qualifier de Roy de Pologne, &
qu'il fît effacer des Prieres publiques ce
titre auquel il renonçoit. Il eut moins de
peine à élargir les Sobiesky. Ces Princes au
fortir de leur prifon refuferent de le voir;
mais le facrifice de Patkul fut ce qui dut lui
coûter davantage. D'un côté le Czar le re-
demandoit hautement comme fon Ambaffadeur; de l'autre le Roy de Suede exigeoit
en menaçant, qu'on le lui livrât. Patkul étoit
alors enfermé dans le Château de Konifting
en Saxe. Le Roy Augufte crut pouvoir fatisfaire Charles XII. & fon honneur en même
temps. Il envoya des Gardes pour livrer ce
malheureux aux Troupes Suedoifes : mais
auparavant

auparavant il envoya au Gouverneur de
Konifting un ordre fecret de laiffer échap-
per fon prifonnier. La mauvaife fortune de
Patkul l'emporta fur le foin qu'on prenoit
de le fauver. Le Gouverneur fçachant que
Patkul étoit très-riche voulut lui faire acheter fa liberté. Le prifonnier comptant encore
fur le Droit des Gens, & informé des intentions du Roy Augufte, refufa de payer ce
qu'il penfoit devoir obtenir pour rien. Pendant cet intervalle les Gardes commandez
pour faifir le prifonnier, arriverent, & le
livrerent immédiatement à quatre Capitaines Suedois, qui l'emmenèrent d'abord au
quartier général d'Alrandftad, où il demeura trois mois attaché à un poteau avec une
groffe chaîne de fer. De-là il fut conduit à
Cafimir.

Charles XII. oubliant que Patkul étoit
Ambaffadeur du Czar, & fe fouvenant
feulement qu'il étoit né fon Sujet, ordonna au Confeil de guerre de le juger avec la
derniere rigueur. Il fut condamné à être
rompu vif, & à être mis en quartiers. Un
Chapelain vint lui annoncer qu'il falloit
mourir fans lui apprendre le genre du fupplice. Alors cet homme qui avoit cherché
la mort dans tant de batailles, fe trouvant
feul avec un Prêtre, & fon courage n'étant
plus foûtenu par la gloire ni par la colere,
uniques fources de l'intrepidité des hommes, répandit un torrent de larmes dans

F 4   le

le fein du Chapelain. Il étoit fiancé avec une Dame Saxonne nommée Madame d'En-filden, qui avoit de la naiffance, du mérite, & de la beauté, & qu'il avoit compté d'é-poufer à-peu-près dans le temps même qu'on le livra à la vengeance du Roi de Suede. Il recommanda au Chapelain d'aller la trou-ver pour la confoler, & de l'affurer qu'il mouroit plein de tendreffe pour elle. Quand on l'eût conduit au lieu du fupplice, & qu'il vit les pieux & les rouës dreffées, il tomba dans des convulfions de frayeur, & fe rejetta dans les bras du Miniftre, qui l'embraffa en le couvrant de fon manteau & en pleurant. Alors un Officier Suedois lut à haute voix un papier dans lequel étoient ces paroles :

» On fait fçavoir que l'ordre très-exprès » de Sa Majefté, notre Seigneur très-clé-» ment, eft que cet homme qui eft traître à » la Patrie, foit roué & écartelé pour ré-» paration de fes crimes & pour l'exemple » des autres. Que chacun fe donne de gar-» de de la trahifon, & ferve fon Roi fidéle-» ment. A ces mots de *Prince très-clément.* Quelle clémence, dit Patkul! Et à ceux de *traître à la Patrie*: Hélas, dit-il, je l'ai trop bien fervi. Il reçut feize coups, & fouffrit le fupplice le plus long & le plus affreux qu'on puiffe imaginer. Ainfi périt l'infor-tuné Jean-Reinold Patkul, Ambaffadeur & Général de l'Empereur de Mofcovie.

Ceux

Ceux qui ne voyoient en lui qu'un Sujet revolté contre son Roi, disoient qu'il avoit mérité la mort : ceux qui le regardoient comme un Livonien né dans une Province, laquelle avoit des Privileges à défendre, & qui se souvenoient qu'il n'étoit sorti de la Livonie que pour en avoir soûtenu les droits, l'appelloient le Martyr de la liberté de son Pays.

Tous convenoient d'ailleurs que le titre d'Ambassadeur du Czar devoir rendre sa personne sacrée. Le seul Roi de Suede élevé dans les principes du Despotisme, crut n'avoir fait qu'un acte de justice, tandis que toute l'Europe condamnoit sa cruauté.

Ses membres coupez en quartiers resterent exposez sur des poteaux jusques en 1713. qu'Auguste étant remonté sur son Trône, fit rassembler ces témoignages de de la nécessité où il avoit été réduit à Alrandstad : on les lui apporta à Varsovie dans une cassete, en présence de l'Envoyé de France. Le Roi de Pologne montrant la cassete à ce Ministre : Voilà, lui dit-il simplement les membres de Patkul, sans rien ajoûter pour blâmer ou pour plaindre sa mémoire, sans que personne de ceux qui étoient présens, osât parler sur un sujet si triste.

Charles gardoit le même traitement au Général Fleming, Favori, & depuis Premier

F 5 Minis-

Miniftre du Roi Augufte. Fleming étoit
né dans la Pomeranie Suedoife, & quoique
dès fon enfance il eût été attaché à l'Electeur de Saxe, Charles le regardoit toûjours
comme fon Sujet : il demanda long-temps
qu'il lui fût livré. Fleming qui voyoit fon
Maître hors d'état de rien refufer, prit le
parti de fe retirer en Pruffe, de-là il écrivit
au Roi Staniflas avec lequel il avoit été lié
en Pologne, pour le fupplier d'obtenir du
Roi de Suede qu'il cefsât cette profcription
contre lui. Staniflas en parla avec chaleur,
il réitera fes prieres huit jours de fuite,
fans pouvoir rien obtenir; enfin il fe jetta
aux pieds de Charles qui lui dit : Mon frere,
vous le voulez, je vous donne fa vie ; mais
fouvenez-vous que vous vous en repenti-
rez un jour. En effet Fleming fervit depuis
fon maître contre le Roi Staniflas, beaucoup trop au-delà de fon devoir.

Environ ce temps-là un Livonien, nommé Paykel, paffé au fervice du Roi Augufte auffi-bien que Patkul, ayant été pris
en 1705. par les Suedois, avoit été jugé à
mort à Stokolm par Arrêt du Sénat ; mais
il n'avoit été condamné qu'à perdre la tête.
Cette diférence de fupplices dans le même
cas, faifoient trop voir que Charles en faifant périr Patkul d'une mort fi cruelle,
avoit plus fongé à fe venger qu'à punir.
Quoiqu'il en foit Paykel après fa condam-
nation, fit propofer au Sénat de donner au
Roi

Roi le secret de faire de l'or si on vouloit lui pardonner. Il fit faire l'expérience de son secret dans la prison en présence du Colonel Hamilton & des Magistrats de la Ville, & soit qu'il eût en effet l'art de changer le Mercure en or, soit qu'il n'eût que celui de tromper habilement, (ce qui est beaucoup plus vraisemblable) on porta à la Monnoye de Stokolm l'or qui se trouva dans le creuset à la fin de l'expérience, & on en fit au Sénat un rapport si juridique, & qui parut si important, que la Reine ayeule de Charles XII. prit sur elle de faire suspendre l'execution jusqu'à ce que le Roi informé de cette singularité, envoyât ses ordres à Stokolm.

Le Roi répondit qu'il avoit refusé à ses amis la grace du criminel, & qu'il n'accorderoit jamais à l'intérêt ce qu'il n'avoit pas donné à l'amitié. Cette inflexibilité eut quelque chose d'héroïque dans un Prince, qui d'ailleurs croyoit le secret possible. Le Roi Auguste qui en fut informé, dit : Je ne m'étonne pas que le Roi de Suede ait tant d'indiférence pour la Pierre Philosophale ; il l'a trouvée en Saxe.

Quand le Czar eût appris l'étrange Paix que le Roi Auguste, malgré leurs Traitez, avoit concluë à Alrandstad, & que Patkul son Ambassadeur Plénipotentiaire avoit été livré au Roi de Suede au mépris des Loix des Nations, il fit éclater ses plaintes dans

F 6   toutes

toutes les Cours de l'Europe ; il écrivit à l'Empereur d'Allemagne , à la Reine d'Angleterre , aux Etats Généraux des Provinces-Unies : il appelloit lâcheté & perfidie la nécessité douloureuse sous laquelle Auguste avoit succombé ; il conjura toutes ces Puissances d'interposer leur médiation pour lui faire rendre son Ambassadeur , & pour prévenir l'affront qu'on alloit faire en sa personne à toutes les Têtes Couronnées ; il les pressa par le motif de leur honneur de ne pas s'avillir jusqu'à donner de la Paix d'Alrandstad une garantie que Charles XII. leur arrachoit en menaçant. Ces Lettres n'eurent d'autre effet que de mieux faire voir la puissance du Roi de Suede. L'Empire , l'Angleterre , & la Hollande avoient alors à soûtenir contre la France une guerre ruineuse ; ils ne jugerent pas à propos d'irriter Charles XII. par le refus de la vaine cérémonie de la garantie d'un Traité. A l'égard du malheureux Patkul , il n'y eut pas une Puissance qui interposât ses bons offices en sa faveur , & qui ne fît voir combien peu un Sujet doit compter sur des Rois.

On proposa dans le Conseil du Czar d'user de représailles envers les Officiers Suedois prisonniers à Moscou. Le Czar ne voulut point consentir à une barbarie qui eût eu des suites si funestes. Il y avoit plus de Moscovites prisonniers en Suede que de Suedois en Moscovie.

Il

Il chercha une vengeance plus utile. La grande Armée de son ennemi étoit en Saxe sans agir ; Levenhaup, Général du Roi de Suede, qui étoit resté en Pologne à la tête d'environ vint mille hommes, ne pouvoit garder les passages dans un Pays sans forteresses & plein de factions. Staniflas étoit au camp de Charles XII. L'Empereur Moscovite saisit cette conjoncture, & rentre en Pologne avec plus de soixante mille hommes. Il les sépare en plusieurs Corps, & marche avec un camp volant jusqu'à Leopold, où il n'y avoit point de Garnison Suedoise. Toutes les Villes de Pologne sont à celui qui se présente à leurs portes avec des Troupes. Il fit convoquer une Assemblée à Leopold, telle à-peu-près que celle qui avoit détrôné Auguste à Varsovie.

La Pologne avoit alors deux Primats aussi-bien que deux Rois ; l'un de la nomination d'Auguste ; l'autre de celle de Staniflas. Le Primat nommé par Auguste convoqua l'Assemblée de Leopold, où se rendirent tous ceux que ce Prince avoit abandonnez par la Paix d'Alrandstad, & ceux que l'argent du Czar avoit gagnez : on y proposa d'élire un nouveau Souverain. Il s'en fallut peu que la Pologne n'eût alors trois Rois, sans qu'on eût pû dire quel eût été le véritable.

Pendant les Conférences de Leopold, le Czar lié d'intérêt avec l'Empereur d'Allemagne,

magne , par la crainte commune où ils
étoient du Roi de Suede, obtint secretement qu'on lui envoyât beaucoup d'Officiers Allemands. Ceux-ci venoient de jour
en jour augmenter considérablement ses
forces, en apportant avec eux la discipline
& l'expérience. Il les engageoit à son service par des liberalitez ; & pour mieux en-
courager ses propres Troupes, il donna son
Portrait enrichi de Diamans aux Officiers
Généraux & aux Colonels qui avoient combattu à la bataille de Calish ; les Officiers
subalternes eurent des Médailles d'or ; les
simples Soldats en eurent d'argent. Ces
monumens de la Victoire de Calish furent
tous frappez dans sa nouvelle Ville de Petersbourg, où les Arts fleurissoient à mesure
qu'il apprenoit à ses Troupes à connoître
l'émulation & la gloire.

La confusion , la multiplicité des factions, les ravages continuels en Pologne,
empêcherent la Diete de Leopold de prendre aucune résolution. Le Czar la fit trans-
férer à Lublin. Le changement de lieu ne
diminua rien des troubles & de l'incertitude où tout le monde étoit ; l'Assemblée se
contenta de ne reconnoître , ni Auguste
qui avoit abdiqué , ni Stanislas élu malgré
eux ; mais ils ne furent ni assez unis , ni
assez hardis pour nommer un Roi. Pendant
ces Déliberations inutiles , le parti des
Princes Sapieha , celui d'Oginsky , ceux qui
tenoient

tenoient en secret pour le Roi Auguste, les nouveaux Sujets de Stanislas, se faisoient tous la guerre, pilloient les terres les uns des autres, & achevoient la ruine de leurs Pays. Les Troupes Suedoises commandées par Levenhaup, dont une partie étoit en Livonie, une autre en Lithuanie, une autre en Pologne, cherchoient tous les jours les Troupes Moscovites. Ils brûloient tout ce qui étoit ennemi de Stanislas. Les Moscovites ruinoient également, amis & ennemis; on ne voyoit que des Villages en cendres, & des Troupes errantes de Polonois dépoüillez de tout, qui détestoient également, & leurs deux Rois, & Charles XII. & le Czar.

Le Roi Stanislas partit d'Alrandstad le 15. Juillet de l'année 1707. avec le Général Renchild, seize Régimens Suedois, & beaucoup d'argent, pour appaiser tous ces troubles en Pologne, & se faire reconnoître paisiblement. Il fut reconnu partout où il passa; la discipline de ses Troupes qui faisoit mieux sentir la barbarie des Moscovites, lui gagna les esprits; son extrême affabilité lui réünit presque toutes les factions à mesure qu'elle fut connuë. Son argent lui donna la plus grande partie de l'Armée de la Couronne. Le Czar craignant justement de manquer de vivres dans un Pays que ses Troupes avoient désolé, se retira en Lithuanie, où étoit le rendez-vous de ses Corps d'Armée, & où il devoit

voit établir des Magazins. Cette retraite laissa le Roi Stanislas paisible Souverain de presque toute la Pologne.

Le seul qui le troublât alors dans ses Etats, étoit le Comte Siniausky, Grand Général de la Couronne, de la nomination du Roi Auguste. Cet homme qui avoit d'assez grands talens & beaucoup d'ambition, étoit à la tête d'un tiers Parti, il ne reconnoissoit ni Auguste, ni Stanislas; & après avoir tout tenté pour se faire élire lui-même, il se contentoit d'être Chef de Parti, ne pouvant être Roi. Les Troupes de la Couronne qui étoient demeurées sous ses ordres, n'avoient guéres d'autre solde que la liberté de piller impunément leur propre Pays. Tous ceux qui craignoient ces brigandages, ou qui en souffroient, se donnerent bien-tôt à Stanislas, dont la puissance s'affermissoit de jour en jour.

Le Roi de Suede recevoit alors dans son Camp d'Alrandstad les Ambassadeurs presque de tous les Princes de la Chrétienté. Les uns venoient le supplier de quitter les terres de l'Empire, les autres eussent bien voulu qu'il eût tourné ses armes contre l'Empereur; le bruit même s'étoit répandu partout, qu'il devoit se joindre à la France pour accabler la Maison d'Autriche. Parmi tous ces Ambassadeurs vint le fameux Jean Duc de Malbouroug de la part d'Anne, Reine de la Grande-Bretagne. Cet
homme

homme qui n'a jamais affiegé de Ville qu'il
n'ait prife, ni donné de bataille qu'il n'ait gagnée, étoit à Saint-James un adroit Courti-
fan, dans le Parlement un Chef de Parti,
dans les Pays Etrangers le plus habile Négo-
ciateur de fon fiécle. Il avoit fait autant de
mal à la France par fon efprit que par fes
armes. O a entendu dire au Secretaire des
Etats Généraux, Fagel, homme d'un très-
grand mérite, que plus d'une fois les Etats
Généraux ayant réfolu de s'oppofer à ce
que le Duc de Malbouroug devoit leur
propofer, le Duc arrivoit, leur parloit en
François, langue dans laquelle il s'expri-
moit très-mal, & les perfuadoit tous.

Il foûtenoit avec le Prince Eugene,
compagnon de fes Victoires, & avec Hein-
fius, le Grand Penfionnaire de Hollande,
tout le poids des entreprifes des Alliez contre
la France. Il fçavoit que Charles étoit aigri
contre l'Empire & contre l'Empereur; qu'il
étoit follicité fecretement par les François,
& que fi ce Conquérant embraffoit le parti de Louis XIV. les Alliez feroient oppri-
mez.

Il eft vrai que Charles avoit donné fa
parole en 1700. de ne fe mêler en rien de
la guerre de Louis XIV. contre les Alliez.
Mais le Duc de Malbouroug ne croyoit
pas qu'il y eût un Prince affez efclave de
fa parole pour ne la pas facrifier à fa grán-
deur & à fon intérêt. Il partit donc de la
Haye

Haye dans le deffein d'aller fonder les intentions du Roi de Suede.

Dès qu'il fût arrivé à Leipfic, où Charles étoit alors, il s'adreffa fecretement, non pas au Comte Piper, Premier Miniftre; mais au Baron de Goërts, qui commençoit à partager avec Piper la confiance du Roi. Il dit à Goërts, que le deffein des Alliez étoit de propofer bien-tôt au Roi de Suede d'être Médiateur une feconde fois entr'eux & la France. Il parloit ainfi dans l'efpérance de découvrir par la réponfe de Goërts les intentions du Roi, & parcequ'il eût mieux aimé avoir Charles pour Arbitre que pour ennemi. Enfuite il eut fon Audience public à Leipfic.

En abordant le Roi, il lui dit en François, qu'il s'eftimeroit heureux de pouvoir apprendre fous fes ordres ce qui lui reftoit à fçavoir dans l'art de la guérre. Puis il eut en particulier une Audience d'une heure, dans laquelle le Roi parloit en Allemand, & le Duc en François. Celui-ci qui ne fe hâtoit jamais de faire fes propofitions, & qui avoit par une longue habitude acquis l'art de démêler les hommes, & de pénétrer les rapports qui font entre leurs plus fecretes penfées & leurs actions, les geftes, leurs difcours, étudia attentivement le Roi, en lui parlant de guerre en général. Il crut appercevoir dans Charles XII. une averfion naturelle pour la France; il remarqua

marqua qu'il se plaisoit à parler des conquêtes des Alliez. Il lui prononça le nom
du Czar, & vit que les yeux du Roi s'allu-
moient toujours à ce nom, malgré la modération de cette Conférence. Il apperçut
de-plus sur une table une Carte de Moscovie. Il ne lui en fallut pas davantage pour
juger que le véritable dessein du Roi de
Suede, & sa seule ambition étoit de détrôner le Czar après le Roi de Pologne. Il
comprit que si ce Prince restoit en Saxe,
c'étoit pour imposer quelques conditions
un peu dures à l'Empereur d'Allemagne. Il
sçavoit bien que l'Empereur ne resisteroit
pas, & qu'ainsi les affaires se termineroient
aisément. Il laissa Charles XII. à son penchant naturel, & satisfait de l'avoir péne-
tré, ne lui fit aucune proposition.

Comme peu de Negociations s'achevent
sans argent, & qu'on voit quelquefois des
Ministres qui vendent la haine ou la faveur
de leur Maître, on crut dans toute l'Europe
que le Duc de Malbouroug n'avoit réussi
auprès du Roy de Suede qu'en donnant à
propos une grosse somme au Comte Piper,
& la memoire de ce Suedois en est restée flé-
trie. Pour moi qui ai remonté, autant qu'il
m'a été possible, à la source de ce bruit, j'ai
sçu que Piper avoit reçu un présent médiocre de l'Empereur par les mains du Comte
de Wratislau, avec le consentement du Roy
son maître, & rien du Duc de Malbouroug.
De-

De-plus, le Comte Piper qui fentoit qu'on pourroit lui imputer un jour les démarches de fon Roy, fi elles devenoient malheureufes, envoya au Senat de Suede fon avis cacheté, pour être ouvert après fa mort. Cet avis étoit que Charles devoit affermir en Pologne le Trône de Staniflas, & accepter enfuite la médiation entre la France & les Alliez avant d'aller s'engager dans la Mofcovie. Il eft vrai que Piper pouvoit en même tems confeiller à fon Maître cette expédition dangereufe, & vouloir s'en difculper devant la pofterité; mais auffi il eft certain que Charles étoit inflexible dans le deffein d'aller détrôner l'Empereur des Ruffes; qu'il ne prenoit jamais confeil de perfonne, & qu'il n'avoit pas befoin des avis du Comte Piper pour prendre de Pierre Alexiovits une vengeance qu'il cherchoit depuis fi long-tems.

Le Roy qui n'avoit point encore éprouvé de revers, ni même de retardement dans fes fuccez, croyoit qu'une année lui fuffiroit pour détrôner le Czar, & qu'il pourroit enfuite revenir fur fes pas s'ériger en Arbitre de l'Europe: mais il vouloit auparavant humilier l'Empereur d'Allemagne.

Le Comte Zobor, Chambellan de cet Empereur, avoit prononcé quelques paroles peu refpectueufes pour le Roy de Suede en préfence de l'Ambaffadeur Suedois à Vienne; l'Empereur en avoit fait juftice, quoiqu'à

quoiqu'à regret , en bannissant le Comte.
Le Roy de Suede ne fut pas satisfait , il voulut qu'on lui livrât le Comte Zobor. La fierté
de la Cour de Vienne fut obligée de fléchir ;
on mit le Comte entre les mains du Roi, qui
le renvoya après l'avoir gardé quelque tems
prisonnier à Stettin.

Il demanda de-plus , contre toutes les
Loix des Nations, qu'on lui livrât quinze
cens malheureux Moscovites , qui ayant
échappé à ses armes, avoient fui jusques sur
les terres de l'Empire. Il fallut encore que la
Cour de Vienne consentît à cet étrange demande; & si l'Envoyé Moscovite à Vienne
n'avoit adroitement fait évader ces malheureux par divers chemins , ils étoient tous
livrez à leurs ennemis.

La troisiéme & la derniere de ses demandes fut la plus forte. Il se déclara le Protecteur des Sujets Protestans de l'Empereur
en Silesie , Province appartenant à la Maison d'Autriche , non à l'Empire. Il voulut
que l'Empereur leur accordât des Libertez
& des Privileges établis à la verité par les
Traitez de Westphalie ; mais éteints , ou
du moins éludez par ceux de Riswik. L'Empereur, qui ne cherchoit qu'à éloigner un
voisin si dangereux , plia encore , & accorda tout ce qu'on voulut. Les Lutheriens de
Silesie eurent plus de cent Eglises que les
Catholiques furent obligez de leur ceder ;
mais ces Eglises & ces Privileges que leur
procura

procura la fortune du Roi de Suede, leur
furent ravis dès qu'il ne fut plus en état d'im-
pofer des Loix.

L'Empereur qui fit ces concessions for-
cées, & qui plia en tout fous la volonté de
Charles XII. s'appelloit Jofeph : Il étoit frere
aîné de Charles fon fucceffeur. L'Inter-Non-
ce du Pape qui réfidoit alors auprès de Jofeph, lui fit des reproches fort vifs, de ce
qu'un Empereur Catholique comme lui
avoit fait ceder l'intérêt de fa propre Religion à ceux des Heretiques. Vous êtes bien-
heureux, lui répondit l'Empereur en riant,
que le Roi de Suede ne m'ait pas propofé de
me faire Lutherien ; car s'il l'avoit voulu,
je ne fçai pas ce que j'aurois fait.

Le Comte de Wratiflau, fon Ambaffadeur auprès de Charles XII. apporta à Leipfic le Traité en faveur des Silefiens, figné
de la main de fon Maître. Alors Charles dit
qu'il étoit content, & qu'il étoit le meilleur
ami de l'Empereur ; cependant il ne vit pas
fans dépit que la Cour de Rome l'eût tra-
verfé autant qu'elle l'avoit pû, & quoiqu'il
regardât avec mépris la foibleffe de fes entreprifes, il réfolut de s'en venger. Tout
prêt qu'il étoit à tourner fes armes contre la
Mofcovie, & réfolu de venir enfuite fe rendre Médiateur entre la France & les Princes
Alliez, il rouloit dans fa tête le projet d'aller un jour affiéger Rome. Il en parla même
plus d'une fois. Le projet paroiffoit bien
éloigné,

éloigné , & même impratiquable ; mais il
l'eût executé sans doute si la fortune avoit
secondé ses autres desseins.

Enfin toutes les difficultez étant appla-
nies , toutes ses volontez executées , après
avoir humilié l'Empereur , donné la Loy
dans l'Empire , avoir protegé sa Religion
Lutherienne au milieu des Catholiques , détrôné un Roi , couronné un autre , se voyant
la terreur de tous les Princes , il se prépara
à partir. Les délices de la Saxe où il étoit
resté oisif une année, n'avoient en rien adou-
ci sa maniere de vivre. Il montoit à cheval
trois fois par jour , se levoit à quatre heures
du matin , s'habilloit seul , ne buvoit point
de vin , ne restoit à table qu'un quart-d'heure , exerçoit ses Troupes tous les jours , & ne
connoissoit d'autre plaisir que celui de faire
trembler l'Europe.

Les Suedois ne sçavoient point encore
où leur Roi vouloit les mener , on se doutoit
seulement dans l'armée que Charles pourroit aller à Moscou. Il ordonna quelques
jours avant son départ à son Grand-Maréchal des Logis de lui donner par écrit la
route depuis Leipsic...il s'arrêta un moment
à ce mot , & de-peur que le Maréchal des
Logis ne pût rien deviner de ses projets , il
ajoûta en riant , jusqu'à toutes les Capitales
de l'Europe. Le Maréchal lui apporta une
Liste de toutes ces routes , à la tête desquel-
les il avoit affecté de mettre en grosses lettres

tres, *Route de Leipsic à Stokolm.* La plupart des Suedois n'aspiroient qu'à y retourner; mais le Roi étoit bien éloigné de songer à leur faire revoir leur Patrie. » Monsieur le »Maréchal, dit-il, je vois bien où vous vou-» driez me mener; mais nous ne retourne-» rons pas à Stokolm si-tôt.

L'armée étoit déja en marche & passoit auprès de Dresde; Charles étoit à la tête, courant toûjours selon sa coûtume deux ou trois cens pas devant ses Gardes. On le perdit tout d'un coup de vûë. Quelques Officiers s'avancerent à bride abatuë pour sçavoir où il pouvoit être; on courut de tous côtez, on ne le trouva point; l'allarme est en un moment dans toute l'armée, on fait alte, les Généraux s'assemblent, on étoit déja dans la consternation; on apprit enfin d'un Saxon qui passoit, ce qu'étoit devenu le Roi.

L'envie lui avoit pris en passant si près de Dresde, d'aller rendre une visite au Roi Auguste; il étoit entré à cheval dans la Ville, suivi de trois ou quatre Officiers Généraux, & avoit été droit descendre au Palais. Il monta jusques dans l'appartement de l'Electeur, avant que le bruit se fût répandu qu'il étoit dans la Ville. Le Général Fleming ayant vû de loin le Roi de Suede, n'eut que le tems de courir avertir son Maître. Tout ce qu'on pouvoit faire dans une occasion pareille, s'étoit déja présenté à l'idée du
Ministre

Ministre, il en parloit à Augufte; mais Charles entra tout botté dans la chambre , avant
qu'Augufte eût eu même le tems de revenir
de fa furprife. Il étoit malade alors , & en
robe de chambre ; il s'habilla en hâte. Charles déjeûna avec lui comme un Voyageur
qui vient prendre congé de fon ami ; enfuite
il voulut voir les fortifications. Pendant le
peu de tems qu'il employa à les parcourir ,
un Livonien profcrit en Suede , qui fervoit
dans les Troupes de Saxe, crut que jamais il
ne s'offriroit une occafion plus favorable
d'obtenir fa grace : il conjura le Roi Augufte
de la demander à Charles , bien fûr que ce
Roi ne réfuferoit pas cette legere condefcen-
dance à un Prince à qui il venoit d'ôter une
Couronne , & entre les mains duquel il étoit
dans ce moment. Augufte fe chargea aifément de cette affaire. Il étoit un peu éloigné
du Roi de Suede, & s'entretenoit avec Hord,
Général Suedois. Je crois , lui dit-il en fou-
riant, que votre Maître ne me refufera pas.
Vous ne le connoiffez pas, repartit le Général Hord, il vous refufera plûtôt ici que partout ailleurs. Augufte ne laiffa pas de demander au Roi en termes preffans la grace du
Livonien. Charles la refufa d'une maniere
à ne fe la pas faire demander une feconde
fois. Après avoir paffé quelques heures dans
cette étrange vifite, il embraffa le Roi Augufte , & partit. Il trouva en rejoignant fon
Armée, tous fes Généraux affemblez en Con-

feil de guerre; il leur en demanda la caufe.
Le Général Renchild lui dit, qu'il comptoit
affieger Drefde en cas qu'on eût retenu Sa
Majefté prifonniere. Bon, dit le Roi, on n'o-
feroit, on n'oferoit. Le lendemain, fur la
nouvelle qu'on reçut que le Roi Augufte
avoit tenu un Confeil extraordinaire à
Drefde : Vous verrez, dit Renchild qu'ils
déliberent fur ce qu'ils devoient faire hier.

Il partit enfin de Saxe en Septembre 1707.
fuivi d'une armée de quarante-trois mille
hommes, autrefois couverte de fer, & alors
brillante d'or & d'argent, & enrichie des
dépoüilles de la Pologne & de la Saxe. Chaque Soldat emportoit avec lui cinquante
écus d'argent comptant; non - feulement
tous les Regimens étoient complets, mais
il y avoit dans chaque Compagnie plufieurs
furnumeraires qui attendoient des Places
vacantes. Outre cette armée, le Comte Levenhaup, l'un de fes meilleurs Généraux,
l'attendoit en Pologne avec vingt mille
hommes ; il avoit encore une autre armée
de quinze mille hommes en Finlande, &
de nouvelles recruës lui venoient de Suede.
Avec toutes ces forces on ne douta pas qu'il
ne dût détrôner le Czar.

Cet Empereur étoit alors en Lithuanie,
occupé à ranimer un Parti auquel le Roi Augufte fembloit avoir renoncé ; fes Troupes
divifées en plufieurs Corps, fuyoient de tous
côtez au premier bruit de l'approche du Roi
de

de Suede ; il avoit recommandé lui-même à
tous ses Généraux de ne jamais attendre ce
Conquérant avec des forces inégales.

Le Roi de Suede au milieu de sa marche
victorieuse, reçut un Ambassade solemnelle
de la part des Turcs. L'Ambassadeur eut son
Audience au quartier du Comte Piper. C'é-
toit toujours chez ce Ministre que se faisoient les cérémonies d'éclat. Il soûtenoit la
dignité de son Maître par des dehors magni-
fiques, & le Roi toujours plus mal logé,
plus mal servi ; & plus simplement vêtu que
le moindre Officier de son armée , disoit
que son Palais étoit le quartier de Piper.
L'Ambassadeur Turc présenta à Charles cent
Soldats Suedois, qui ayant été pris par des
Calmouks, & vendus en Turquie, avoient
été rachetez par le Grand Seigneur , & que
cet Empereur envoyoit au Roi comme le
présent le plus agréable qu'il pût lui faire ;
non que la fierté Ottomane prétendît rendre hommage à la gloire de Charles XII.
mais parceque le Sultan, ennemi naturel des
Empereurs de Moscovie & d'Allemagne ,
vouloit se fortifier contr'eux de l'amitié de
la Suede & de l'alliance de la Pologne.
L'Ambassadeur complimenta Stanislas sur
son Avenement ; ainsi ce Roi fut reconnu
en peu de tems par l'Allemagne , la France,
l'Angleterre , l'Espagne , & la Turquie. Il
n'y eut que le Pape qui voulut attendre ,
pour le reconnoître, que le tems eût affer-

mi fur fa tête cette Couronne qu'une difgrace pouvoit faire tomber.

A peine Charles eut-il donné Audience
à l'Ambaffadeur de la Porte Ottomane,
qu'il courut chercher les Mofcovites.

Le Czar étoit forti de Pologne, & y étoit
rentré plus de vingt fois pendant le cours
de la guerre. Ce Pays ouvert de toutes parts,
n'ayant point de Places fortes qui coupe la
retraite à une armée, laiffoit aux Mofcovites la liberté de reparoître fouvent au même
endroit où ils avoient été battus, & même
de pénétrer dans le Pays auffi avant que le
Vainqueur. Pendant le féjour de Charles en
Saxe, le Czar s'étoit avancé jufqu'à Leopold, à l'extrêmité Meridionale de la Pologne. Il étoit alors vers le Nord à Grodno
en Lithuanie à cent lieuës de Leopold.

Charles laiffa en Pologne Staniflas, qui
affifté de dix mille Suedois & de fes nouveaux Sujets, avoit à conferver fon Royaume contre les ennemis, étrangers & domeftiques. Pour lui il fe mit à la tête de fa
Cavalerie, & marcha vers Grodno au milieu des glaces au mois de Janvier 1708.

Il avoit déja paffé le Niemen à deux
lieuës de la Ville, & le Czar ne fçavoit
encore rien de fa marche. A la première
nouvelle que les Suedois arrivent, le Czar
fort par la porte du Nord, & Charles entre
par celle qui eft au Midi. Le Roi n'avoit
avec lui que fix cens Gardes, le refte n'a-

voit

voit pû le fuivre. Le Czar fuyoit avec
plus de deux mille hommes dans l'opinion
que toute une Armée entroit dans Grodno.
Il apprend le jour même par un transfuge
Polonois, qu'il n'a quitté la Place qu'à fix
cens hommes, & que le gros de l'Armée
ennemie étoit encore éloigné de plus de
cinq lieuës. Il ne perd point de tems, il détache quinze cens chevaux de fa troupe à l'entrée de la nuit, pour aller furpren-
dre le Roi de Suede dans la Ville. Les
quinze cens Mofcovites arriverent à la faveur de l'obfcurité jufqu'à la premiere Garde Suedoife fans être reconnus. Trente
hommes compofoient cette Garde, ils foû-
tinrent feuls un demi-quart-d'heure l'effort de quinze cens hommes. Le Roi qui
étoit à l'autre bout de la Ville accourut bien-
tôt avec le refte de fes fix cens Gardes. Les
Mofcovites s'enfuirent avec précipitation.
Son Armée ne fut pas long-tems fans le
joindre, ni lui fans pourfuivre l'ennemi.
Tous les Corps Mofcovites répandus dans
la Lithuanie fe retiroient en hâte du côté de
l'Orient dans le Palatinat de Minsky, près
des frontieres de la Mofcovie où étoit leur
rendez-vous. Les Suedois que le Roi partagea auffi en divers Corps, ne cefferent de
les fuivre pendant plus de trente lieuës de
chemin. Ceux qui fuyoient & ceux qui
pourfuivoient, faifoient des marches for-
cées, prefque tous les jours, quoiqu'on fût

G 3   au

au milieu de l'hiver. Il y avoit déja long-tems que toutes les saisons étoient devenuës égales pour les Soldats de Charles & pour ceux du Czar ; la seule terreur qu'inspiroit le nom du Roi Charles, mettoit alors de la différence entre les Moscovites & les Suedois.

Depuis Grodno jusqu'au Boristhêne, en tirant vers l'Orient, ce ne sont que des marais, des déserts, des montagnes, des forêts immenses : dans les endroits qui sont cultivez on ne trouve point de vivres ; les Paysans enfouissent dans la terre tous leurs grains & tout ce qui peut s'y conserver ; il faut sonder la terre avec de grandes perches ferrées pour découvrir ces magasins souterrains. Les Moscovites & les Suedois se servirent tour-à-tour de ces provisions ; mais on n'en trouvoit pas toûjours, & elles n'étoient pas suffisantes.

Le Roi de Suede qui avoit prévu ces extrêmitez, avoit fait apporter du biscuit pour la subsistance de son Armée ; rien ne l'arrêtoit dans sa marche. Après qu'il eût traversé la forêt de Minsky, où il fallut abattre à tout moment des arbres pour faire un chemin à ses Troupes & à son bagage, il se trouva le 25. Juin 1708. devant la riviere de Berezine, vis-à-vis Borislou.

Le Czar avoit rassemblé en cet endroit la plus grande partie de ses forces, il y étoit avantageusement retranché. Son dessein étoit

étoit d'empêcher les Suedois de paffer la riviere. Charles pofta quelques Régimens
fur le bord de la Berezine à l'oppofite de
Boriflou, comme s'il avoit voulu tenter le
paffage à la vûë de l'ennemi. Dans le même
tems, il remonte avec fon Armée trois
lieuës au-delà vers la fource de la rivierre,
il y fait jetter un pont, paffe fur le ventre à
un Corps de trois mille hommes qui défendoit ce pofte, marche à l'Armée ennemie fans s'arrêter Les Mofcovites ne l'at-
tendirent pas, ils décamperent & fe retirerent vers le Boristhêne, gâtant tous les
chemins, & détruifant tout fur leur route
pour retarder au moins les Suedois.

Charles furmonta tous les obftacles,
avançant toûjours vers le Boriftêne. Il rencontra fur fon chemin vingt mille Mofcovites, retranchez dans un lieu nommé Hol-
lofin, derriere un marais auquel on ne pouvoit aborder qu'en paffant une riviere. Charles n'attendit pas pour les attaquer que le
refte de fon Infanterie fût arrivé; il fe jette
dans l'eau à la tête de fes Gardes à pied, il
traverfe la riviere & le marais, ayant fouvent de l'eau au-deffus des épaules. Pendant qu'il alloit ainfi aux ennemis, il avoit
ordonné à fa Cavalerie de faire le tour du
marais pour prendre les Ennemis en flanc.
Les Mofcovites étonnez qu'aucune barriere
ne pût les défendre, furent enfoncez en
même-tems, par le Roi qui les atta-

G 4　　　　　　quoit

quoit à pied, & par la Cavalerie Suedoise.

Cette Cavalerie s'étant fait jour à travers des Ennemis, joignit le Roi au milieu du combat. Alors il monta à cheval ; mais quelque tems après il trouva dans la mêlée un jeune Gentilhomme Suedois nommé Gullenstiern, qu'il aimoit beaucoup, blessé & hors d'état de marcher : il le força de prendre son cheval, & continua de commander à pied à la tête de son Infanterie. De toutes les Batailles qu'il avoit données, celle-ci étoit peut-être la plus glorieuse, celle où il avoit essuyé les plus grands dangers, & où il avoit montré le plus d'habileté. On en conserva la mémoire par une Médaille où on lisoit d'un côté, *Silva, paludes, aggeres, hostes victi.* Et de l'autre : *Victrices copias alium laturus in orbem.*

Les Moscovites chassez partout repasserent le Boristêne, qui sépare les Etats de la Pologne, de leur Pays. Charles ne tarda pas à les poursuivre, il passa ce grand fleuve après eux, à Mohilou derniere Ville de la Pologne, qui appartient tantôt aux Polonois, tantôt aux Czars, destinée commune aux Places frontieres.

Le Czar qui vit alors son Empire où il venoit de faire naître les Arts & le commerce, en proye à une guerre capable de renverser en peu tous ses grands desseins, & peut-être son Trône, songea à parler de paix. Il fit hazarder quelques propositions

par

par un Gentilhomme Polonois qui vint à l'Armée de Suede. Charles XII. accoûtumé à n'accorder la paix à ses Ennemis que dans leurs Capitales, répondit simplement: *Je traiterai avec le Czar à Moscou.* Quand on rapporta au Czar cette réponse hautaine : » Mon frere Charles , dit-il , prétend » faire toûjours l'Alexandre ; je me flatte » qu'il ne trouvera pas en moi un Darius.

Fin du troisiéme Livre.

ARGUMENT

ARGUMENT
du Quatriéme Livre.

CHARLES *quitte la Saxe :
poursuit le Czar : s'enfonce*
dans *l'Ukraine. Ses pertes, sa blessure : bataille de Pultava, suites de
cette bataille. Charles réduit à fuir
en Turquie : sa reception en Bes-
sarabie.*

HISTOIRE
DE CHARLES XII.
ROY DE SUEDE.

✱✱✱✱✱✱✱✱✱✱✱✱✱✱✱✱✱✱✱✱✱✱

LIVRE QUATRIE'ME.

E Mohilou, Place où le Roi tra-
versa le Boristême, si vous remon-
tez au Nord le long de ce fleuve,
toûjours sur les frontieres de Pologne & de Moscovie, vous trouverez à trente lieuës le Pays de Smolensko, par où passe la
grande route qui va de Pologne à Moscou;
le Czar se retiroit par ce chemin; le Roi le
suivoit à grandes journées. Une partie de
l'arriere-Garde Moscovite fut plus d'une
fois aux prises avec les Dragons de l'a-
vant-Garde Suedoise. L'avantage demeuroit presque toûjours à ces derniers; mais
ils s'assoiblissoient à force de vaincre, dans
des petits combats qui ne décidoient rien,

G 6 &

& où ils perdoient toûjours du monde.

Le 22. Septembre de cette année 1708.
le Roi attaqua auprès de Smolensko un
Corps de dix mille hommes de Cavalerie
& de six mille Calmouks.

Ces Calmouks sont des Tartares qui
habitent entre le Royaume d'Astracan,
Domaine du Czar , & celui de Samarcan-
de, Pays des Tartares Usbeks, & Patrie de
Timur, connu sous le nom de Tamerlan.
Le Pays des Calmouks s'étend à l'Orient
jusqu'aux montagnes qui séparent le Mogol
de l'Asie Occidentale. Ceux qui habitent
vers Astracan sont tributaires du Czar : il
prétend sur eux un empire absolu ; mais
leur vie vagabonde l'empêche d'en être
le maître, & fait qu'il se conduit avec eux
comme le Grand Seigneur avec les Arabes,
tantôt souffrant leurs brigandages , & tantôt les punissant. Il y a toujours de ces
Calmouks dans les Troupes de Moscovie.
Le Czar étoit même parvenu à les discipliner comme le reste de ses Soldats.

Le Roi fondit sur cette Armée n'ayant
avec lui que six Regimens de Cavalerie,
& quatre mille Fantassins. Il enfonça d'a-
bord les Moscovites à la tête de son Régiment d'Ostrogothie ; les Ennemis se retirerent. Le Roi avança sur eux par des
chemins creux & inégaux , où les Calmouks étoient cachez. Ils parurent alors,
& se jetterent entre le Régiment où le Roi
combattoit,

combattoit, & le reste de l'Armée Suedoise. A l'instant & Moscovites & Calmouks entourerent ce Régiment & perce-
rent jusqu'au Roi. Ils tuerent deux Aydes
de Camp qui combattoient auprès de sa
personne. Le cheval du Roi fut tué sous
lui ; un Ecuyer lui en présentoit un autre ;
mais l'Ecuyer & le cheval furent percez
de coups. Charles combattit à pied, entouré
de quelques Officiers qui accoururent incontinent autour de lui.

Plusieurs furent pris, blessez ou tuez, ou
entraînez loin du Roi par la foule qui se
jettoit sur eux ; il ne restoit que cinq hommes auprès de Charles. Il étoit épuisé de
fatigue ; il avoit tué plus de douze ennemis
de sa main, sans avoir reçu une seule
blessure, par ce bonheur inexprimable qui
jusqu'alors l'avoit accompagné partout, &
sur lequel il compta toûjours. Enfin un
Colonel nommé Dardof se fait jour à travers des Calmuks avec une seule Compagnie de son Régiment ; il arrive à tems
pour dégager le Roi ; le reste des Suedois
fit main-basse sur ces Tartares. L'Armée
reprit ses rangs. Charles monta à cheval,
& tout fatigué qu'il étoit, il poursuivit les
Moscovites pendant deux lieuës.

Le Vainqueur étoit toûjours dans le
grand chemin de la Capitale de Moscovie. Il y a de Smolensko, auprés duquel
se donna ce combat, jusques à Moscou,
environ

environ cent de nos lieuës Françoifes, les chemins n'étoient pas plus mauvais par eux-mêmes, que ceux par où les Suedois avoient déja paffé ; mais on eut avis que le Czar avoit non feulement rendu toutes les routes impraticables, foit en les cou- vrant d'eaux dans les endroits voifins des marais, foit en faifant de diftance en dif- tance des foffez profonds, foit en cou- vrant les chemins de forêts qu'on avoit abattuës ; mais encore qu'il avoit brûlé tous les Villages à droite & à gauche. L'hiver approchoit, il y avoit peu d'ap- parence d'avancer promptement dans le Pays, nulle d'y fubfifter, & toutes les forces Mofcovites réünies pouvoient aller au Roi de Suede par des chemins qu'il ne connoiffoit pas.

Charles ayant fait la revûë de toute fon Armée, & s'étant fait rendre compte des vivres, vit qu'on n'en avoit pas pour quinze jours. Le Général Levenhaup qui devoit lui amener des provifions & quinze mille hommes de renfort, ne venoit point. Il réfolut donc de quitter le chemin de Mof- cou, & de tourner au Midi vers l'Ukrai- ne dans le Pays des Cofaques, fitué entre la petite Tartarie, la Pologne & la Mof- covie. Ce Pays a environ cent de nos lieuës du Midi au Septentrion, & prefque autant de l'Orient au Couchant. Il eft par- tagé en deux parties à peu-près égales par

le

le Boristhéne qui le traverse en coulant du Nord-Ouest au Sud-Est ; la principale Ville est Bathurin sur la petite riviere de Sem. La partie la plus septentrionale de l'Ukraine est cultivée & riche. La plus méridionale située par le quarante-huitiéme dégré , est un des Pays des plus fertiles du monde , & des plus deserts. Le mauvais Gouvernement y étouffe le bien que la nature s'efforce de faire aux hommes. Les Habitans de ces cantons voisins de la petite Tartarie ne sement ni ne plantent ; parceque les Tartares de Bougiac , ceux de Precop , les Moldaves , tous Peuples brigands , viendroient ravager leurs moissons.

L'Ukraine a toûjours aspiré à être libre : mais étant entourée de la Moscovie , des Etats du Grand Seigneur & de la Pologne , il lui a fallu chercher un Protecteur, & par conséquent un Maître dans l'un de ces trois Etats. Elle se mit d'abord sous la protection de la Pologne qui la traita trop en Sujette ; elle se donna depuis au Moscovite qui la gouverna en Esclave, autant qu'elle le put. D'abord les Ukraniens joüirent du Privilege d'élire un Prince sous le nom de Général ; mais bientôt ils furent dépoüillez de ce droit, & leur Général fut nommé par la Cour de Moscou.

Celui qui remplissoit alors cette Place
étoit

étoit un Gentilhomme Polonois, nommé
Mazeppa, né dans le Palatinat de Podo-
lie. Il avoit été élevé Page du Roi Jean
Casimir, & avoit pris à sa Cour quelque
teinture des Belles Lettres. Une intrigue
qu'il eut dans sa jeunesse avec la femme
d'un Gentilhomme Polonois, ayant été découverte, le mari le fit foüetter de verges,
le fit lier tout nud sur un cheval farouche,
& le laissa aller en cet état. Le cheval qui
étoit du Pays de l'Ukraine y retourna, &
y porta Mazeppa demi-mort de fatigue &
de faim. Quelques Paysans le secoururent,
il resta long-tems parmi eux, & se signala
dans plusieurs courses contre les Tartares.
La superiorité de ses lumieres lui donna
une grande considération parmi les Cosaques ; sa réputation s'augmentant de jour
en jour obligea le Czar à le faire Prince
de l'Ukraine.

Un jour étant à table à Moscou avec
le Czar, cet Empereur lui proposa de discipliner les Cosaques, & de rendre ces
Peuples plus dépendans. Mazeppa répondit, que la situation de l'Ukraine & le
génie de cette Nation étoient des obstacles insurmontables. Le Czar qui commençoit à être échauffé par le vin, & qui ne
commandoit pas toûjours à sa colere,
l'appella traître, & le menaça de le faire
empaler.

Mazeppa de retour en Ukraine, forma
le

le projet d'une révolte ; l'Armée de Suede qui parut bien-tôt après fur les frontieres, lui en facilita les moyens : il prit la réfolution d'être indépendant, & de fe former un puiffant Royaume de l'Ukraine & des débris de l'Empire de Ruffie. C'étoit un homme courageux, entreprenant, & d'un travail infatigable : il fe ligua fecretement avec le Roi de Suede pour hâter la chute du Czar, & pour en profiter.

Le Roi lui donna rendez-vous auprès de la riviere Defna. Mazeppa promit de s'y rendre avec trente mille hommes, des munitions de guerre, des provifions de bouche, & fes tréfors qui étoient immenfes. L'Armée Suedoife marcha donc de ce côté, au grand étonnement de tous les Officiers qui ne fçavoient rien du Traité du Roi avec les Cofaques. Charles envoya ordre à Levenhaup de lui amener en diligence fes Troupes, & des provifions dans l'Ukraine, où il projettoit de paffer l'hiver, afin que s'étant affuré de ce Pays, il pût conquerir la Mofcovie au printemps fuivant, & cependant s'avança vers la Defna qui tombe dans le Borifthêne à Kiovie.

Les obftacles qu'on avoit trouvez jufqu'alors dans la route, étoient legers en comparaifon de ceux qu'on rencontra dans ce nouveau chemin. Il fallut traverfer une forêt de cinquante lieuës, pleine de marécages

cages. Le Général Lagercron, qui marchoit devant avec cinq mille hommes & des pioniers, égara l'Armée vers l'Orient à plus de trente lieuës de la véritable route. Après trois jours de marche, le Roi reconnut la faute de Lagercron, on se remit avec peine dans le véritable chemin ; mais presque toute l'artillerie, tous les chariots resterent embourbez ou abimez dans les marais, & les chevaux perirent de fatigue.

Enfin après douze jours d'une marche si penible, pendant laquelle les Suedois avoient consumé le peu de biscuit qui leur restoit, cette Armée extenuée de lassitude & de faim arriva sur les bords de la Desna dans l'endroit où Mazeppa avoit marqué le rendez-vous. Mais au lieu d'y trouver ce Prince, on trouva un Corps de Moscovites qui avançoit vers l'autre bord de la riviere. Le Roi fut surpris ; mais il résolut sur la champ de passer la Desna, & d'attaquer les Ennemis. Les bords de cette riviere étoient si escarpez, qu'on fut obligé de descendre les Soldats avec des cordes. Ils traverserent la riviere selon leur maniere accoûtumée, les uns sur des radeaux faits à la hâte, les autres à la nage. Le Corps des Moscovites qui arrivoit dans ce temps-là même, n'étoit que de huit mille hommes ; il ne resista pas longtemps, & cet obstacle fut encore surmonté.

Charles

Charles avançoit dans ces Pays perdus, incertain de sa route & de la fidelité de Mazeppa. Ce Cosaque parut enfin ; mais plûtôt comme un fugitif que comme un Allié puissant. Les Moscovites avoient découvert & prévenu ses desseins. Ils étoient venu fondre sur ses Cosaques qu'ils avoient taillez en pieces ; ses principaux amis, pris les armes à la main, avoient péri au nombre de trente par le supplice de la rouë ; ses Villes étoient réduites en cendre, ses trésors pillez, les provisions qu'il préparoit au Roi de Suede saisies, à peine avoit-il pû échaper avec six mille hommes & quelques chevaux chargez d'or & d'argent. Toutefois il apportoit au Roi l'espérance de se soutenir par ses intelligences dans ce Pays inconnu, & l'affection de tous les Cosaques, qui enragez contre les Moscovites, arrivoient par troupes au camp, & le firent subsister.

Charles espéroit au moins que son Général Levenhaup viendroit réparer cette mauvaise fortune. Il devoit amener environ quinze mille Suedois qui valoient mieux que cent mille Cosaques, & apporter des provisions de guerre & de bouche. Il arriva à-peu-près dans le même état que Mazeppa.

Il avoit déja passé le Boristhêne au-dessus de Mohilou, & s'étoit avancé vingt de nos lieuës au-delà, sur le chemin de l'Ukraine. Il amenoit au Roy un convoi de huit mille chariots.

chariots, avec l'argent qu'il avoit levé en
Lithuanie & fur fa route. Quand il fut vers
le Bourg de Lefno, près de l'endroit où les
rivieres de Pronia & de Soffa fe joignent
pour aller tomber loin au-deffous dans le
Boriftêne, le Czar parut à la tête de cinquante mille hommes.

Le Général Suedois, qui n'en avoit pas
feize mille complets, ne voulut pas fe retrancher. Tant de Victoires avoient donné
aux Suedois une fi grande confiance, qu'ils
ne s'informoient jamais du nombre de leurs
ennemis; mais feulement du lieu où ils
étoient. Levenhaup marcha donc à eux fans
balancer le 7. d'Octobre 1708. après midy.
Dans le premier choc ils tuerent quinze
cens Mofcovites. La confufion fe mit dans
l'armée du Czar : on fuyoit de tous côtez.
L'Empereur des Ruffes vit le moment où il
alloit être entierement défait. Il fentoit que
le falut de fes Etats dépendoit de cette journée, & qu'il étoit perdu fi Levenhaup joi-
gnoit le Roy de Suede avec une armée victorieufe.

Dès qu'il vit que fes Troupes commençoient à reculer, il courut à l'arriere-Garde
où étoient des Cofaques & des Calmouks:
Je vous ordonne, leur dit-il, de tirer fur
quiconque fuira, & de me tuer moi-même,
fi j'étois affez lâche pour me retirer. De-là
il retourna à l'avant-Garde, & rallia fes
Troupes lui-même, aidé du Prince Menzikoff.

ikoff. Levenhaup , qui avoit des ordres
reſſans de rejoindre ſon maître , aima
mieux continuer ſa marche que recommencer le combat , croyant en avoir aſſez
fait pour ôter aux ennemis la réſolution de
le pourſuivre.

Dès le lendemain à onze heures le Czar
l'attaqua au bord d'un marais , & étendit
ſon armée pour l'envelopper. Les Suedois
firent face partout : on ſe battit pendant
deux heures avec une opiniâtreté égale.
Les Moſcovites perdirent trois fois plus de
monde ; mais aucun ne lâcha pied , & la
victoire fut indéciſe.

A quatre heures le Général Baver amena au Czar un renfort de Troupes. La bataille recommença alors pour la troiſiéme
fois avec plus de furie & d'acharnement ;
elle dura juſqu'à la nuit. Enfin le nombre l'emporta , les Suedois furent rompus , enfoncez, & pouſſez juſqu'à leur bagage. Levenhaup rallia ſes Troupes derriere
les chariots ; les Suedois étoient vaincus ,
mais ils ne s'enfuirent point. Il reſtoit environ neuf mille hommes , dont aucun ne
s'écarta. Le Général les mit en ordre de bataille auſſi facilement que s'ils n'avoient
point été vaincus. Le Czar de l'autre côté
paſſa la nuit ſous les armes , il défendit aux
Officiers , ſous peine d'être caſſez , & aux
Soldats , ſous peine de mort , de s'écarter
pour piller.

Le

Le lendemain encore il commanda au point du jour une nouvelle attaque. Levenhaup s'étoit retiré à quelques milles dans un lieu avantageux, après avoir encloüé une partie de son canon & mis le feu à ses chariots.

Les Moscovites arriverent affez à temps pour empêcher tout le convoi d'être confommé par les flâmes; ils fe faifirent de plus de fix mille chariots qu'ils fauverent. Le Czar qui vouloit achever la défaite des Suedois, envoya un de ses Généraux nommé Flug, les attaquer encore pour la cinquiéme fois. Ce Général leur offrit une Capitulation honorable. Levenhaup la refufa, & livra un cinquiéme combat auffi fanglant que les premiers. De neuf mille Soldats qu'il avoit encore, il en perdit la moitié, l'autre ne put être forcée. Enfin la nuit furvenant, Levenhaup après avoir foutenu cinq combats contre cinquante mille hommes, paffa la Soffa à la nage, fuivi par cinq mille hommes qui lui reftoient, dont les bleffez pafferent fur des radeaux. Le Czar perdit plus du vingt mille Moscovites dans ces cinq combats, où il eut la gloire de vaincre les Suedois, & Levenhaup celle de difputer trois jours la victoire, & de fe retirer fans avoir été forcé dans fon dernier pofte. Il vint donc au Camp de fon Maître avec l'honneur de s'être fi bien défendu; mais n'amenant avec lui ni munitions ni armée.

Le

Le Roi Stanislas eût bien voulu aller joindre Charles dans le même tems ; mais les Moscovites vainqueurs de Levenhaup, qui eussent coupé les chemins, & Siniauski l'occupoit assez en Pologne.

Le Roi de Suede se trouva ainsi sans provisions & sans communication avec la Pologne, entouré d'ennemis, au milieu d'un Pays où il n'avoit guéres de ressource que son courage.

Dans cette extrêmité le mémorable hyver 1709. plus terrible encore sur ces frontieres de l'Europe, que nous ne l'avons vû en France, détruisit une partie de son Armée. Charles vouloit braver les saisons comme il faisoit ses Ennemis ; il osoit faire de longues marches avec ses Troupes pendant ce froid mortel. Ce fut dans une de ces marches que deux mille hommes tomberent morts de froid presqu'à ses yeux. Les Cavaliers n'avoient plus de bottes, les fantassins étoient sans souliers & presque sans habits. Ils étoient réduits à se faire des chaussures de peaux de bêtes, comme ils pouvoient ; souvent ils manquoient de pain. On avoit été réduit à jetter presque tous les canons dans des marais & dans les rivieres, faute de chevaux pour les traîner. Cette Armée auparavant si florissante, étoit réduite à vingt-quatre mille hommes prêts à mourir de faim. On ne recevoit plus de nouvelles de la Suede, & on on ne pouvoit y en faire tenir. Dans cet état un seul Officier se plaignit. » Eh quoi! » lui dit le Roi, vous ennuyez-vous d'être » loin de vôtre femme? Si vous êtes un vrai » Soldat, je vous menerai si loin que vous » pourriez à peine recevoir des nouvelles » de Suede une fois en trois ans.

Un Soldat osa lui présenter, avec murmure en présence de toute l'Armée, un morceau de pain noir & moisi, fait d'orge & d'avoine, seule nourriture qu'ils avoient alors, & dont ils n'avoient pas même suffisamment. Le Roi reçut le morceau de pain sans s'émouvoir, le mangea tout entier, & dit ensuite froidement au Soldat : Il n'est pas bon ; mais il se peut manger. Ce trait tout petit qu'il est, si ce qui augmente le respect & la confiance peut être petit, contribua plus que tout le reste à faire supporter à l'Armée Suedoise des extrêmitez qui eussent été intolérables sous tout autre Général.

Dans cette situation il reçut enfin des nouvelles de Stokolm ; mais ce ne fut que pour apprendre la mort de la Duchesse de Holstein sa sœur, que la petite verole enleva au mois de Décembre 1708. dans la vingt-septiéme année de son âge. C'étoit une Princesse aussi douce & aussi compatissante que son frere étoit impérieux dans ses volontez, & implacable dans ses vengeances. Il avoit toûjours eu pour elle
beaucoup

beaucoup de tendresse. Il fut d'autant plus affligé de sa perte, que commençant alors à devenir malheureux, il en devenoit un peu plus sensible.

Il apprit aussi qu'on avoit levé des Troupes & de l'argent en execution de ses ordres ; mais rien ne pouvoit arriver jusqu'à son Camp, puisqu'entre lui & Stokolm il y avoit près de cinq cens lieuës à traverser, & des Ennemis supérieurs en nombre à combattre.

Le Czar aussi agissant que le Roi de Suede, après avoir envoyé de nouvelles Troupes au secours des Conféderez de Pologne, réünis contre Stanillas sous le Général Siniauski, s'avança bien-tôt dans l'Ukraine au milieu de ce rude hyver pour faire tête au Roi de Suede. Là il continua dans la politique d'affoiblir son ennemi par de petits combats ; jugeant bien que l'Armée Suedoise périroit entierement à la longue ; puisqu'elle ne pouvoit être recrutée, tandis que lui pouvoit tirer à tout moment de nouvelles forces de ses Etats.

Il falloit que le froid fût bien excessif, puisque les deux ennemis furent contraints de s'accorder une suspension d'armes. Mais dès le premier de Février on recommença à se battre au milieu des glaces & des neiges.

Après plusieurs petits combats, & quelques désavantages, le Roi vit au mois

H d'Avril

d'Avril qu'il ne lui reſtoit plus que dix-huit mille Suedois. Mazeppa ſeul, ce Prince des Coſaques, les faiſoit ſubſiſter; ſans ce ſecours l'Armée eût péri de faim & de miſere. Le Czar dans cette conjoncture fit propoſer à Mazeppa de rentrer ſous ſa domination. Mais le Coſaque fut fidéle à ſon nouvel Allié; ſoit que le ſupplice affreux de la roüe dont avoient péri ſes amis, le fît craindre pour lui-même, ſoit qu'il voulût les venger.

Charles avec ſes dix-huit mille Suedois, & autant de Coſaques, n'avoit perdu ni le deſſein, ni l'eſpérance de pénétrer juſqu'à Moſcou. Il alla vers la fin de May inveſtir Pultava, ſur la riviere de Vorskla, à l'extrêmité orientale de l'Ukraine, à treize grandes lieuës du Boriſthêne; le Czar en avoit fait un Magazin. Si le Roi la prenoit, il ſe rouvroit le chemin de Moſcou, & pouvoit au moins attendre dans l'abondance de toutes choſes les ſecours qu'il eſperoit encore de Suede, de Livonie, de Pomeranie & de Pologne. Sa ſeule reſſource étant donc dans la priſe de Pultava, il en preſſa le ſiége avec ardeur. Mazeppa qui avoit des intelligences dans la Ville, l'aſſura qu'il en ſeroit bien-tôt le maître; l'eſpérance renaiſſoit dans toute l'Armée. Les Soldats regardoient la priſe de Pultava comme la fin de toutes leurs miſeres.

Le Roi s'apperçut dès le commencement du

du Siége qu'il avoit enseigné l'art de la
Guerre à ses Ennemis. Le Prince Menzikoff,
malgré toutes ses précautions, jetta du secours dans la Ville ; la Garnison par ce
moyen se trouva forte de près de dix mille
hommes.

Le Roi en continua le siége avec plus de
vigueur, il donna deux assauts aux Ouvrages avancez, la courtine même fut prise. Le
siége étoit en cet état lorsque le Roi s'étant
avancé à cheval dans la riviere pour reconnoître de plus près quelques Ouvrages,
reçut un coup de carabine qui lui perça la
botte, & lui fracassa l'os du talon. On ne
remarqua pas sur son visage le moindre
changement qui pût faire soupçonner qu'il
étoit blessé ; il continua à donner tranquillement ses ordres, & demeura encore près
de six heures à cheval. Un de ses Domestiques s'appercevant que le soulier de la botte
du Prince étoit tout sanglant, courut chercher des Chirurgiens ; la douleur du Roi
commençoit à être si cuisante qu'il fallut
l'aider à descendre de cheval, & l'emporter
dans sa tente. Les Chirurgiens visiterent sa
playe ; la gangrenne y étoit déja ; ils furent
d'avis de lui couper la jambe. La consternation de l'Armée étoit inexprimable. Un
Chirurgien nommé Neuman, plus habile
& plus hardi que les autres, assura qu'en
faisant de profondes incisions, il sauveroit
la jambe au Roi. Travaillez donc tout-à-

l'heure, lui dit le Roi ; taillez hardiment, ne craignez rien : il tenoit lui-même sa jambe avec les deux mains, regardant les incisions qu'on lui faisoit, comme si l'opération eût été faite sur un autre.

Dans le temps même qu'on lui mettoit un appareil, il ordonna un assaut pour le lendemain : mais à peine avoit-il donné cet ordre, qu'on vint lui apprendre que le Czar paroissoit avec une Armée de plus de soixante & dix mille hommes. Il fallut alors prendre un autre parti. Charles blessé & incapable d'agir, se voyoit entre le Boristhêne & la riviere qui passe à Pultava, dans un Pays desert, sans Places de sureté, sans munitions, vis-à-vis une Armée qui lui coupoit la retraite & les vivres. Dans cette extrémité il n'assembla point de Conseil de Guerre, comme tant de Relations l'ont débité ; mais la nuit du 17 au 18 de Juin il fit venir le Velt-Maréchal Renchild dans sa tente, & lui ordonna sans délibération, comme sans inquiétude, de tout disposer pour attaquer le Czar le lendemain matin. Renchild ne contesta point, & sortit pour obéir. A la porte de la tente du Roi il rencontra le Comte Piper, qui lui demanda s'il n'y avoit rien de nouveau : Non, dit le Général froidement ; & passa outre pour aller donner ses ordres. Dès que le Comte Piper fût entré dans la tente : Renchild ne vous a-t'il rien appris, lui dit le Roi ? Rien, répondit

pondit Piper : Eh bien je vous apprends,
donc, reprit le Roi, que demain nous donnons bataille. Le Comte Piper fut effrayé
d'une résolution si désesperée ; mais il sçavoit bien qu'on ne faisoit jamais changer
son maître d'idée ; il ne marqua son étonnement que par son silence , & laissa Charles dormir jusqu'à la pointe du jour.

Ce fut le 18. de Juin de l'année 1709.
que se donna cette Bataille décisive de Pultava entre les deux plus célebres Monarques
qui fussent alors dans le monde ; Charles
XII. illustre par neuf années de victoires ,
Pierre Alexiovits par neuf années de peines,
prises pour former des Troupes égales aux
Troupes Suedoises ; l'un glorieux d'avoir
donné des Etats, l'autre d'avoir civilisé les
siens ; Charles aimant les dangers , & ne
combattant que pour la gloire ; Alexiovits
ne fuyant point le péril , & ne faisant la
guerre que pour ses intérêts ; le Monarque
Suedois libéral par grandeur d'ame , le
Moscovite ne donnant jamais que pour
quelque vûë. Celui-là d'une sobrieté &
d'une continence sans exemple , d'un naturel magnanime , & qui n'avoit été barbare qu'une fois ; celui-ci n'ayant pas dépoüillé la rudesse de son éducation & de
son Pays , aussi terrible à ses Sujets qu'admirable Etrangers , & trop adonné à des
excez qui ont même abregé ses jours. Charles avoit le titre d'invincible , qu'un mo-

H 3   ment

ment pouvoit lui ôter; les Nations avoient déja donné à Pierre Alexiovits le nom de Grand, qu'une défaite ne pouvoit lui faire perdre, parcequ'il ne le devoit pas à des victoires.

Pour avoir une idée nette de cette bataille, & du lieu où elle fut donnée, il faut se figurer Pultava au Nord, le Camp du Roi de Suede au Sud, tirant un peu vers l'Orient, son bagage derriere lui à environ un mille, & la riviere de Pultava au Nord de la Ville, coulant de l'Orient à l'Occident.

Le Czar avoit passé la riviere à une lieuë de Pultava du côté de l'Occident, & commençoit à former son Camp.

A la pointe du jour les Suedois parurent hors de leurs tranchées avec quatre canons de fer pour toute artillerie : le reste fut laissé dans le Camp avec environ trois mille hommes; quatre mille demeurerent au bagage. Desorte que l'Armée Suedoise marcha aux Ennemis, forte d'environ vingt-cinq mille hommes, dont il n'y avoit pas douze mille de Troupes réglées.

Les Généraux Renchild, Field, Levenhaup, Slipenbak, Horn, Sparre, Hamilton, le Prince Vittemberg, parent du Roi, & quelques autres dont la plûpart avoient vû la Bataille de Narva, faisoient tous souvenir les Officiers subalternes de cette journée, où huit mille Suedois avoient détruit
une

une Armée de cent mille Moſcovites dans
un Camp retranché. Les Officiers le di-
ſoient aux Soldats, tous s'encourageoient
en marchant.

Le Roi conduiſoit la marche, porté ſur un
brancard à la tête de ſon Infanterie. La Cavalerie s'avança par ſon ordre pour attaquer
celle des Ennemis. La bataille commença
par cet engagement à quatre heures & de-
mie du matin : La Cavalerie ennemie étoit
à l'Occident à la droite du Camp Moſcovite ; le Prince Menzikoff, & le Comte
Gollowin l'avoient diſpoſée par pelotons
entre des redoutes garnies de canons. Le
Général Slipenbak à la tête des Eſcadrons
Suedois, fondit ſur cette Cavalerie. Tous
ceux qui ont ſervi dans les Troupes Suedoiſes, ſçavent qu'il étoit preſque impoſſible de réſiſter à la fureur de leur premier
choc. Les Eſcadrons Moſcovites furent
rompus & enfoncez. Le Czar accourut lui-
même pour les rallier, ſon chapeau fut
percé d'une balle de mouſquet, Menzikoff
eut trois chevaux tuez ſous lui, les Suedois
crierent victoire.

L'Empereur Moſcovite crut un quart-
d'heure que tout étoit perdu. Après bien
des efforts, lui & ſes Généraux rallierent
la Cavalerie ; il rompit à ſon tour celle
des Suedois, Slipenbak même fut fait priſonnier. Dans le même temps ſoixante &
douze canons tiroient du Camp ſur la Ca-

valerie

valerie Suedoife, & l'Infanterie Ruffienne débouchant de fes lignes venoit attaquer celle de Charles.

Le Czar, par une préfence d'efprit & par une pénétration qui n'appartient dans ces momens qu'aux véritablement grands hommes, détache alors le Prince Menzikoff pour aller fe pofter entre Pultava & les Suedois. Le Prince Menzikoff exécuta avec habileté & avec promptitude l'ordre de fon Maître; non feulement il coupa la communication entre l'Armée Suedoife, & les Troupes reftées au Camp devant Pultava; mais ayant rencontré un Corps de referve de trois mille hommes, il l'enveloppa & le tailla en piéces.

Cependant l'Infanterie Mofcovite fortoit de fes lignes, & s'avançoit en bataille dans la plaine. D'un autre côté la Cavalerie Suedoife fe rallioit à un quart de lieuë de l'Armée Ennemie; & le Roi aidé de fon Velt-Maréchal Renchild, ordonnoit tout pour un combat général.

Il rangea ce qui lui reftoit de Troupes, fur deux lignes; fon Infanterie occupant le centre, fa Cavalerie les deux aîles. Le Czar difpofoit fon Armée de même; il avoit l'avantage du nombre, & celui de foixante & douze canons, tandis que les Suedois ne lui en oppofoient que quatre, & qu'ils commençoient à manquer de poudre.

L'Empereur Mofcovite étoit au centre
de

de son Armée, n'ayant alors que le titre de Major Général, & sembloit obéïr au Général Cseremetoff. Mais il alloit comme Empereur de rang en rang monté sur un cheval Turc, qui étoit un présent du Grand Seigneur, exhortant les Capitaines & les Soldats, & promettant à chacun des récompenses.

Charles XII. fit ce qu'il put pour monter à cheval à la tête de ses Troupes; mais ne pouvant s'y tenir sans de grandes douleurs, il se fit remettre sur son brancard, tenant son épée d'une main, & un pistolet de l'autre.

A neuf heures du matin la bataille recommença; une des premieres volées du canon Moscovite emporta les deux chevaux de son brancard; il en fit atteler deux autres, une seconde volée mit le brancard en piéces, & renversa le Roi. Les Troupes qui combattoient près de lui le crurent mort. Les Suedois consternez s'ébranlerent, & la poudre leur manquant, & le canon ennemi continuant à les écraser, la premiere ligne se replia sur la seconde, & la seconde s'enfuit. Ce ne fut en cette derniere action, qu'une ligne de dix mille hommes de l'Infanterie Moscovite qui mit en déroute l'Armée Suedoise, tant les choses étoient changées.

Le Roi porté sur des piques, par quatre Grenadiers, couvert de sang, & tout froisH 5   sé

fé de fa chûte, pouvant parler à peine,
s'écrioit, Suédois, Suédois. La colere &
la douleur lui rendant quelques forces, il
tenta de rallier quelques Régimens. Les Mofcovites les pourfuivoient à coups d'épées, de
bayonettes & de piques. Déja le Prince
Virtemberg, le Général Renchild, Hamilton Stakelberg étoient faits prifonniers, le
Camp devant Pultava forcé, & tout dans
une confufion à laquelle il n'y avoit plus
de reffource. Le Comte Piper avec tous les
Officiers de la Chancelerie, étoient fortis
de ce Camp, & ne fçavoient ni ce qu'ils devoient faire, ni ce qu'étoit devenu le Roi.
Ils couroient de côté & d'autre dans la plaine. Un Major nommé Bere s'offrit de les
conduire au bagage; mais les nuages de
poufliere & de fumée qui couvroient la
campagne, & l'égarement d'efprit, naturel dans cette défolation, les conduifirent
droit fur la contrefcarpe de la Ville même,
où ils furent tous faits prifonniers.

Le Roi ne vouloit point fuir & ne pouvoit fe défendre. Il avoit en ce moment
auprès de lui le Général Poniatosky, Colonel de la Garde Suédoife du Roi Staniflas,
homme d'un mérite fingulier, que fon at-
tachement pour la perfonne de Charles
avoit engagé à le fuivre en Ukraine fans
aucun Commandement. C'étoit un homme, qui dans toutes les occurrences de fa
vie, & dans les dangers où les autres n'ont
tout

tout-au-plus que de la valeur, prit toûjours
son parti sur le champ, & bien, & avec bonheur. Il fit signe à un jeune Suedois nommé Federic, premier Valet de Chambre du
Roi, & homme aussi intrépide que son Maître : tous deux prennent le Roi par-dessous
les bras, & aidez d'un Drabant qui s'ap-
procha, ils le mettent à cheval, malgré les
douleurs extrêmes de sa blessure. Federic
alloit à cheval auprès de son Maître, & le
soûtenoit de temps en temps.

Poniatosky, quoiqu'il n'eût point de
Commandement dans l'armée, devenu en
cette occasion Général par nécessité, rallia
cinq cens Cavaliers auprès de la personne
du Roi; les uns étoient des Drabans, les
autres des Officiers, quelques-uns de simples Cavaliers. Cette Troupe rassemblée, &
ranimée par le malheur de son Prince, se fit
jour à travers plus de dix Régimens Moscovites, & conduisit Charles au milieu des
Ennemis l'espace d'une lieuë jusqu'au bagage de l'Armée Suedoise.

Cette retraite étonnante étoit beaucoup
dans un si grand malheur; mais il falloit
fuir plus loin; on trouva dans le bagage le
carosse du Comte Piper; car le Roi n'en eut
jamais depuis qu'il sortit de Stokolm. On
le mit dans cette voiture, & on prit avec
précipitation la route du Boristhêne. Le
Roi, qui depuis le moment où on l'avoit
mis à cheval jusqu'à son arrivée au bagage,

H 6　　　　n'avoit

n'avoit pas dit un feul mot, demanda alors
ce qu'étoit devenu le Comte Piper : Il eft pris
avec toute la Chancelerie, lui répondit-on.
Et le Général Rinchild, & le Duc de Wirtem-
berg, ajoûta-t'il ? Ils font auffi prifonniers,
lui dit Poniatosky. Prifonniers chez des
Mofcovites ! reprit Charles, en hauffant les
épaules. Allons donc, allons plûtôt chez les
Turcs. On ne remarquoit pourtant point
d'abattement fur fon vifage, & quiconque
l'eût vû alors, & eût ignoré fon état, n'eût
point foupçonné qu'il étoit vaincu & bleffé.

Pendant qu'il s'éloignoit, les Mofcovi-
tetes faifirent fon artillerie dans le Camp
devant Pultava, fon bagage, fa caiffe militaire, où ils trouverent fix millions en ef-
peces, dépoüilles des Polonois & des Saxons. Près de neuf mille Suedois furent
tuez dans la bataille, environ fix mille
furent pris, trois ou quatre mille s'é-
carterent, defquels on n'a jamais entendu parler. Il reftoit encore près de dix-
huit mille hommes, tant Suedois & Polonois, que Cofaques, qui fuyoient vers le
Borifthène, fous la conduite du Général Levenhaup. Il marcha d'un côté avec ces
Troupes fugitives, le Roi alla par un autre
chemin avec quelques Cavaliers. Le caroffe
où il étoit rompit dans la marche, on le
remit à cheval. Pour comble de difgrace il
s'égara pendant la nuit dans un bois. Là
fon courage ne pouvant plus fuppléer à fes
forces

forces épuisées, les douleurs de sa blessure devenuës plus insupportables par la fatigue, & son cheval étant tombé de lassitude, il se coucha quelques heures aux pieds d'un arbre, en danger d'être surpris à tout moment par les Vainqueurs, qui le cherchoient de tous côtez.

Enfin la nuit du 19. au 20. il se trouva vis-à-vis le Boristhêne. Levenhaup venoit d'arriver avec les débris de l'Armée. Les Suedois revirent avec une joye mêlée de douleur, leur Roi qu'ils croyoient mort. L'Ennemi approchoit ; on n'avoit ni pont pour passer le fleuve, ni temps pour en faire, ni poudre pour se défendre contre l'Ennemi qui s'avançoit, ni provisions pour empêcher de mourir de faim une Armée qui n'avoit mangé depuis un jour ; mais la plus pressante inquiétude des Suedois étoit le danger de leur Roi. Il y avoit encore par bonheur une mauvaise calêche qu'on avoit amenée à tout hazard jusqu'en cet endroit ; on l'embarqua sur un petit bateau ; le Roi se mit dans un autre avec le Général Mazeppa. Celui-ci avoit sauvé plusieurs coffres pleins d'argent ; mais le courant étant trop rapide, & un vent violent commençant à souffler, ce Cosaque jetta plus des trois quarts de ses trésors dans le fleuve pour soulager le bateau. Mullern Chancellier du Roi, & le Comte Poniatosky, homme plus que jamais nécessaire

au

au Roi, par les reſſources que ſon eſprit lui
fourniſſoit dans les diſgraces, paſſerent dans
d'autres barques avec quelques Officiers.
Trois cens Cavaliers de la Garde du Roi,
& un très-grand nombre de Polonois & de
Coſaques ſe fiant ſur la bonté de leurs chevaux, hazarderent de paſſer le fleuve à la
nage. Leur Troupe bien ſerrée réſiſtoit au
courant & rompoit les vagues; mais tous
ceux qui s'écarterent un peu au-deſſous,
furent emportez & abîmez dans le fleuve.
De tous les Fantaſſins qui riſquerent le paſſage, aucun n'arriva à l'autre bord.

Tandis que les débris de l'Armée étoient
dans cette extrêmité, le Prince Menzikoff
s'approchoit avec dix mille Cavaliers, ayant
chacun un Fantaſſin en croupe. Les cada-
vres des Suedois morts dans le chemin de
leurs bleſſures, de fatigue, & de faim,
montroient aſſez au Prince Menzikoff le
chemin qu'avoit pris le gros de l'Armée.
Le Prince envoya au Général Suedois un
Trompette pour lui offrir une Capitulation.
Quatre Officiers Généraux furent auſſi-tôt
envoyez par Levenhaup pour recevoir la
Loi du Vainqueur. Avant ce jour ſeize mille Suedois euſſent attaqué toutes les forces
de l'Empire Moſcovite, & euſſent péri juſqu'au dernier plûtôt que de ſe rendre; mais
après une bataille perduë, après avoir fuï
pendant deux jours, ne voyant plus leur
Prince, qui étoit contraint de fuir lui-même,

me, les forces de chaque Soldat étant épuisées, leur courage n'étant plus soûtenu par
aucune espérance, l'amour de la vie l'emporta sur l'intrepidité. Cette Armée entiere
fut faite prisonniere de guerre. Quelques
Soldats désesperez de tomber entre les
mains des Moscovites, se précipiterent dans
le Boristhêne; le reste fut fait esclave. Ils
défilerent tous en présence du Prince Menzikoff, mettant leurs armes à ses pieds,
comme trente mille Moscovites avoient fait
neuf ans auparavant devant le Roi de Suede à Narva.

Mais au lieu que le Roi avoit alors renvoyé tous ces prisonniers Moscovites qu'il
ne craignoit pas, le Czar retint tous les
Suedois pris à Pultava. Ils furent disper-
sez depuis dans les Etas du Czar; mais particulierement en Siberie, vaste Province de
la grande Tartarie, qui du côté de l'Orient
s'étend jusqu'aux frontiers de l'Empire
Chinois. Dans ce Pays barbare, où l'usage
du pain n'étoit pas même connu, les Suedois devenus ingenieux par le besoin, y
exercerent les métiers & les arts dont ils pouvoient avoir quelque teinture. Alors toutes les distinctions que la fortune met entre
les hommes furent bannies; l'Officier qui
ne pût exercer aucun métier, fut réduit à
fendre & à porter le bois du Soldat devenu
Tailleur, Drappier, Menuisier ou Masson,
ou Orfévre, & qui gagnoit dequoi subsister;

ter. Quelques Officiers devinrent Peintres; d'autres Architectes. Il y en eut qui enseignerent les Langues, les Mathématiques; ils y établirent même des Ecoles publiques, qui avec le tems devinrent si utiles & si connuës, qu'on y envoyoit des Enfans de Moscou.

Le Comte Piper, Premier Ministre du Roi de Suede, fut long-temps enfermé à Petersbourg. Le Czar étoit persuadé, comme le reste de l'Europe, que ce Ministre avoit vendu son Maître au Duc de Malbouroug, & avoit attiré sur la Moscovie les armes de la Suede qui auroient pû pacifier l'Europe. Il lui rendit sa captivité plus dure. Ce Ministre mourut quelques années après à Moscou, peu secouru de sa famille qui vivoit à Stokolm dans l'opulence, & plaint inutilement par son Roi, qui ne voulut jamais s'abaisser à offrir pour son Ministra une rançon, qu'il craignoit que le Czar n'acceptât pas.

L'Empereur Moscovite, pénétré d'une joye qu'il ne se mettoit pas en peine de dissimuler, recevoit sur le champ de bataille les prisonniers qu'on lui amenoit en foule, & demandoit à tout moment; Où est donc mon Frere Charles?

Il fit aux Généraux Suedois l'honneur de les inviter à sa table. Entr'autres questions qu'il leur fit, il demanda au Général Renchild à combien les Troupes du Roi son Maître pouvoient se monter avant la bataille?

baaille ? Renchild répondit , que le Roi
feul en avoit la Lifte , qu'il ne communi-
quoit à perſonne ; mais que pour lui il penſoit que le tout pouvoit aller à environ
trente-cinq mille hommes ; ſçavoir , dix-
huit mille Suedois , & le reſte Coſaques.
Le Czar parut ſurpris & demanda comment
ils avoient pu hazarder de pénétrer dans un
ſi vaſte Pays , & d'aſſiéger Pultava avec cette
poignée de monde ? Nous n'avons pas toûjours été conſultez , reprit le Général Suedois ; mais comme fidéles ſerviteurs , nous
avons obéï aux ordres de nôtre Maître
ſans jamais y contredire. Le Czar ſe tourna à cette réponſe vers quelques-uns de ſes
Courtiſans , autrefois ſoupçonnez d'avoir
trempé dans des conſpirations contre lui.
» Ah ! dit-il , voilà comme il faut ſervir
» ſon Souverain. Alors prenant un verre
» de vin , à la ſanté , dit-il , de mes Maî-
» tres dans l'art de la guerre. Renchild lui
demanda qui étoient ceux qu'il honoroit
d'un ſi beau titre ? Vous , Meſſieurs les
Généraux Suedois , reprit le Czar. " Vôtre
» Majeſté eſt donc bien ingrate , reprit le
» Comte , d'avoir tant maltraité ſes Maî-
» tres ? Le Czar après le repas fit rendre les
épées à tous les Officiers Généraux , & les
traita comme un Prince qui vouloit donner à ſes Sujets des leçons de généroſité , &
de la politeſſe qu'il connoiſſoit.

Cependant

Cependant cette Armée Suedoise sortie de la Saxe si triomphante, n'étoit plus. La moitié avoit péri de misere; l'autre moitié étoit esclave ou massacrée. Charles XII. avoit perdu en un jour le fruit de neuf ans de travaux, & de près de cent combats. Il fuyoit dans une méchante caléche, ayant à son côté le Major Général Hord, blessé dangereusement. Le reste de sa Troupe suivoit, les uns à pied, les autres à cheval, quelques-uns dans des charettes, à travers d'un desert où ils ne voyoient ni huttes ni tentes, ni hommes, ni animaux, ni chemins; tout y manquoit jusqu'à l'eau même. C'étoit dans le commencement de Juillet: le Pays est situé au quarante-septieme degré: le sable aride du desert rendoit la chaleur du Soleil plus insuportable; les chevaux tomboient, les hommes étoient prêts de mourir de soif. Le Comte Poniatosky mieux monté que les autres, s'avança un peu dans ces plaines; ayant découvert un saule, il jugea qu'il devoit y avoir de l'eau aux environs; il chercha tant qu'il trouva une source. Cette heureuse découverte sçauva la vie à la petite troupe du Roi de Suede. Après cinq jours de marche dans le desert, les Suedois se virent sur le rivage du Bog, fleuve qui se joint à une lieuë de là au Boristhêne, & tombe avec lui dans la Mer Noire.

Au-delà

Au-delà du Bog, du côté du Midy, est la petite Ville d'Ozakou, frontiere de l'Empire des Turs. Les Habitans voyans venir à eux une Troupe de gens de guerre, dont l'habillement & le langage leur étoient inconnus, refuserent de les passer à Ozakou, sans un ordre exprès de Mehemet Pacha, Gouverneur de la Ville. Le Roi envoya un Exprès à ce Gouverneur pour lui demander le passage. Ce Turc, incertain de ce qu'il devoit faire dans un Pays où une fausse démarche coûte souvent la vie, n'osa rien prendre sur lui, sans avoir auparavant la permission du Pacha de la Province, qui réside à Bender, à trente lieües d'Ozakou. Cette permission, vint avec ordre de rendre au Roi tous les honneurs dûs à un Monarque allié de la Porte, & de lui fournir les secours nécessaires. Pendant ces longueurs, les Moscovites après avoir passé le Boristhêne poursuivoient le Roi sans relâche ; si on avoit tardé encore une heure, il étoit pris. A peine eût-il passé le Bog dans les bateaux des Trucs, que son Ennemi parut au nombre de près de six mille Cavaliers. Le Roi eut la douleur de voir cinq cens hommes de sa petite troupe, qui n'avoient pas pû passer encore, saisis par les Moscovites de l'autre côté du fleuve. Le Pacha d'Ozakou lui demanda par un Interprete, pardon de ses retardemens qui étoient cause de la pri-

se

se de ces cinq cens hommes, & le supplia de vouloir bien ne point s'en plaindre au Grand Seigneur. Charles le promit, non sans lui faire une réprimande sévere, comme s'il eût parlé à un de ses Sujets.

Le Commandant de Bender qui étoit en même temps Serasquier, titre qui répond à celui de Général ; & Pacha de la Province, qui signifie Gouverneur & Intendant, envoya en hâte un Aga complimenter le Roi, & lui offrir une tente magnifique, avec toutes les provisions, le bagage, les chariots, toutes les commoditez, tous les Officiers, toute la suite nécessaire pour le conduire avec splendeur jusqu'à Bender ; car tel est l'usage des Turcs, non seulement de défrayer les Ambassadeurs jusqu'au lieu de leur résidence ; mais de fournir tout abondamment aux Princes réfugiez chez eux, pendant le temps de leur séjour.

Achmet III, gouvernoit alors l'Empire de Turquie. Il avoit été mis en 1701. sur le Trône à la place de son frere Mustapha, par une Révolution semblable à celle qui avoit donné en Angleterre la Couronne de Jacques II. à son gendre Guillaume. Mustapha, gouverné par son Muphti que les Turcs abhorroient, souleva contre lui tout l'Empire. Son Armée avec laquelle il comptoit punir les mécontens se joignit à eux. Il
fut

fut pris, déposé en cérémonie, & son frere tiré du Serail pour devenir Sultan, sans qu'il y eût presque une goutte de sang répanduë. Achmet renferma le Sultan déposé, dans le Serail de Constantinople, où il vécut encore quelques années au grand étonnement de la Turquie.

Le nouveau Sultan, pour toute récompense d'une Couronne qu'il devoit aux Ministres, aux Généraux, aux Officiers des Janissaires, enfin à ceux qui avoient eu part à la révolution, les fit tous perir les uns après les autres, de peur qu'un jour ils n'en tentassent une seconde. Par le sacrifice de tant de braves gens il affoiblit les forces de l'Empire; mais il affermit son Trône. Il s'appliqua depuis à amasser des trésors. C'est le premier des Ottomans qui ait osé alterer un peu la monnoye & établir de nouveaux impôts; mais il a été obligé de s'arrêter dans ces deux entreprises, de crainte d'un soulevement; car la rapacité & la tirannie du Grand Seigneur ne s'étend presque jamais que sur les Officiers de l'Empire, qui tels qu'ils soient, sont esclaves domestiques du Sultan; mais le reste des Musulmans vit dans une securité profonde, sans craindre ni pour leurs vies, ni pour leurs fortunes, ni pour leur liberté.

Tel étoit l'Empereur des Turcs chez qui le Roi de Suede vint chercher un azile. Dès

que

que Charles fut sur ses Terres à Ozakou, il écrivit au Sultan la Lettre suivante :

Au Très-Haut, Très-Glorieux, Invincible & Auguste Empereur de plusieurs Empires, Roi de plusieurs Royaumes, Chef & Protecteur de plusieurs Nations ; puisse le Tout-Puissant benir & prolonger votre Regne.

NOUS donnons avis à Votre Hautesse Impériale, par cette Lettre signée de notre main Royale, qu'après avoir châtié avec autant de prosperité que de justice, les perfides violateurs de la foi des Traitez, & de la Loi des Nations ; après avoir chassé le Roi Auguste de la Pologne, dont il étoit le Tyran plûtôt que le Roi, & avoir donné aux Polonois un Roi de leur Nation, ami de votre sublime Porte ; après avoir poursuivi le Czar, fuyant devant Nous jusqu'à Pultava, le Ciel a permis que notre Armée, fatiguée par de longues marches & manquant de tout, ait été accablée par des Ennemis qui étoient trois fois superieurs en nombre, & que ce jour ait été malheureux pour Nous.

N'étant point en lieu de ramasser de nouvelles forces, & abhorrant de tomber entre des mains barbares & perfides, Nous sommes venus chercher dans les Etats de Votre Hautesse Imperiale,

Imperiale, un azile & les moyens de retour-
ner en Pologne rejoindre nos Armées, & y
soûtenir le Roi que Nous y avons fait.

Ce que Nous désirons est d'avoir votre ami-
tié, & de vous donner la nôtre. Pour preuve
de notre sincere affection, Nous vous remon-
trons que si le Czar, dont l'ambition n'est gui-
dée, ni par la Justice, ni par l'honneur, ni
par le vrai courage, a le temps de profiter de
notre malheur, il tombera sur vos Terres
quand vous l'attendrez le moins, comme il
a attaqué nos Provinces. Mais que dis-je!
Quand vous l'attendrez le moins : N'a-t'il pas
déja bâti des Forts sur le Tanaïs & sur les Pa-
lus Mœotides? N'a-t'il pas déja des Flottes qui
vous menacent?

Rien n'est plus convenable pour le prévenir,
qu'une nouvelle Alliance entre votre sublime
Porte & Nous; desorte que nous puissions re-
tourner en Pologne & dans nos Etats avec vos
vaillantes Troupes, & porter encore nos ar-
mes dans l'Empire de ce perfide Czar, pour ar-
rêter son injuste ambition.
Nous n'oublierons jamais les faveurs que
Nous aurons reçuës de Vous, & Nous ferons
gloire d'être votre fidéle Ami, CHARLES
XII. Fils de Charles XI.

A Ozakou, 13. Juillet 1709.

Le

Le Roi permit qu'on fît partir cette Lettre, trop injurieufe à fes Ennemis, & qui démentoit fon caractere, foit qu'après avoir refpecté le Czar & le Roi Augufte dans fes Victoires, il fût aigri dans fa défaite, foit qu'il crût que le ftile Turc étoit d'outrager ceux contre lefquels on demande du fecours.

Achmet qui l'avoit prévenu par une folemnelle Ambaffade dans le temps de fes Triomphes, lui fit fentir alors la différence qu'il mettoit entre un Empereur des Turcs, & un Roi d'une partie de la Scandinavie, Chrétien, vaincu & fugitif. Il ne lui fit réponfe que fix mois après; mais fans s'expliquer fur l'union propofée contre le Czar.

CETTE *Propofition*, lui écrivit le Sultan, *demande un mur examen. Je m'en rapporterai à la prudence de mon Grand Divan. J'eftime votre amitié, & je vous accorde la mienne avec ma protection. J'ai envoyé mes ordres aux Pachas de Natolie & de Romelie, afin de vous fournir une efcorte pour vous conduire furement où vous fouhaiterez. Juffuf Pacha, Serafquier de Bender, vous fournira cinq cens dollars* (*) *par jour avec toutes les provifions néceffaires, pour vous,*

(*) Une dollar vaut à-peu-près un écu de trois livres.

vous, pour tous ceux qui vous accompagnent,
& pour vos écuries; afin que vous puissiez
subsister en Roi.

Donné à Constantinople le premier de la Lune
de Sheval 1121. de l'Egire.

Fin du Quatrième Livre.

ARGUMENT
du Cinquiéme Livre.

ETAT *de la Porte Ottoma-
ne : Charles féjourne près de
Bender : Ses occupations : Ses in-
trigues à la Porte , fes deffeins :
Augufte remonte fur fon Trône :
Le Roi de Dannemark fait une
defcente en Suede : Tous les autres
Etats de Charles font attaquez :
Le Czar triomphe dans Mofcou :
Affaire du Pruth : Hiftoire de la
Czarine.*

HISTOIRE

HISTOIRE
DE CHARLES XII.
ROY DE SUEDE.

❖❖❖❖❖❖❖❖❖❖❖❖❖❖❖❖❖❖❖

LIVRE CINQUIE'ME.

CHARLES XII. dès le moment qu'il s'étoit retiré fur les terres des Turcs, conçut le deffein d'armer l'Empire Ottoman contre fes Ennemis. Il fe flattoit déja de fe voir à la tête d'une Armée de Turcs, ramenant la Pologne fous le joug, & foumettant le Mofcovite. Mr. de Neugbaver partit d'O-zakou pour Conftantinople, en qualité d'Envoyé Extraordinaire de Charles. Le Général Poniatosky, dont le génie hardi & adroit faifoit beaucoup efperer au Roi, accompagna l'Ambaffade Suedoife, mais fans caractere, pour fonder en fecret les difpofitions du Miniftere de Conftantinople,

fans

fans l'embarras du cérémonial, & fans trop caufer de foupçons: il fcut gagner en peu de temps la bienveillance du Grand Vifir; qui le combla de préfens; il eut l'adreffe de faire tenir une Lettre du Roi de Suede à la Sultane Validé, mere de l'Empereur régnant, autrefois maltraitée par fon fils; mais qui commençoit à prendre du crédit dans le Serail. Il fe lia étroitement avec un François nommé Bru, qui avoit été Chancelier de l'Ambaffade Françoife. Cet homme ne ceffoit de raconter les exploits du Roi de Suede au Chef des Eunuques de la Sultane; celui-ci charmoit fa maîtreffe par ces récits. La Sultane par une fecrete inclination, dont prefque toutes les femmes fe fentent furprifes en faveur des hommes extraordinaires, même fans les avoir vus, prenoit hautement dans le Serail le parti de ce Prince. Elle ne l'appelloit que fon Lion : Quand voulez-vous donc, difoit-elle quelquefois au Sultan fon fils, aider mon Lion à dévorer ce Czar? Elle paffa même par-deffus les Loix aufteres du Serail, au point d'écrire de fa main plufieurs Lettres au Comte de Poniatosky, entre les mains duquel elles font encore, au temps qu'on écrit cette hiftoire.

Enfin le parti du Roi de Suede étoit devenu fi puiffant à Conftantinople par l'adreffe de Poniatosky, que la faction de
l'Envoyé

l'Envoyé Moſcovite crut qu'il n'y avoit
d'autre reſſource pour elle que de l'em-
poiſonner. On gagna un de ſes Domeſtiques, qui devoit lui donner le poiſon dans
du caffé. Le crime fut découvert avant
l'exécution : on trouva le poiſon entre les
mains du Domeſtique, dans une petite
phiole que l'on porta même au Grand Seigneur. L'empoiſonneur fut jugé en plein
Divan, & condamné aux Galeres; parceque la Juſtice des Turcs ne punit jamais
par la mort les crimes qui n'ont pas été
exécutez.

Le Grand Viſir paroiſſoit auſſi empreſſé
que la Sultane Validé à ſervir le Roi de
Suede : il dit à Poniatosky, en lui donnant une bourſe de mille ducats : Je pren-
drai votre Roi d'une main, & une épée
dans l'autre, & je le reconduirai à Moſcou, à la tête de deux cens mille hommes. Ce Viſir nommé Chourlouly Ali-
Bacha, étoit un très-grand Miniſtre, en-
tendant la guerre, meilleur Politique que
ne le ſont d'ordinaire ſes ſemblables. Il
avoit mis un grand ordre dans les Finances de l'Empire. Il donnoit volontiers de
petites ſommes, ce qui lui faiſoit des créatures; mais il en recevoit encore plus volontiers de groſſes, quand il s'agiſſoit de
Négociations importantes ; c'eſtpourquoi
on s'étonnoit qu'il parut ſi favorable à un
Roi malheureux qui n'avoit alors rien à

donner.

donner. Il étoit fils d'un Payſan du Village de Chouriou. Parmi les Turcs ce n'eſt point un reproche pour un grand Homme qu'une telle extraction, la naiſſance eſt comptée pour rien dans ce Pays, les ſervices y ſont cenſez tout faire. Il n'eſt pas rare d'y voir le fils d'un Laboureur élevé au Miniſtere, & le fils d'un Viſir mener la charuë.

Cependant on avoit conduit le Roi avec honneur à Bender, par le deſert qui s'appelloit autrefois la ſolitude des Getes. Les Turcs eurent ſoin que rien ne manquât ſur ſa route de tout ce qui pouvoit rendre ſon voyage plus agréable. Beaucoup de Polonois, de Suedois, de Coſaques, échappez les uns après les autres des mains des Moſcovites, venoient par différens chemins groſſir ſa ſuite ſur la route. Il avoit avec lui dix-huit cens hommes quand il ſe trouva à Bender ; tout ce monde étoit nourri, logé, eux & leurs chevaux aux dépens du Grand Seigneur.

Le Roi choiſit de camper auprès de Bender, au lieu de demeurer dans la Ville. Le Seraſquier Juſſuf Pacha lui fit dreſſer une tente magnifique, & on en fournit à tous les Seigneurs de ſa ſuite. Quelques tems après le Prince ſe fit bâtir une maiſon dans cet endroit, ſes Officiers en firent autant à ſon exemple : les Soldats dreſſerent des baraques ; deſorte que ce Camp
devint

devint insensiblement une petite Ville. Le Roi n'étant point encore guéri de sa blessure, il falut lui tirer du pied un os carié; mais dès qu'il pût monter à cheval, il reprit ses fatigues ordinaires, toûjours se levant avant le Soleil, lassant trois chevaux par jour, faisant faire l'exercice à ses Soldats; seulement il joüoit quelquefois aux échecs avec le Général Poniatosky, ou Monsieur de Gruthusen son Trésorier. Ceux qui vouloient lui plaire l'accompagnoient dans ses courses à cheval, & étoient en bottes tout le jour. Un matin qu'il entroit chez son Chancelier Mullern qui étoit encore endormi, il défendit qu'on l'éveillât, & attendit dans l'anti-chambre. Il y avoit un grand feu dans la cheminée, & quelques paires de souliers auprès, que Mullern avoit fait venir d'Allemagne pour son usage. Le Roi les jetta tous dans le feu & s'en alla. Quand le Chancelier sentit à son reveil l'odeur du cuir brulé, & en apprit la raison? » Voilà un étrange Roi, dit-il, » dont il faut que le Chancelier soit toû- » jours botté.

Il se trouvoit à Bender dans une abondance de toutes choses, bien rare pour un Prince vaincu & fugitif; car outre les provisions plus que suffisantes, & les cinq cens écus par jour qu'il recevoit de la magnificence Ottomane, il tiroit encore de l'argent de la France, & il empruntoit des

Marchands de Conſtantinople. Une partie
de cet argent ſervoit à ménager des intrigues dans le Serail, à acheter la faveur des
Viſirs, ou à procurer leur perte. Il répan-
doit l'autre partie avec profuſion parmi ſes
Officiers, & parmi les Janiſſaires de Bender. Grothuſen ſon Favori & ſon Tréſorier, étoit le diſpenſateur de ſes liberalitez. C'étoit un homme qui contre l'uſage
de ceux qui ſont en cette place, aimoit
autant à donner que ſon Maître. Il lui
apporta un jour un compte de ſoixante
mille écus, en deux lignes, dix mille écus
donnez aux Suedois & aux Janiſſaires par
les ordres généreux de Sa Majeſté, & le
reſte mangé par moi. » Voilà comme j'ai-
» me que mes amis me rendent leur compte,
» dit ce Prince ; Mullern me fait lire des
» pages entieres pour des ſommes de dix
» mille francs. J'aime mieux le ſtile laco-
» nique de Grothuſen. Un de ſes vieux
Officiers ſoupçonné d'être un peu avare,
ſe plaignit à lui de ce que Sa Majeſté donnoit tout à Grothuſen : » Je ne donne de
» l'argent, répondit le Roi, qu'à ceux
» qui ſçavent en faire uſage. Cette généroſité le réduiſit ſouvent à n'avoir pas de
quoi donner. Plus d'œconomie dans ſes
liberalitez eût été auſſi honorable, & plus
utile ; mais c'étoit le défaut de ce Prince
de pouſſer à l'excès toutes les vertus.

Beaucoup d'Etrangers accouroient de
Conſtantino-

Conſtantinople pour le voir. Les Turcs, les Tartares du voiſinage y venoient en foule, tous le reſpectoient & l'admiroient. Son opiniâtreté à s'abſtenir du vin, & ſa régularité à aſſiſter deux fois par jour aux Prieres publiques, leur faiſoient dire : C'eſt un vrai Muſulman. Ils bruloient d'impatience de marcher avec lui à la conquête de la Moſcovie.

Dans ce loiſir de Bender, qui fut plus long qu'il ne penſoit, il prit inſenſiblement du goût pour la lecture. Le Baron Fabrice, fils du Premier Miniſtre du Duc de Holſtein, jeune homme aimable, qui avoit dans l'eſprit cette gayeté, & ce tour aiſé qui plaît aux Princes, fut celui qui l'engagea à lire. Il étoit envoyé auprès de lui à Bender pour y ménager les intérêts du jeune Duc de Holſtein, & il y réüſſit en ſe rendant agréable. Il avoit lû tous les bons Auteurs François. Il fit lire au Roi les Tragedies du grand Corneille, celle de Mr. Racine, & les Ouvrages de Mr. Deſpréaux. Le Roi ne prit nul goût aux Satires de ce dernier, qui en effet ne ſont pas ſes meilleures Piéces ; mais il aimoit fort ſes autres Écrits. Quand il lut cette Epitre au Roi de France Louis XIV. où l'Auteur traite Alexandre de fou & d'enragé, il déchira le feuillet.

De toutes les Tragédies Françoiſes, Mithridate étoit celle qui lui plaiſoit davantage ;

rage; parceque la situation de ce Roi vaincu, & respirant la vengeance, étoit con-
forme à la sienne. Il montroit avec le doigt
à Mr. Fabrice les endroits qui le frap-
poient; mais il n'en vouloit lire aucun tout
haut, ni hazarder jamais un mot en François; même quand il vit depuis à Bender Mr. Desaleurs Ambassadeur de France
à la Porte, homme d'un mérite distingué,
mais qui ne sçavoit que sa langue naturelle, il répondit à cet Ambassadeur en
Latin; & sur ce que Desaleurs protesta
qu'il n'entendoit pas quatre mots de cette
Langue, le Roi plûtôt que de parler François, fit venir un Interprête.

Telles étoient les occupations de Charles XII. à Bender, où il attendoit qu'une
Armée de Turcs vînt à son secours. Pour
déterminer la Porte Ottomane à cette guerre, il détacha environ huit cens Polonois
& Cosaques de sa suite, ausquels il ordonna de passer le Niester qui coule près
de Bender, & d'aller observer ce qui se
passoit sur les frontieres de Pologne.

Les Troupes Moscovites répanduës dans
ces quartiers-là ne manquerent pas de
fondre sur cette petite troupe, & de la
poursuivre jusques sur les Etats du Grand
Seigneur; c'étoit ce qu'attendoit le Roi de
Suede. Ses Ministres & ses Emissaires à la
Porte crierent contre cette irruption, &
exciterent les Turcs à la vengeance; mais
l'argent

l'argent du Czar furmonta tout. Tolftoy,
fon Envoyé à Conftantinople, donna au
Grand Vifir & à fes créatures une partie
des fix millions que l'on avoit trouvez à
Pultava dans la caiffe militaire du Roi de
Suede. Avec une pareille juftification le
Divan ne trouva point le Czar coupable.
Loin même de parler de lui faire la guerre,
on accorda à fon Envoyé des honneurs
& des Privileges dont les Miniftres Mofcovites n'avoient point encore joüi à Conftantinople ; on lui permit d'avoir un Serail, c'eft-à-dire, un Palais dans le quartier des Francs, & de communiquer avec
les Miniftres Etrangers. Le Czar crut même pouvoir demander qu'on lui livrât le
Général Mazeppa, comme Charles XII.
s'étoit fait livrer le malheureux Patkul.
Chourlouly Ali-Bacha ne fçavoit plus rien
refufer à un Prince qui demandoit en
donnant des millions ; ainfi ce même
Grand Vifir, qui auparavant avoit promis folemnellement de mener le Roi de
Suede en Mofcovie avec deux cens mille
hommes, ofa bien lui faire propofer de
confentir au facrifice du Général Mazeppa.
Charles fut outré de cette demande. On
ne fçait jufqu'où le Vifir eût pouffé l'affaire, fi Mazeppa âgé de foixante & dix
ans ne fût mort précifément dans cette
conjoncture. La douleur & le dépit du
Roi augmenterent quand il apprit que

Tolftoy

Tolſtoy devenu l'Ambaſſadeur du Czar à
la Porte, étoit publiquement ſervi par des
Suedois faits Eſclaves à Pultava, & qu'on
vendoit tous les jours ces braves Soldats
dans le marché de Conſtantinople. L'Ambaſſadeur Moſcovite diſoit même hautement, que les Troupes Muſulmannes qui
étoient à Bender, y étoient plus pour s'aſſu-
rer du Roi que pour lui faire honneur.

Charles, abandonné par le Grand Vizir,
vaincu par l'argent du Czar en Turquie,
après l'avoir été par ſes armes dans l'Ukraine, ſe voyoit-trompé, dédaigné par la Porte, preſque priſonnier parmi des Tarrares.
Sa ſuite commençoit à déſeſperer. Lui ſeul
tint ferme, & ne parut pas abbatu un moment; il crut que le Sultan ignoroit les intrigues de Chourlouly Ali ſon Grand Viſir;
il réſolut de les lui apprendre, & Poniatosky
ſe chargea de cette commiſſion hardie. Le
Grand Seigneur va tous les Vendredis à la
Moſquée entouré de ſes Solaks, eſpeces de
Gardes dont les turbans ſont ornez de plu-
mes ſi hautes, qu'elles dérobent le Sultan
à la vûë du Peuple. Quand on a quelque
Placet à préſenter au Grand Seigneur, on
tâche de ſe mêler parmi ces Gardes, & on
leve en haut le Placet. Quelquefois le Sultan daigne le prendre lui-même; mais le
plus ſouvent il ordonne à un Aga de s'en
charger, & ſe fait enſuite repréſenter les
Placets au ſortir de la Moſquée. Il n'eſt pas

à

à craindre qu'on ose l'importuner de Memoires inutiles, & de Placets sur des bagatelles, puisqu'on écrit moins à Constantinople en toute une année, qu'à Paris en un seul jour. On se hazarde encore moins à présenter des Memoires contre les Ministres, à qui pour l'ordinaire le Sultan les renvoye sans les lire. Poniatosky n'avoit que cette voye pour faire passer jusqu'au Grand Seigneur les plaintes du Roy de Suede. Il dressa un Memoire accablant contre le Grand Visir. M. de Feriol, alors Ambassadeur de France, le fit traduire en Turc. On donna quelque argent à un Grec pour le présenter. Ce Grec s'étant mêlé parmi les Gardes du Grand Seigneur, leva le Papier si haut, si long-temps, & fit tant de bruit, que le Sultan l'apperçut, & prit lui-même le Memoire.

Quelques jours après le Sultan envoya au Roy de Suede pour toute réponse à ses plaintes, vingt-cinq chevaux Arabes, dont l'un qui avoit porté sa Personne, étoit couvert d'une selle & d'une housse enrichies de pierreries avec des étriers d'or massif. Ce présent fut accompagné d'une Lettre obligeante; mais conçuë en termes généraux, & qui faisoit soupçonner que le Ministre n'avoit rien fait que du consentement du Sultan. Chourlouly qui sçavoit dissimuler, envoya aussi cinq chevaux très-rares au Roi. Charles dit fierement à celui qui

qui les amenoit : Retournez vers votre Maîtte, & dites-lui que je ne reçois point de présens de mes ennemis.

M. Poniatosky ayant déja osé faire présenter un Memoire contre le Grand Visir, conçut alors le hardi dessein de le faire déposer. Il sçavoit que ce Visir déplaisoit à la Sultane mere, que le Kislar Aga, Chef des Eunuqes Noirs, & l'Aga des Janissaires le haïssoient. Il les excita tous trois à parler contre lui. C'étoit une chose bien surprenante de voir un Chrétien, un Polonois, un Agent sans caractere, d'un Roi Suedois refugié chez les Turcs, cabaler presque ouvertement à la Porte contre un Vice-Roi de l'Empire Ottoman, qui de-plus étoit utile & même agréable à son Maître. Poniatosky n'eût jamais réüssi, & l'idée seule de ce projet lui eût coûté la vie, si une Puissance plus forte que toutes celles qui étoient dans ses intérêts, n'eût porté les derniers coups à la fortune du Grand Visir Chourlouly.

Le Sultan avoit un jeune Favori, qui a depuis gouverné l'Empire Ottoman, & a été tué en Hongrie en 1716. à la bataille de Petervaradin, gagnée sur les Turcs par le Prince Eugene de Savoye. Son nom étoit Coumourgi Ali-Bacha. Sa naissance n'étoit guéres différente de celle de Chourlouly : il étoit fils d'un porteur de charbon, comme Coumourgi le signifie ; car Coumour veut dire charbon en Turc. L'Empereur Achmet
second,

second, pere d'Achmet troisiéme, ayant rencontré dans un petit bois près d'Andrinople,
Coumourgi encore enfant, dont l'extrême
beauté le frappa, le fit conduire dans son
Serail. Il plut à Moustapha, fils aîné & suc-
cesseur d'Achmet second. Achmet troisiéme
en fit son favori. Il n'avoit alors que la
Charge de Selictar Aga, Porte-épée de la
Couronne. Son extrême jeunesse ne lui permettoit pas de prétendre à la place de Grand
Visir; mais il avoit l'ambition de la donner.
La faction de Suede ne put jamais gagner
l'esprit de ce Favori. Il ne fut en aucun
temps l'ami de Charles, ni d'aucun Prince
Chrétien, ni d'aucun de leurs Ministres;
mais en cette occasion il servoit le Roi
Charles XII. sans le vouloir, il s'unit avec
la Sultane Validé & les grands Officiers de
la Porte pour faire tomber Chourlouly qu'ils
haïssoient tous. Ce vieux Ministre, qui
avoit long-temps & bien servi son Maître,
fut la victime du caprice d'un enfant, &
des intrigues d'un Etranger. On le dé-
pouilla de sa Dignité & de ses richesses; on
lui ôta sa femme, qui étoit fille du dernier
Sultan Moustapha, & il fut relegué à Caffa,
autrefois Theodosie, dans la Tartarie crimée. On donna le Bul, c'est-à-dire le
Sceau de l'Empire, à Numan Couprougly,
petit-fils du grand Couprougly qui prit
Candie. Ce nouveau Visir étoit tel que les
Chrétiens mal instruits ont peine à se figurer

rer un Turc, homme d'une vertu infléxible , fcrupuleux obfervateur de la loi : il
oppofoit fouvent la juftice aux volontés du
Sultan. Il ne voulut point entendre parler
de la guerre contre le Mofcovite , qu'il traitoit d'injufte & d'inutile ; mais le même at-
tachement à fa Loi qui l'empêchoit de faire
la guerre au Czar malgré la foi des Traités,
lui fit refpecter les devoirs de l'hofpitalité
envers le Roi de Suede. Il difoit à fon Maître : « La Loi te défend d'attaquer le Czar
» qui ne t'a point offenfé ; mais elle t'ordon-
» ne de fecourir le Roi de Suede qui eft mal-
» heureux chez toi. Il fit tenir à ce Prince
huit cens bourfes , une bourfe vaut cinq
cens écus , & lui confeilla de s'en retourner
paifiblement dans fes Etats par les terres
de l'Empereur d'Allemagne , ou par des
vaiffeaux François , qui étoient alors au
port de Conftantinople , & que M. de Feriolle , Ambaffadeur de France à la Porte ,
offroit à Charles pour le tranfporter à Mar-
feille. Le Roi de Suede qui dans fes profpe-
rités avoit outragé l'Empereur Allemand,
& defobligé Louis XIV. auroit cru trop
s'humilier , de devoir fon retour à la France , & trop rifquer fa liberté en paffant fur
les terres de l'Empire. Il refufa avec hauteur ces deux voyes de retourner dans fes
Etats, & fit dire au Vifir & à M. de Feriolle,
qu'il s'en tenoit à la promeffe du Grand
Seigneur ; & qu'il efperoit rentrer en Pologne

logne en Vainqueur, avec une armée de
Turcs. Tandis qu'il faisoit dépendre sa
destinée des caprices d'un Visir, & qu'il
étoit réduit à recevoir des bienfaits & des
affronts de la Cour Ottomane, tous ses ennemis reveillés attaquoient ses Etats.

La bataille de Pultava fut d'abord le
signal d'une révolution dans la Pologne.
Le Roi Auguste y retourna, protestant
contre son abdication, contre la paix d'Alrandstad, & accusant publiquement de bri-
gandage & de barbarie Charles XII. qu'il
ne craignoit plus. Il mit en prison Finsten
& Imof ses Plénipotentiaires qui avoient
signé son abdication, comme s'ils avoient
en cela passé leurs ordres & trahi leur Maître. Ses Troupes Saxones qui avoient été le
prétexte de son détrônement, le ramene-
rent à Varsovie accompagné de la plûpart
des Palatins Polonois, qui lui ayant autrefois juré fidelité, avoient fait depuis les
mêmes sermens à Stanislas, & revenoient
en faire de nouveaux à Auguste. Siniausky
même rentra dans son parti, & perdant
l'idée de se faire Roi, se contenta de rester
Grand General de la Couronne. Fleming
son Premier Ministre, qui n'avoit osé demeurer en Saxe de-peur d'être livré avec
Patkul, contribua alors par son adresse à
ramener à son Maître une grande partie de
la Noblesse Polonoise.

Le Pape releva ses peuples du serment
de

de fidelité qu'ils avoient fait à Stanislas.
Cette démarche du Saint Pere, faite à propos, & appuyée des forces d'Augufte, fut
d'un affez grand poids : elle affermit le
crédit de la Cour de Rome en Pologne, où
l'on n'avoit nulle envie de contefter alors
aux Premiers Pontifes, le droit chimeri-
que de fe mêler du temporel des Rois.
Chacun retournoit volontiers fous la domination d'Augufte, & recevoit fans ré-
pugnance une abfolution inutile, que le
Nonce ne manqua pas de faire valoir comme néceffaire.

La puiffance de Charles & la grandeur
de la Suede, toucherent alors à leur dernier période. Plus de dix Têtes Couronnées
voyoient depuis long-tems avec crainte &
avec envie la domination Suedoife, s'éten-
dant loin de fes bornes naturelles au-delà
de la mer Baltique, depuis la Duna jufqu'à
l'Elbe. La chute de Charles & fon abfence
réveillerent les intérêts & les jaloufies de
tous ces Princes, affoupies long-tems par
des Traités & par l'impuiffance de les
rompre.

Le Czar plus puiffant qu'eux tous enfemble, profitant d'abord de fa victoire,
prit Vibourg & toute la Carélie, inonda
la Finlande de Troupes, mit le fiége-de-
vant Riga, & envoya un Corps d'armée en
Pologne pour aider Augufte à remonter
fur le Trône. Cet Empereur étoit alors ce
que

que Charles avoit été autrefois, l'arbitre
de la Pologne & du Nord : mais il ne con-
sultoit que ses intérêts, au lieu que Charles
n'avoit jamais écouté que ses idées de vengeance & de gloire. Le Monarque Suedois
avoit secouru ses Alliés, & accablé ses ennemis sans exiger le moindre fruit de ses
victoires : Le Czar se conduisant plus en
Prince, & moins en Héros, ne voulut secourir le Roi de Pologne qu'à condition
qu'on lui céderoit la Livonie, & que cette
Province pour laquelle Auguste avoit allumé la guerre, resteroit aux Moscovites pour
toûjours.

Le Roi de Dannemark oubliant le Traité de Travendal, comme Auguste celui
d'Alrandstad, songea dès-lors à se rendre
maître des Duchés de Holstein & de Brême, sur lesquels il renouvella ses prétentions. Ces trois Souverains se virent à
Dresde sur la fin de 1709. ainsi Auguste
qui deux ans auparavant y avoit reçu
Charles comme son vainqueur, vit peu
de tems après dans la même ville, ces mêmes Alliés ausquels le Roi de Suede l'a-
voit forcé de renoncer. Pierre Alexiovits,
Auguste & Frideric, réglerent dans cette
entrevûe le partage des conquêtes qu'on
alloit faire. Le Roi de Prusse reçut aussi ces
trois Monarques chez lui dans son château
de Postdam, & entra dans leur alliance. Il
avoit d'anciens droits sur la Pomeranie Suedoise,

doife , qu'il vouloit faire revivre. Le Duc
de Mekelbourg voyoit avec dépit que la
Suede poffedât encore Vifmar , la plus belle
ville du Duché. Ce Prince avoit époufé une
niéce de l'Empereur Mofcovite, & fon oncle
ne demandoit qu'un prétexte pour s'établir
en Allemagne à l'exemple des Suedois.
Georges électeur de Hanover , cherchoit de
fon côté à s'enrichir des dépouilles de Charles. L'Evêque de Munfter auroit bien voulu
faire auffi valoir quelques droits , s'il en
avoit eu le pouvoir.

Douze à treize mille Suedois défendoient
la Pomeranie & les autres Pays que Charles
poffedoit en Allemagne : c'étoit-là que la
guerre alloit fe porter. Cet orage allarma
l'Empereur & fes Alliés. C'eft une loi de
l'Empire , que quiconque attaque une de fes
Provinces , eft réputé l'ennemi de tout le
Corps Germanique.

Mais il y avoit encore un plus grand embarras. Tous ces Princes , à la réferve du
Czar , étoient réunis alors contre Louis
XIV. dont la puiffance avoit été quelque
tems auffi redoutable à l'Empire que celle
de Charles.

L'Allemagne s'étoit trouvée au commencement du fiécle , preffée du Midi au Nord ,
entre les armées de la France & de la Suede. Les François avoient paffé le Danube ,
& les Suedois l'Oder. Si leurs forces alors
victorieufes s'étoient jointes , l'Empire eût
été

été perdu. Mais la même fatalité qui accabla la Suede, avoit aussi humilié la France : toutefois la Suede avoit encore des ressources, & Louis XIV. faisoit la guerre avec vigueur, quoique malheureusement. Si la Pomeranie, & le Duché de Brême devenoient le théâtre de la guerre, il étoit à craindre que l'Empire n'en souffrît, & qu'étant affoibli de ce côté, il n'en fût moins fort contre Louis XIV. Pour prévenir ce danger, l'Empereur, les Princes d'Allemagne, Anne Reine d'Angleterre, les Etats Généraux des Provinces Unies, conclurent à la Haye, sur la fin de l'année 1709. un des plus singuliers Traités que jamais on ait signé.

Il fut stipulé par ces Puissances, que la guerre contre les Suedois ne se feroit point en Pomeranie, ni dans aucune des Provinces de l'Allemagne ; & que les ennemis de Charles XII. pouroient l'attaquer partout ailleurs. Le Roi de Pologne & le Czar accederent eux-mêmes à ce Traité ; ils y firent inserer un Article aussi extraordinaire que le Traité même : ce fut que les douze mille Suedois qui étoient en Pomeranie, n'en pourroient sortir pour aller défendre leurs autres Provinces.

Pour assurer l'execution de ce Traité, on proposa d'assembler une Armée conservatrice de cette neutralité imaginaire. Elle devoit camper sur le bord de l'Oder ; c'eût été

été une nouveauté finguliere qu'une Armée levée pour empêcher une Guerre ; ceux mê-me qui devoient la foudoyer , avoient pour la plûpart beaucoup d'intérêt à faire cette Guerre qu'on prétendoit écarter. Le Traité portoit qu'elle feroit compofée de Troupes de l'Empereur, du Roi de Pruffe , & de l'Electeur de Hanover , du Lantgrave de Heffe , de l'Evêque de Munfter.

Il arriva ce qu'on devoit naturellement attendre d'un pareil projet : il ne fut point executé , les Princes qui devoient fournir leur contingent pour lever cette Armée , ne donnerent rien : Il n'y eut pas deux Régimens formés , on parla beaucoup de neutralité , perfonne ne la garda , & tous les Princes du Nord qui avoient des inté-rêts à démêler avec le Roi de Suede , refte-rent en pleine liberté de fe difputer les dé-poüilles de ce Prince.

Dans ces conjonctures , le Czar après avoir laiffé fes Troupes en quartier dans la Lithuanie , & avoir ordonné le fiége de Riga , s'en retourna à Mofcou étaler à fes peuples un apareil auffi nouveau que tout ce qu'il avoit fait jufqu'alors dans fes Etats. Ce fut un triomphe tel à-peu-près que celui des anciens Romains ; il fit fon entrée dans Mofcou le premier Janvier 1710. fous fept arcs triomphaux dreffez dans les ruës , or-nez de tout ce que le climat peut fournir, & de ce que le Commerce floriffant par fes foins

soins y avoit pû apporter. Un Régiment
des Gardes commençoit la marche, suivi
des piéces d'artillerie prises sur les Suedois
à Lesno & à Pultava, chacune étoit traî-
née par huit chevaux couverts de housses
d'écarlatte pendantes à terre ; ensuite venoient les étendarts, les timballes, les
drapeaux gagnez à ces deux batailles,
portez par les Officiers & par les Soldats
qui les avoient pris. Toutes ces dépoüilles
étoient suivies des plus belles Troupes du
Czar. Après qu'elles eurent défilé, on vit
sur un Char fait exprès paroître le brancard de Charles XII. trouvé sur le champ
de bataille de Pultava tout brisé de deux
coups de canon. Derriere ce brancard marchoient deux à deux tous les prisonniers :
On y voyoit le Comte Piper, Premier Ministre de Suede, le célebre Maréchal Renchild, le Comte de Levenhaup, les Généraux Slipenbak, Stakelberg, Hamilton,
tous les Officiers & les Soldats qu'on dispersa depuis dans la grande Russie. Le
Czar paroissoit immédiatement après eux,
sur le même cheval qu'il avoit monté à la
bataille de Pultava. A quelques pas de lui
on voyoit les Généraux qui avoient eu part
au succès de cette journée. Un autre Régiment des Gardes venoit ensuite : Les chariots de munitions des Suedois fermoient
la marche.

Cette pompe passa au bruit de toutes les
cloches

cloches de Moſcou, au ſon des tambours, des timballes, des trompettes, & d'un nombre infini d'inſtrumens de muſique, qui ſe faiſoient entendre par repriſes, avec les ſalves de deux cens piéces de canon, & les acclamations de cinq cens mille hommes qui s'écrioient : *Vive l'Empereur notre pere*, à chaque pauſe que faiſoit le Czar dans cette entrée triomphale.

Cet appareil impoſant augmenta la vénération de ſes peuples pour ſa perſonne: Tout ce qu'il avoit fait d'utile en leur faveur, le rendoit peut-être moins grand à leurs yeux. Il fit cependant continuer le blocus de Riga , les Généraux s'emparerent du reſte de la Livonie , & d'une partie de la Finlande. En même tems le Roi de Dannemark vint avec toute ſa Flotte faire une deſcente en Suede : Il y débarqua dix-ſept mille hommes qu'il laiſſa ſous la conduite du Comte de Reventlau.

La Suede étoit alors gouvernée par une Régence compoſée de quelques Sénateurs, que le Roi établit quand il partit de Stokolm. Le Corps du Sénat qui croyoit que le Gouvernement lui appartenoit de droit, étoit jaloux de la Régence. L'Etat ſouffroit de ces diviſions ; mais quand après la bataille de Pultava , la premiere nouvelle qu'on apprit dans Stokolm , fut que le Roi étoit à Bender à la merci des Tartares & des Turcs , & que les Danois étoient
                                    deſcendus

descendus en Scanie, où ils avoient pris la
Ville d'Helsinbourg. Alors les jalousies
cesserent, on ne songea qu'à sauver la
Suede. Elle commençoit à être épuisée de
Troupes réglées ; car quoique Charles eût
toûjours fait ses grandes expéditions à la
tête de petites Armées, cependant les combats innombrables qu'il avoit livrez pendant neuf années, la nécessité de recruter
continuellement ses Troupes, & d'entretenir ses Garnisons, & les Corps d'Armée
qu'il falloit toûjours avoir sur pied dans
la Finlande, dans l'Ingrie, la Livonie, la
Pomeranie, Brême, Verden ; tout cela avoit
coûté à la Suede pendant le cours de la
Guerre, plus de deux cens cinquante mille
Soldats : Il ne restoit pas huit mille hommes d'anciennes Troupes, qui avec les Milices nouvelles, étoient les seules ressources
de la Suede.

Le Roi Charles XI. parmi plusieurs Loix
qui l'avoient fait accuser de tyrannie, en
avoit établi quelques-unes qui pouvoient
lui mériter la reconnoissance de sa patrie.
Il forma entr'autres une Milice qui subsiste
encore aujourd'hui ; laquelle n'est ni à
charge au Trésor Public, ni trop onéreuse
aux particuliers, & qui fournit toûjours
des Soldats à l'Etat, sans ôter des Laboureurs aux campagnes. Les plus riches Villages ou Seigneuries qui étoient anciennement, ou qui sont encore du Domaine du

Roi,

Roi, entretiennent à leurs frais un Cavalier. Les Payfans de chaque Village fourniffent un Fantaffin, à proportion de leurs revenus; c'eft-à-dire, qu'il faut avoir un certain bien, comme dix ou douze mille francs pour être obligé d'équiper un Soldat d'Infanterie. Le Payfan qui n'a que cinq ou fix mille livres fe joint à un autre qui en a autant; s'il n'en a que trois mille, il contribue pour fa part avec plufieurs autres, & tous enfemble fourniffent un homme à l'Etat.

Si le revenu de tout le Village entier ne produit que dix mille livres, le Village ne donne qu'un homme. A la mort du Soldat, ceux qui l'avoient donné le remplacent; ainfi le nombre des Milices eft toûjours le même qu'il a été une fois réglé par les Etats Généraux. Les Payfans font bâtir au Soldat qu'ils entretiennent, une maifon ou une cabane, & lui affignent pour lui & pour fa famille, une portion de terre qu'il eft obligé de cultiver. Ces Soldats diftribuez par Village fe raffemblent à jours marquez dans le principal Bourg du canton, fous la conduite de leurs Officiers qui font payez par le Tréfor Public.

Dans les Provinces bien peuplées chaque Village a fon Caporal qui exerce fa troupe une fois la femaine. Le Sergent chargé d'un plus grand diftrict, voit la fienne tous les quinze jours, & ainfi de grade

grade en grade jusqu'au Colonel, qui fait la revuë de son Régiment de Milice tous les trois mois.

La Suede fut ainsi une pepiniere de Soldats pendant les Guerres de Charles XII. La Nation est née belliqueuse, & tout peuple prend insensiblement le génie de son Roi. On ne s'entretenoit d'un bout du Pays à l'autre que des actions prodigieuses de Charles & de ses Généraux, & des vieux Corps qui avoient combattu sous eux à Narva, à la Duna, à Crassau, à Pultusk, à Hollosin. Les moindres Suedois en prenoient un esprit d'émulation & de gloire. La tendresse pour le Roi, la pitié, la haine irréconciliable contre les Danois, s'y joignirent encore. Dans bien d'autres Pays les Paysans sont esclaves, ou traitez comme tels; ceux-ci faisant un Corps dans l'Etat se regardoient comme des Citoyens, & se formoient des sentimens plus grands; deforte que ces Milices devenoient en peu de tems les meilleures Troupes du Nord.

Le Général Steinbok se mit par ordre de la Régence à la tête de huit mille hommes d'anciennes Troupes, & d'environ douze mille de ces nouvelles Milices, pour aller chasser les Danois qui ravageoient toute la côte d'Helsinbourg, & qui étendoient déja leurs contributions fort avant dans les terres.

On n'eut ni le tems, ni les moyens de donner aux Milices des habits d'Ordonnan-

ce:

ce : La plûpart de ces Laboureurs vinrent vêtus de leurs farots de toile, ayant à leurs ceintures des piſtolets attachez avec des cordes. Steinbok à la tête de cette Armée extraordinaire, ſe trouva en préſence des Danois à trois lieuës d'Helſinbourg le 10. Mars 1710. il voulut laiſſer à ſes Troupes quelques jours de repos, ſe retrancher, & donner à ſes nouveaux Soldats le tems de s'accoûtumer à l'Ennemi : Mais tous ces Payſans demanderent la bataille le même jours qu'ils arriverent.

Des Officiers qui y étoient, m'ont dit les avoir vû alors preſque tous écumer de colere, tant la haine nationale des Suedois contre les Danois eſt extrême. Steinbok profita de cette diſpoſition des eſprits, qui dans un jour de bataille vaut autant que la diſcipline militaire ; on attaqua les Danois, & c'eſt-là qu'on vit ce dont il n'y a peut-être pas deux exemples de plus, des Milices toutes nouvelles égaler dans le premier combat l'intrépidité des vieux Corps. Deux Régimens de ces Payſans armés à la hâte, taillerent en piéces le Régiment des Gardes du Roi de Dannemark, dont il ne reſta que dix hommes.

Les Danois entierement défaits ſe retirerent ſous le canon d'Helſinbourg. Le trajet de Suede en Zéeland eſt ſi court, que le Roi de Dannemark apprit le même jour à Coppenhague la défaite de ſon Armée en Suede :

de: Il envoya sa Flotte pour embarquer les débris de ses Troupes. Les Danois quitterent la Suede avec précipitation, cinq jours après la bataille : Mais ne pouvant emmener leurs chevaux, & ne voulant pas les laisser à l'ennemi, ils les tuerent tous aux environs d'Helsinbourg, & mirent le feu à leurs provisions, brûlant leurs grains & leurs bagages, & laissant dans Helsinbourg quatre mille blessez, dont la plus grande partie mourut par l'infection de tant de chevaux tuez, & par le défaut de provisions, dont leurs Compatriotes même les privoient pour empêcher que les Suedois n'en jouïssent.

Dans le même tems les Paysans de la Dalecarlie ayant oüi dire dans le fond de leurs forêts, que leur Roi étoit prisonnier chez les Turcs, députerent à la Régence de Stokolm, & offrirent d'aller à leurs dépens au nombre de vingt mille, délivrer leur maître des mains de ses Ennemis. Cette proposition qui marquoit plus de courage & d'affection qu'elle n'étoit utile, fut écoutée avec plaisir, quoique rejettée, & on ne manqua pas d'en instruire le Roi en lui envoyant le détail de la bataille d'Helsinbourg.

Charles reçut dans son Camp près de Bender ces nouvelles consolantes au mois de Juillet 1710. Peu de tems après un autre événement le confirma dans ses espérances.

K 3   Le

Le Grand Vifir Couprougly, qui s'oppofoit à fes deffeins, fut dépofé après deux
mois de miniftere. La petite Cour de Charles XII. & ceux qui tenoient encore pour
lui en Pologne, publioient que Charles faifoit & défaifoit les Vifirs, & qu'il gouvernoit l'Empire Turc du fond de fa retraite
de Bender ; mais il n'avoit aucune part à la
difgrace de ce favori. La rigide probité du
Vifir fut la feule caufe de fa chute : Son
prédéceffeur ne payoit point les Janiffaires
du Tréfor impérial ; mais de l'argent qu'il
faifoit venir par fes extorfions. Couprougly les paya de l'argent du Tréfor. Akmet
lui reprocha qu'il préferoit l'intérêt des
Sujets à celui de l'Empereur : Ton Prédéceffeur Chourlouly, lui dit-il, fçavoit bien
trouver d'autres moyens de payer mes Troupes. Le Grand Vifir répondit : *S'il avoit*
l'art d'enrichir Ta Hauteffe par des rapines,
c'eft un art que je fais gloire d'ignorer.

Le fecret profond du férail permet rarement que de pareils difcours tranfpirent
dans le Public ; mais celui-ci fut fçu avec
la difgrace de Couprougly. Ce Vifir ne
paya point fa hardieffe de fa tête, parceque la vraye vertu fe fait quelquefois refpecter, lors même qu'elle déplaît ; on lui
permit de fe retirer dans l'Ifle de Negre-
pont.

Le Grand Seigneur fit alors revenir
d'Alep, Balcagi Mehemet, Pacha de Syrie,
qui

qui avoit déja été Grand Visir avant Chourlouly. Les *Baltagis* du sérail, ainsi nommez de *Balta*, qui signifie coignée, sont
des Esclaves qui coupent le bois pour l'usage des Princes du Sang Ottoman, & des
Sultanes. Ce Visir avoit été Baltagi dans sa
jeunesse, & en avoit toûjours retenu le
nom, selon la coûtume des Turcs; qui
prennent sans rougir le nom de leur premiere profession, ou de celle de leur pere,
ou du lieu de leur naissance.

Dans le tems que Baltagi Mehemet étoit
valet dans le sérail, il fut assez heureux
pour rendre quelques petits services au
Prince Akmet, alors prisonnier d'Etat sous
l'Empire de son frere Mouftapha. C'est
l'usage du sérail, que les Princes du Sang
Ottoman ayent pour leurs plaisirs quelques
femmes d'un âge à ne plus avoir d'enfans,
(& cet âge arrive de bonne heure en Turquie;) mais assez belles encore pour plaire.
Akmet devenu Sultan donna une de ces esclaves qu'il avoit baucoup aimée, en mariage
à Baltagi Mehemet. Cette femme par ses intrigues fit son mari Grand Visir, une autre
intrigue le déplaça, & une troisiéme le fit
Grand Visir encore.

Quand Baltagi Mehemet vint recevoir le
Bul de l'Empire, il trouva le parti du Roi
de Suede dominant dans le sérail. La Sultane Validé, Ali-Coumourgi favori du
Grand Seigneur, le Kislar-Aga, Chef des

Eunuques

Eunuques noirs, l'Aga des Janissaires, vouloient la guerre contre le Czar. Le Sultan
y étoit déterminé, le premier ordre qu'il
donna au Grand Visir fut d'aller combattre
les Moscovites avec deux cens mille hommes. Baltagi Mehemet n'avoit jamais fait
la guerre; mais ce n'étoit point un imbe-
cile, comme les Suedois mécontens de lui
l'ont représenté. Il dit au Grand Seigneur,
en recevant de sa main un sabre garni de
pierreries : » Ta Hautesse sçait que j'ai été
» élevé à me servir d'une hache pour fendre
» du bois, & non d'une épée pour com-
» mander tes Armées : Je tâcherai de te
» bien servir; mais si je ne réüssis pas, sou-
» viens-toi que je t'ai supplié de ne me le
» point imputer. Le Sultan l'assura de son
amitié, & le Visir se prépara à obéïr.

La premiere démarche de la Porte Ottomane fut de mettre au Château des sept
Tours l'Ambassadeur Moscovite. La coûtume des Turcs est de commencer d'abord
par faire arrêter les Ministres des Princes
ausquels ils déclarent la guerre : Observa-
teurs de l'hospitalité en tout le reste, ils
violent en cela le Droit le plus sacré des
Nations. Ils commettent cette injustice sous
prétexte d'équité, s'imaginant, ou voulant
faire croire qu'ils n'entreprennent jamais
que de justes guerres, parcequ'elles sont
consacrées par l'approbation de leur Mouf-
ty. Sur ce principe ils se croyent armez
pour

pour châtier les violateurs des Traitez, que souvent ils rompent eux-mêmes, & croyent punir les Ambassadeurs des Rois leurs Ennemis, comme complices des infidélitez de leurs maîtres.

A cette raison se joint le mépris ridicule qu'ils affectent pour les Princes Chrétiens, & pour les Ambassadeurs qu'ils ne regardent d'ordinaire que comme des Consuls de Marchands.

Le Han des Tartares de Crimée, que nous nommons le Kam, reçut ordre de se tenir prêt avec quarante mille Tartares. Ce Prince gouverne le Nogaï, le Boudgiac, avec une partie de la Circassie, & toute la Crimée, Province connue dans l'antiquité sous le nom de Chersonese Taurique, où les Grecs porterent leur commerce & leurs armes, & fonderent de puissantes Villes, & où les Genois pénétrerent depuis, lorsqu'ils furent les maîtres du Commerce de l'Europe. On voit en ce Pays des ruïnes des Villes Greques, & quelques monumens des Genois qui subsistent encore au milieu de la désolation & de la barbarie.

Le Kam est appellé par ses Sujets Empereur ; mais avec ce grand titre il n'en est pas moins l'esclave de la Porte. Le sang Ottoman dont les Kams sont descendus, & le droit qu'ils ont à l'Empire des Turcs, au défaut de la race du Grand Seigneur, rendent leur famille respectable au Sultan

K 5 même,

même , & leurs perſonnes redoutables.
C'eſtpourquoi le Grand Seigneur n'oſe
détruire la race des Kams Tártares ; mais il
ne laiſſe preſque jamais vieillir ces Princes
ſur le Trône. Leur conduite eſt toûjours
éclairée par les Pachas voiſins , leurs Etats
entourés de Janiſſaires , leurs volontés tra-
verſées par les Grands Viſirs , leurs deſſeins toûjours ſuſpects. Si les Tartares ſe
plaignent du Kam , la Porte le dépoſe ſur
ce prétexte. S'il en eſt trop aimé , c'eſt un
plus grand crime , dont il eſt plûtôt puni;
ainſi preſque tous paſſent de la Souveraineté
à l'éxil , & finiſſent leurs jours à Rhodes
qui eſt d'ordinaire leur priſon & leur tombeau.

Les Tartares leurs Sujets ſont les peuples
les plus brigands de la terre , & en même
tems , ce qui eſt inconcevable , les plus Hoſ-
pitaliers. Ils vont à cinquante lieuës de leur
pays attaquer une caravane , détruire des
Villages ; mais qu'un Etranger , tel qu'il
ſoit , paſſe dans leur pays , non ſeulement
il eſt reçu partout , logé & défrayé ; mais
dans quelque lieu qu'il paſſe , les habitans
ſe diſputent l'honneur de l'avoir pour hôte :
le maître de la maiſon , ſa femme, ſes filles le
ſervent à l'envi. Les Scythes leurs Ancêtres
leur ont tranſmis ce reſpect inviolable pour
l'hoſpitalité , qu'ils ont conſervé ; parceque
le peu d'Etrangers qui voyagent chez eux,
& le bas prix de toutes les denrées , ne leur

rendent

rendent point cette vertu trop onereufe.

Quand les Tartares vont à la guerre avec l'Armée Ottomane, ils font nourris par le Grand Seigneur, le butin qu'ils font eft leur feule paye; auffi font-ils plus propres à piller qu'à combattre régulierement

Le Kam, gagné par les préfens & par les intrigues du Roi de Suede, obtint d'abord que le rendez-vous général des Troupes feroit à Bender, même fous les yeux de Charles XII. afin de lui marquer mieux que c'étoit pour lui qu'on faifoit la guerre.

Le nouveau Vifir Baltagi Mehemet, n'ayant pas les mêmes engagemens, ne voulut pas flatter à ce point un Prince Etranger; il changea l'ordre, & ce fut à Belgrade que s'affembla cette grande Armée.

Les Troupes des Turcs ne font plus aujourd'hui fi formidables qu'autrefois, lorfqu'ils conquirent tant d'Etats dans l'Afie, dans l'Afrique, dans l'Europe; alors la force du corps, la valeur & le nombre des Turcs, triomphoient d'ennemis moins robuftes qu'eux & plus mal difciplinés. Mais aujourd'hui que les Chrétiens entendent mieux l'art de la guerre, ils battent prefque toûjours les Turcs en bataille rangée, même à forces inégales. Si l'Empire Ottoman a depuis peu fait quelques conquêtes, ce n'eft que fur la République de Venife, eftimée plus fage que guerriere, défenduë par des Etrangers, & mal

K 6   fecou-

secouruë par les Princes Chrétiens , toûjours divisés entr'eux.

Les Janissaires & les Spahis attaquent en
désordre ; incapables d'écouter le comman-
mandement & de se rallier , leur Cavalerie qui devroit être excellente , attendu la
bonté & la legéreté de leurs chevaux , ne
sçauroit soutenir le choc de la Cavalerie
Allemande : l'Infanterie ne sçait point encore faire un usage avantageux de la bayonnette au bout du fusil : de-plus les Turcs
n'ont pas eu un Grand Général de terre parmi eux depuis Couprougly , qui conquit
l'Isle de Candie. Un Esclave nourri dans
l'oisiveté & dans le silence du Serail , fait
Visir par faveur , & Général malgré lui,
conduisoit une Armée levée à la hâte , sans
expérience , sans discipline , contre des
Troupes Moscovites aguerries par douze
ans de guerre , & fieres d'avoir vaincu les
Suedois.

Le Czar , selon toutes les apparences, devoit vaincre Baltagi Mehemet ; mais il fit
la même faute avec les Turcs que le Roi
de Suede avoit commise avec lui : il mépri-
sa trop son Ennemi. Sur la nouvelle de l'ar-
mement des Turcs il quitta Moscou , &
ayant ordonné qu'on changeât le siége de
Riga en blocus, il assembla sur les frontieres
de la Pologne quatre-vingt mille hommes
de ses Troupes. Avec cette Armée il prit
son chemin vers la Moldavie & la Valachie,

chie, autrefois le pays des Daces, aujour-
d'hui habité par des Chrétiens Grecs, tributaires du Grand Seigneur.

Un Grec nommé Cantemir, fait Prince
de Moldavie par les Turcs, se jetta dans le
parti du Czar, qu'il regardoit déja comme
un conquérant, & ne fit point de difficulté
de trahir le Sultan, dont il tenoit sa Principauté, en faveur d'un Chrétien dont il
esperoit de plus grands avantages. Le Czar
ayant donc fait un Traité secret avec ce
Prince, & l'ayant reçu dans son Armée,
s'avança dans ce pays & arriva au mois de
Juin 1711. sur le bord Septentrional du
fleuve Hierase, aujourd'ui le Pruth, près
d'Yassi, capitale de la Moldavie.

Dès que le Grand Visir eût apris que
Pierre Alexiovits marchoit de ce côté, il
quitta aussi-tôt le Camp de Belgrade, &
suivant le cours du Danube, il alla passer ce
fleuve sur un pont de batteaux près d'un
Bourg nommé Saccia, au même endroit
où Darius fit construire autrefois le pont
qui porta son nom. L'Armée Turque fit tant
de diligence, qu'elle parut bien-tôt en présence des Moscovites, la riviere de Pruth entre deux.

Le Czar, sûr du Prince de Moldavie, ne
s'attendoit pas que les Moldaves dussent
lui manquer; mais souvent le Prince & les
Sujets ont des intérêts très-différens. Ceux-
ci

ci aimoient la domination Turque, qui n'est jamais fatale qu'aux Grands, & qui affecte de la douceur pour les Peuples tributaires. Ils redoutoient les Chrétiens, & surtout les Moscovites, qui les avoient toûjours traité avec inhumanité. Ils porterent toutes leurs provisions à l'Armée Ottomane, les Entrepreneurs qui s'étoient engagés à fournir des vivres aux Moscovites, executerent avec le Grand Visir le marché même qu'ils avoient fait avec le Czar. Les Valaques, voisins des Moldaves, montrerent aux Turcs la même affection, tant l'ancienne idée de la barbarie Moscovite avoit aliené tous les esprits.

Le Czar ainsi trompé dans ses espérances, peut-être trop légerement prises, vit tout d'un coup son Armée sans vivres & sans fourages. Cependant les Turcs passent la riviere qui les séparoit de l'Armée ennemie, tous les Tartares la traverserent à la nage, selon leur coûtume, en tenant la queue de leurs chevaux. Les Spahis qui sont les Cavaliers Turcs, passerent de même, parceque les ponts ne furent pas assez tôt prêts.

Enfin toute l'Armée étant parvenuë à l'autre bord, le Visir forma un Camp retranché. Il est surprenant que le Czar ne disputât point le passage de la riviere, ou du moins qu'il ne réparât pas cette faute en
livrant

livrant bataille aux Turcs immédiatement
après le paffage, au lieu de leur donner le
tems de faire périr fon Armée de faim & de
fatigue. Il femble que ce Prince fit dans
cette campagne tout ce qu'il falloit pour
être perdu. Il fe trouva fans provifions,
ayant la riviere de Pruth derriere lui, près
de cent cinquante mille Turcs devant, &
environ quarante mille Tartares qui le har-
celoient continuellement à droite & à gau-
cha. Dans cette extrêmité, il dit publiquement : Me voilà du moins auffi mal que
mon frere Charles l'étoit à Pultava.

Le Comte Poniatosky, infatigable Agent
du Roi de Suede, étoit dans l'Armée du
Grand Vifir avec quelques Polonois & quelques Suedois, qui tous croyoient la perte
du Czar inévitable.

Dès que Poniatosky vit que les Armées
feroient infailliblement en préfence, il le
manda au Roi de Suede, qui partit auffi-
tôt de Bender, fuivi de quarante Officiers,
joüiffant par avance du plaifir de combattre l'Empereur Mofcovite. Après beaucoup
de pertes & de marches ruineufes, le Czar
pouffé vers le Pruth, n'avoit pour tous retranchemens que des chevaux de frife &
des chariots. Quelques troupes de Janiffaires & de Spahis vinrent fondre fur fon
Armée fi mal retranchée ; mais ils attaquerent en défordre, & les Mofcovites fe défendirent

fendirent avec une vigueur que la préfence de leur Prince & le défefpoir leur donnoient.

Les Turcs furent deux fois repouffez. Le lendemain M. Poniatosky confeilla au Grand Vifir d'affamer l'Armée Mofcovite, qui manquant de tout, feroit obligée dans un jour de fe rendre à difcrétion avec fon Empereur.

Le Czar a depuis avoüé plus d'une fois, qu'il n'avoit jamais rien fenti de fi cruel dans fa vie que les inquiétudes qui l'agiterent cette nuit. Il rouloit dans fon efprit tout ce qu'il avoit fait depuis tant d'années pour la gloire & le bonheur de fa Nation : tant de grands Ouvrages toujours interrompus par des guerres, alloient peut-être périr avec lui avant d'avoir été achevez : il falloit ou être détruit par la faim, ou attaquer près de deux cens mille hommes avec des Troupes languiffantes, diminuées de la moitié ; une Cavalerie prefque toute démontée , & des Fantaffins extenués de faim & de fatigue.

Il appella le Général Cferemetof vers le commencement de la nuit, & lui ordonna fans balancer & fans prendre confeil, que tout fût prêt à la pointe du jour pour aller attaquer les Turcs la bayonnette au bout du fufil.

Il donna de-plus ordre exprès qu'on brûlât tous les bagages, & que chaque Officier ne réfervât qu'un feul chariot; afin que s'ils étoient vaincus, les Ennemis ne puffent du moins profiter du butin qu'ils efpéroient.

Après avoir tout réglé avec le Général pour la bataille, il fe retira dans fa tente accablé de douleur, & agité de convulfions, mal dont il étoit fouvent attaqué, & qui redoubloit toûjours avec violence quand il avoit quelque grande inquiétude. Il défendit que perfonne osât de la nuit entrer dans fa tente, fous quelque prétexte que ce pût être, ne voulant pas qu'on vînt lui faire des remontrances fur une réfolution défefperée, mais néceffaire; encore moins qu'on fût témoin du trifte état où il fe fentoit.

Cependant on brûla felon fon ordre la plus grande partie de fes bagages : toute l'Armée fuivit cet exemple quoiqu'à regret, plufieurs enterrerent ce qu'ils avoient de plus précieux. Les Officiers Généraux ordonnoient déja la marche, & tâchoient d'infpirer à l'Armée une confiance qu'ils n'avoient pas eux-mêmes; chaque Soldat épuifé de fatigue & de faim, marchoit fans ardeur & fans efpérance; les femmes dont l'Armée étoit trop remplie, pouffoient des cris qui énervoient encore les courages; tout le monde attendoit le lendemain matin

tin la mort ou la fervitude. Ce n'eſt point une exagération , c'eſt à la lettre ce qu'on a entendu dire à des Officiers qui ſervoient dans cette Armée.

Il y avoit alors dans le Camp Moſcovite, une femme auſſi ſinguliere peut-être que le Czar même. Elle n'étoit encore connuë que ſous le nom de Catherine. Sa mere étoit une malheureuſe Payſanne, nommée Erb-Magden , Village de Ringen en Eſ. tonie , Province où les Peuples ſont ſerfs, & qui étoit en ce tems ſous la domination de la Suede. Jamais elle ne connut ſon pere , (✻) elle fut baptiſée ſous le nom de Marthe, & inſcrite au Regiſtre des enfans bâtards. Le Vicaire de la Paroiſſe l'éleva par charité juſqu'à quatorze ans, à cet âge elle fut ſervante à Mariembourg chez un Miniſtre Lutherien nommé Gluk.

En mil ſept cent deux , à l'âge de dix-huit ans , elle épouſa un Dragon Suedois. Le lendemain de ſes nopces un parti des Troupes de Suede ayant été battu par les Moſcovites , ce Dragon qui avoit été à l'ac-tion ne parut plus, ſans que ſa femme pût ſçavoir s'il avoit été fait priſonnier , & ſans même qu'elle en ait jamais pû rien appren-dre depuis.

Quelques jours après , faite priſonniere elle-

(✻) On m'a aſſuré depuis que le pere de la Czarine étoit un Foſſoyeur.

elle-même, elle servit chez le Général Cseremetof. Celui-ci la donna à Menzicof,
homme qui a connu les plus extrêmes vicissi-
tudes de la fortune, étant devenu de Garçon
Patissier, Général & Prince, ensuite dé-
pouillé de tout & relegué en Siberie, où il
est mort dans la misere & dans le désespoir.

Ce fut à un souper chez le Prince Menzicof que l'Empereur la vit & en devint amou-
reux. Il l'épousa secretement en 1707. non
pas séduit par des artifices de femmes ; mais
parcequ'il lui trouva un génie étonnant, &
une fermeté d'ame capables de seconder
ses entreprises, & même de les continuer
après lui. Il avoit déja repudié depuis long-
tems sa premiere femme Ottokesa, fille
d'un Boyard, laquelle non seulement étoit
accusée d'adultere ; mais de s'être opposée
aux changemens qu'il faisoit dans ses Etats.
Ce dernier crime étoit le plus grand aux
yeux du Czar. Il ne vouloit dans sa famille
que des personnes qui pensassent comme
lui. Il crut rencontrer dans cette Esclave
étrangere les qualités d'un Souverain,
quoiqu'elle n'eût aucune des vertus de son
sexe; il dédaigna pour elle les préjugés qui
n'arrêterent jamais les grands hommes, il
la fit couronner Impératrice. Le même génie qui la fit femme de Pierre Alexiovits,
lui donna l'Empire après la mort de son
mari. L'Europe a vu avec surprise une fem-

me

me fans pudeur, qui ne fçut jamais ni lire
ni écrire, réparer fon éducation & fes foi-
bleffes par fon courage, & remplir avec
gloire le Trône d'un Legiflateur.

Lorfqu'elle époufa le Czar, elle quitta
la Religion Lutherienne où elle étoit née,
pour la Mofcovite : on la rebaptifa, felon
l'ufage du Rit Ruffien, & au lieu du nom
de Marthe, elle prit le nom de Catherine,
fous lequel elle a été connuë depuis. Cette
femme étant donc au Camp du Pruth, tint
un Confeil fecret avec les Officiers Généraux & le Vice-Chancelier Shaffirof, pendant que le Czar étoit dans fa tente.

On conclut qu'il falloit demander la
paix aux Turcs, & engager le Czar à faire
cette démarche. Le Vice-Chancelier écrivit une Lettre au Grand Vifir au nom de
fon Maître, la Czarine entra avec cette
Lettre dans la tente du Czar malgré la
défenfe ; & ayant après bien des prieres,
des conteftations & des larmes, obtenu
qu'il la fignât, elle raffembla fur le champ
toutes fes Pierreries, tout ce qu'elle avoit
de-plus précieux, tout fon argent, elle en
emprunta même des Officiers Généraux ; &
ayant compofé de cet amas un Préfent confidérable, elle l'envoya à Ofman Aga,
Lieutenant du Grand Vifir, avec la Lettre
fignée par l'Empereur Mofcovite. Mehemet Baltagi confervant d'abord la fierté
d'un

d'un Visir & d'un vainqueur, répondit : Que le Czar m'envoye son Premier Minis- tre, & je verrai ce que j'ai a faire. Le Vice- Chancelier Shaffirof vint aussi-tôt, chargé de quelques Présens qu'il offrit publique- ment lui-même au Grand Visir, assez considérables pour lui marquer qu'on avoit besoin de lui ; mais trop pour le cor- rompre.

La premiere demande du Visir, fut que le Czar se rendît avec toute son armée à discrétion. Le Vice-Chancelier Shaffirof ré- pondit, que son Maître alloit l'attaquer dans un quart-heure, & que les Moscovi- tes périroient jusqu'au dernier, plûtôt que de subir des conditions si infâmes. Osman ajouta ses remontrances aux paroles de Shaffirof.

Mehemet Baltagi n'étoit pas guerrier : il voyoit que les Janissaires avoient été re- poussés la veille, Osman lui persuada aisé- ment de ne pas mettre au hazard d'une bataille des avantages certains. Il accorda donc d'abord une suspension d'armes pour six heures, pendant laquelle on convien- droit des conditions du Traité.

Pendant que l'on parlementoit, il arriva un petit accident qui peut faire connoître que les Turcs sont souvent plus jaloux de leurs paroles que nous ne croyons. Deux Gentilshommes Italiens, parens de M. Brillo, grenadiers, lo, Lieutenant-Colonel d'un Régiment de Grenadiers au fervice du Czar , s'étant écartés pour chercher quelque fourage, furent pris par des Tartares , qui les emmenerent à leur camp, & offrirent de les vendre à un Officier de Janiffaires. Le Turc indigné qu'on osât ainfi violer la Tréve , fit arrêter les Tartares , & les conduifit lui-même devant le Grand Vifir avec ces deux prifonniers.

Le Vifir renvoya ces deux Gentilshommes au camp du Czar , & fit trancher la tête aux Tartares qui avoient eu le plus de part à leur enlevement.

Cependant le Kam de Tartarie s'opofoit à la conclufion d'un Traité qui lui ôtoit l'efpérance du pillage : Poniatosky fecondoit le Kam, par les raifons les plus preffantes. Mais Ofman l'emporta fur l'impatience du Tartare, & fur les infinuations de Poniatosky.

Le Vifir crut faire affez pour le Grand Seigneur fon maître, de conclure une paix avantageufe. Il exigea que les Mofcovites rendiffent Azoph , qu'ils brûlaffent les Galeres qui étoient dans ce Port, qu'ils démoliffent des Citadelles importantes, bâties fur les Palus-Méotides, & que tout le canon & les munitions de ces fortereffes demeuraffent au Grand Seigneur ; que le Czar retirât fes Troupes de la Pologne; qu'il n'inquiétât

quiétât plus le petit nombre de Cosaques
qui étoient sous la protection des Polonois, ni ceux qui dépendoient de la Turquie; & qu'il payât dorénavant aux Tártares un subside de quarante mille sequins
par an, tribut odieux imposé depuis long-
tems, mais dont le Czar avoit affranchi
son pays.

Enfin le Traité alloit être signé sans qu'on
eût seulement fait mention du Roi de Suede. Tout ce que Poniatosky put obtenir du
Visir, fut qu'on insérât un Article, par lequel le Moscovite s'engageoit à ne point
troubler le retour de Charles XII. & ce qui
est assez singulier, il fut stipulé dans cet Article, que le Czar & le Rói de Suede feroient
la paix s'ils en avoient envie, & s'ils pouvoient s'accorder.

A ces conditions le Czar eut la liberté
de se retirer avec son armée, son canon,
son artillerie, ses drapeaux, son bagage.
Les Turcs lui fournirent des vivres, & tout
abonda dans son camp, deux heures
après la signature du Traité, qui fut commencé, conclu & signé le vingt-un Juillet 1711.

Dans le tems que le Czar échapé de ce
mauvais pas se retiroit tambour battant &
enseignes déployées, arrive le Roi de Suede
impatient de combattre & de voir son ennemi entre ses mains. Il avoit couru plus

de

de cinquante lieuës à cheval, depuis Bender jusqu'auprès d'Yassi. Il descend à la tente du comte Poniatosky; le Comte s'avança tristement vers lui, & lui aprit comment
il venoit de perdre une occasion qu'il ne
recouvreroit peut-être jamais.

Le Roi outré de colere va droit à la tente du Grand Visir : il lui reproche avec un
visage enflammé, le Traité qu'il vient de
conclure. J'ai droit, dit le Grand Visir,
d'un air calme, de faire la guerre & la paix.
Mais, ajoûte le Roi, n'avois-tu pas toute
l'armée Moscovite en ton pouvoir ? Notre
Loi nous ordonne, repartit gravement le
Visir, de donner la paix à nos ennemis,
quand ils implorent notre misericorde. Et
t'ordonne-t-elle, insiste le Roi en colere,
de faire un mauvais Traité, quand tu pou-
vois imposer telles loix que tu voulois? Ne
dépendoit-il pas de toi d'amener le Czar
prisonnier à Constantinople?

Le Turc poussé à bout, répondit séche-
ment : Et qui gouverneroit son Empire en
son absence ? Il ne faut pas que tous les
Rois soient hors de chez eux. Charles repliqua par un sourire d'indignation, il se
jetta sur un sopha, & regardant le Visir
d'un air plein de colere & de mépris, il
étendit sa jambe vers lui, & embarassant
exprès son éperon dans la robe du Turc,
il la lui déchira, se releva sur le champ,
remonta

remonta à cheval, & retourna à Bender le
desespoir dans le cœur.

Poniatosky resta encore quelque tems
avec le Grand Visir, pour essayer par des
voyes plus douces de l'engager à tirer un
meilleur parti du Czar ; mais l'heure de
la priere étant venue, le Turc sans répondre
un seul mot, alla se laver & prier Dieu.

Fin du Livre cinquiéme.

ARGUMENT
du sixiéme Livre.

INTRIGUES *à la Porte : Négociation entre le Roi Auguste
& les Tartares : Le Kam des Tartares & le Pacha de Bender veulent forcer Charles de partir : Il
se défend avec quarante domestiques contre toute une Armée : Il
est pris.*

HISTOIRE
DE CHARLES XII.
ROY DE SUEDE.

LIVRE SIXIE'ME.

LA fortune du Roi de Suede, si changée de ce qu'elle avoit été, le persecutoit dans les moindres choses: il trouva à son retour son petit camp de Bender & tout son logement inondé des eaux du Niester : il se retira à quelques milles, près d'un village nommé Varnitza; & comme s'il eût eu un secret pressentiment de ce qui devoit lui arriver, il fit bâtir en cet endroit une large maison de pierres, capable en un besoin de soûtenir quelques heures un assaut. Il la meubla même magnifiquement, contre sa coûtume, pour imposer plus de respect aux Turcs.

Il en conftruifit auffi deux autres; l'une pour fa Chancelerie; l'autre pour fon favori Grothufen, qui tenoit une de fes tables. Tandis que le Roi bâtiffoit ainfi près de Bender, comme s'il eût voulu refter toûjours en Turquie, Baltagi Mehemet, craignant plus que jamais les intrigues & les plaintes de ce Prince à la Porte, avoit envoyé le Réfident de l'Empereur d'Allemagne, demander lui-même à Vienne un paffage pour le Roi de Suede, par les Terres Héréditaires de la Maifon d'Autriche. Cet Envoyé avoit rapporté en trois femaines de tems une promeffe de la Régence Impériale, de rendre à Charles XII. les honneurs qui lui étoient dûs, & de le conduire en toute fureté en Poméranie.

On s'étoit adreffé à cette Régence de Vienne, parcequ'alors l'Empereur d'Allemagne, Charles, Succeffeur de Jofeph, étoit en Efpagne, où il difputoit la Couronne à Philippes V. Pendant que l'Envoyé Allemand executoit à Vienne cette commiffion, le Grand Vifir envoya trois Pachas au Roi de Suede, pour lui fignifier qu'il falloit quitter les Terres de l'Empire Turc.

Le Roi qui fçavoit l'ordre dont ils étoient chargez, leur fit d'abord dire, que s'ils ofoient lui rien propofer contre fon honneur, & lui manquer de refpect, il les feroit pendre tous trois fur l'heure. Le

Pacha

Pacha de Salonique qui portoit la parole,
déguifa la dureté de fa commiffion, fous
les termes les plus refpectueux. Charles
finit l'audience fans daigner feulement
répondre : fon Chancelier Mullern qui
refta avec ces trois Pachas, leur expli-
qua en peu de mots le refus de fon Maître, qu'ils avoient affez compris par fon
filence.

Le Grand Vifir ne fe rebuta pas : il ordonna à Ifmaël Pacha, nouveau Serafquier de Bender, de menacer le Roi de
l'indignation du Sultan, s'il ne fe déter-
minoit pas fans délai. Ce Serafquier étoit
d'un tempérament doux & d'un efprit
conciliant, qui lui avoit attiré la bienveillance de Charles, & l'amitié de tous
les Suedois. Le Roi entra en conférence
avec lui; mais ce fut pour lui dire, qu'il
ne partiroit que quand Ackmet lui auroit
accordé deux chofes : la punition de fon
Grand Vifir, & cent mille hommes pour
retourner en Pologne.

Baltagi Mehemet fentoit bien que Charles reftoit en Turquie pour le perdre; il
eut foin de mettre des Gardes fur toutes
les routes de Bender à Conftantinople,
pour intercepter les Lettres du Roi. Il fit
plus, il lui retrancha fon thaïm; c'eft-à-
dire, la provifion que la Porte fournit
aux Princes à qui elle accorde un azile.
Celle du Roi de Suede étoit immenfe,

L 3   confiftant

confiftant en cinq cens écus par jour en argent, & dans une profufion de tout ce qui peut contribuer à l'entretien d'une Cour dans la fplendeur & dans l'abondance.

Dès que le Roi fçût que le Vifir avoit ofé rettancher fa fubfiftance, il fe tourna vers fon Grand-Maître d'Hôtel, & lui dit : Vous n'avez eu que deux tables jufquà préfent, je vous ordonne d'en tenir quatre dès demain,

Les Officiers de Charles XII. étoient accoûtumez à ne trouver rien d'impoffible de ce qu'il ordonnoit ; cependant on n'avoit ni provifion, ni argent ; on fut obligé d'emprunter à vingt, à trente & à quarante pour cent, des Officiers, des Domeftiques & des Janiffaires, devenus riches par les profufions du Roi. Mr. Fabrice, l'Envoyé de Holftein, donna tout ce qu'il avoit ; mais ces fecours n'auroient pas fuffi un mois, fi un François nommé la Motraye, qui avoit voyagé long-tems dans le Levant, & qui étoit venu jufqu'à Bender, par la curiofité de voir le Roi de Suede, ne s'étoit offert de paffer au-travers de toutes les Gardes des Turcs, & d'aller emprunter de l'argent au nom du Roi à Conftantinople.

Il mit les Lettres qu'on lui donna dans la couverture d'un Livre dont il ôta le carton, & paffa au milieu des Turcs, fous
le

nom d'un Marchand Anglois, avec son
Livre à la main, disant que c'étoit son Livre de prieres. Les Turcs sont peu soup-
çonneux, parcequ'ils sont peu accoûtumez
aux affaires: le prétendu Marchand arriva
à Constantinople avec les Lettres du Roi;
mais les Négocians Etrangers ne vouloient
pas hazarder leur argent : il n'y eut qu'un
Anglois nommé Couk, qui voulut bien
prêter environ cent mille francs, satisfait
de les perdre si quelque malheur arrivoit
au Roi de Suede, & sûr de sa fortune si
ce Prince vivoit.

Le Gentilhomme François fut assez heureux pour apporter l'argent en sureté à Varnitza, au camp du Roi, dans le temps où
l'on commençoit à desesperer de ce secours.

Dans cet intervalle Mr. de Poniatosky
écrivit du Camp même du Grand Visir,
une Relation de la campagne du Pruth,
dans laquelle il accusoit Baltagi Mehemet
de lâcheté & de perfidie. Un vieux Janissaire indigné de la foiblesse du Visir, &
de-plus gagné par les Présens de Poniatosky, se chargea de cette Relation, & ayant
obtenu un congé, il présenta lui-même la
Lettre au Sultan.

Poniatosky partit du Camp quelques
jours après, & alla à la Porte Ottomane
former des intrigues contre le Grand Visir, selon sa coûtume.

Les circonstances étoient favorables; le

Czar en liberté ne se pressoit pas d'accom-
plir ses promesses. C'est l'usage que les
Princes qui rendent des Villes aux Turcs,
envoyent des clefs d'or au Sultan; les clefs
d'Azoph ne venoient point; le Grand Visir
qui en étoit responsable, craignant avec raison l'indignation de son Maître, n'osoit
s'aller présenter devant lui.

Le vieux Visir Chourlouly, relegué alors
à Mitilen, voulut profiter de cette con-
jonéture pour ôter l'Empire à Ackmet III.
& mettre sur le Trône le Prince Ibrahim,
neveu d'Ackmet, & fils aîné de Moustapha, jeune Prince qui étoit prisonnier
d'Etat, avec Mahmoud son frere.

Il falloit pour réüssir dans ce projet,
engager Mehemet Baltagi à prévenir la
colere du Sultan, & à marcher droit à
Constantinople avec les Janissaires..

Mehemet étoit bien loin d'être disposé
aux entreprises témeraires. Aussi le vieux
Visir ne s'adressa qu'à Osman Aga, ce
Lieutenant de Mehemet, qui le gouvernoit entierement. Les Lettres furent inter-
ceptées, Chourlouly & Osman eurent la
tête tranchée, supplice infâme en Turquie;
leurs têtes furent jettées dans la Salle du
Divan: on trouva parmi les trésors d'Osman, la bague de la Czarine, & vingt
mille piéces d'or, au coin de Saxe, de Pologne & de Moscovie.

A l'égard de Baltagi Mehemet, il fut
puni

puni par l'exil, d'avoir été choisi sans le
sçavoir, pour être l'instrument des desseins
de Chourlouly & d'Osman: on le banit
à Lemnos, où il mourut trois ans après.
Le Grand Seigneur ne saisit pas son bien à
sa mort, parcequ'il n'étoit pas riche; ce
qui peut servir de preuve que le Czar
n'avoit pas acheté de lui la paix par des
trésors immenses, comme on le disoit dans
l'Europe.

A ce Grand Visir succeda Jussuf, c'est-
à-dire Joseph, dont la fortune étoit aussi
singuliere que celle de ses Prédécesseurs. Né
Moscovite, & fait prisonnier par les Turcs
à l'âge de six ans, avec sa famille, il avoit
été vendu à un Janissaire. Il fut long-tems
valet dans le sérail, & devint enfin la seconde personne de l'Empire où il avoit été
Esclave; mais ce n'étoit qu'un fantôme de
Ministre. Le jeune Selictar Ali Coumourgi
l'éleva à ce poste glissant, en attendant
qu'il pût s'y placer lui-même, & Jussuf
sa créature n'eut d'autre emploi que d'ap-
poser les Sceaux de l'Empire, aux volontez du Favori. La Politique de la Cour
Ottomane parut toute changée dès les premiers jours de ce Visiriat; les Plénipotentiaires du Czar qui restoient à Constantinople, & comme Ministres, & comme
Otages, y furent mieux traitez que jamais;
le Grand Visir confirma avec eux la Paix
du Pruth. Mais ce qui mortifia le plus le

Roi de Suede , ce fut d'aprendre que les liaisons secretes qu'on prenoit à Constantinople avec le Czar, étoient le fruit de la médiation des Ambassadeurs d'Angleterre & de Hollande.

Constantinople , depuis la retraite de Charles à Bender, étoit devenue ce que Rome a été si souvent, le centre des Négociations de la Chrétienté. Le Comte Desaleurs , Ambassadeur de France , y appuyoit les intérêts de Charles & de Stanislas; le Ministre de l'Empereur Allemand les traversoit ; les factions de Suede & de Moscovie s'entrechoquoient , comme on a vu long-tems celles de France & d'Espagne agiter la Cour de Rome.

L'Angleterre & la Hollande qui paroissoient neutres , ne l'étoient pas : le nouveau commerce que le Czar avoit ouvert dans Petersbourg , attiroit l'attention de ces deux Nations commerçantes.

Les Anglois & les Hollandois seront toûjours pour le Prince qui favorisera le plus leur trafic. Il y avoit beaucoup à gagner alors avec le Czar : il n'est donc pas étonnant que les Ministres d'Angleterre & de Hollande le servissent secretement à la Porte Ottomane. Une des conditions de cette nouvelle amitié , fut que l'on feroit sortir incessamment Charles des Terres de l'Empire Turc ; soit que le Czar esperât se saisir de sa personne sur les chemins,

mins, soit qu'il crût Charles moins redoutable dans ses Etats qu'en Turquie, où il
étoit toûjours sur le point d'armer les forces Ottomanes contre l'Empire des Russes.

Le Roi de Suéde sollicitoit toûjours la
Porte de le renvoyer par la Pologne avec
une nombreuse Armée. Le Divan résolut
en effet de le renvoyer, mais avec une
simple escorte de sept à huit mille hommes,
non-plus comme un Roi qu'on vouloit sé-
courir, mais comme un hôte dont on vouloit se défaire. Pour cet effet le Sultan
Ackmet lui écrivit en ces termes:

Très-puissant entre les Rois Adorateurs de
Jesus, redresseur des torts & des injures,
& protecteur de la Justice dans les Ports
& les Républiques du Midi & du Septentrion; éclatant en majesté: ami de l'honneur & de la gloire, & de notre sublime Porte, Charles, Roi de Suede, dont
Dieu couronne les entreprises de bonheur.

Aussi-tôt que le très-illustre Acmet, ci-
devant Chiaoux Pachi, aura eu l'honneur de vous présenter cette Lettre ornée de
notre Sceau Imperial; soyez persuadé & convaincu de la verité de nos intentions, qui y
sont contenuës, à sçavoir: Que quoique nous
nous fussions proposés de faire marcher de
nouveau contre le Czar nos Troupes toûjours

L 6   victorieu-

victorieuses ; cependant ce Prince pour éviter le juste ressentiment que nous avoit donné son retardement à executer le Traité conclu sur les bords du Pruth , & renouvellé depuis à notre sublime Porte , ayant rendu à notre Empire le château & la ville d'Azoph , & cherché par la médiation des Ambassadeurs d'Angleterre & de Hollande , nos anciens amis , à cultiver avec nous les liens d'une constante paix : nous la lui avons accordée , & donné à ses Plenipotentiaires , qui nous restent pour ôtages , notre Ratification Imperiale ; après avoir reçu la sienne de leurs mains.

Nous avons donné au tres-honorable & vaillant Delvet Gherai , Han de Boudgiak de Crimée , de Nogaï , & de Circassie , & à notre très-sage Conseiller & généreux Seraskier de Bender , Ismael (que Dieu perpetue & augmente leur magnificence & prudence) nos ordres inviolables & salutaires pour votre retour par la Pologne , selon votre premier dessein, qui nous a été renouvellé de votre part. Vous devez donc vous préparer à partir sous les auspices de la Providence , & avec une honorable escorte , l'hiver prochain , pour vous rendre dans vos Provinces , ayant soin de passer en ami par celle de la Pologne.

Tout ce qui sera necessaire pour votre voyage vous sera fourni par ma sublime Porte , tant en argent , qu'en hommes , chevaux & chariots. Nous vous exhortons surtout , & vous recommandons de donner vos ordres les plus positifs,

&

& les plus clairs à tous les Suedois & autres
gens qui se trouvent auprès de vous, de ne
commettre aucun desordre, & de ne faire aucune action qui tende directement ou indirecte-
ment à violer cette paix & amitié.

Vous conserverez par-là notre bien-veillan-
ce, dont nous chercherons à vous donner d'aussi
grandes & d'aussi fréquentes marques qu'il s'en
présentera d'occasions. Nos Troupes destinées
pour vous accompagner, recevront des ordres
conformes à nos intentions Imperiales là-dessus.

Donné à notre sublime Porte de Constantinople, le 14. de la Lune Rebyul Eureb 1124.
ce qui revient au 19. Avril 1712.

Cette Lettre ne fit point encore perdre
l'espérance au Roi de Suede : il écrivit au
Sultan qu'il étoit prêt de partir ; qu'il seroit
toute sa vie reconnoissant des faveurs dont
sa Hautesse l'avoit comblé ; mais qu'il
croyoit le Sultan trop juste pour le renvoyer
avec la simple escorte d'un camp volant,
dans un païs encore inondé des Troupes
du Czar. En effet l'Empereur Moscovite,
malgré le premier article de la paix du Pruth,
par lequel il s'étoit engagé à retirer toutes
ses Troupes de la Pologne, y en avoit fait
encore passer de nouvelles ; & ce qui semble
étonnant, c'est que le Grand Seigneur n'en
sçavoit rien.

La

La mauvaise politique de la Porte, d'avoir toûjours par vanité des Ambassadeurs des Princes Chrétiens à Constantinople, & de ne pas entretenir un seul Agent dans aucune Cour Chrétienne, fait que ceux-ci pénetrent & conduisent quelquefois les résolutions les plus secretes du Sultan, & que le Divan est toûjours dans une profonde ignorance de ce qui se passe publiquement chez les Chrétiens.

Le Sultan enfermé dans son sérail parmi ses femmes & ses Eunuques, ne voit que par les yeux de son Grand Visir. Ce Ministre aussi inaccessible que son Maître, occupé des intrigues du sérail, & sans correspondance au-dehors, est d'ordinaire trompé, ou trompe le Sultan, qui le dépose, ou le fait étrangler à la premiere faute, pour en choisir un autre aussi ignorant, ou aussi perfide, qui se conduit comme ses prédecesseurs, & qui tombe bien-tôt comme eux.

Telle est pour l'ordinaire l'inaction & la sécurité profonde de cette Cour, que si les Princes Chrétiens se liguoient contre elle, leurs Flottes seroient aux Dardanelles, & leur Armée de terre aux portes d'Andrinople, avant que les Turcs eussent songé à se défendre. Mais les divers interêts qui diviseront toûjours la Chrétienté, sauveront les Turcs d'une destinée que leur peu de politique, & leur ignorance dans la

guerre

guerre & dans la marine, semble préparer aujourd'hui.

Akmet étoit si peu informé de ce qui se passoit en Pologne, qu'il y envoya un Aga pour voir s'il étoit vrai que les Armées du Czar y fussent encore. Deux Secretaires du Roi de Suede, qui sçavoient la langue Turque, accompagnerent l'Aga, afin de servir de témoins contre lui, en cas qu'il fît un faux raport.

Cet Aga vit par ses yeux la verité, & en vint rendre compte au Sultan même. Akmet indigné alloit faire étrangler le Grand Visir: mais le Favori qui le protegeoit, & qui croyoit avoir besoin de lui, obtint sa grace, & le soûtint encore quelque tems dans le ministere.

Les Moscovites étoient protegés ouvertement par le Visir, & secretement par Ali Coumourgi, qui avoit changé de parti: mais le Sultan étoit si irrité, l'infraction du Traité étoit si manifeste, & les Janissaires qui font trembler souvent les Ministres, les Favoris & les Sultans, demandoient si hautement la guerre, que personne dans le sérail n'osa ouvrir un avis moderé.

Aussi-tôt le Grand Seigneur fit mettre aux sept Tours les Ambassadeurs Moscovites, déja aussi accoutumés à aller en prison qu'à l'audience. La guerre est de nouveau déclarée contre le Czar, les queuës de cheval arborées; les ordres don-

nés

nés à tous les Pachas d'assembler une Armée de deux cens mille combattans. Le Sultan lui-même quitta Constantinople, & vint établir sa Cour à Andrinople, pour être moins éloigné du théâtre de la guerre.

Pendant ce tems une Ambassade solemnelle, envoyée au Grand Seigneur de la part d'Auguste & de la République de Pologne, s'avançoit sur le chemin d'Andrinople : le Palatin de Masovie étoit à la tête de l'Ambassade, avec une suite de plus de trois cens personnes.

Tout ce qui composoit l'Ambassade fut arrêté & retenu prisonnier dans l'un des fauxbourgs de la Ville. Jamais le parti du Roi de Suede ne s'étoit plus flatté que dans cette occasion : cependant ce grand apareil devint encore inutile, & toutes ses espérances furent trompées.

Si l'on en croit un Ministre public, homme sage & clairvoyant, qui résidoit alors à Constantinople, le jeune Coumourgi rouloit déja dans sa tête d'autres desseins que de disputer des deserts au Czar de Moscovie dans une guerre douteuse. Il projettoit d'enlever aux Venitiens le Peloponése, nommé aujourd'hui la Morée, & de se rendre maître de la Hongrie.

Il n'attendoit pour executer ses grands desseins, que l'emploi de Premier Visir, dont sa jeunesse l'écartoit encore. Dans

cette

cette idée il avoit plus besoin d'être l'allié
que l'ennemi du Czar : son interêt ni sa volonté n'étoient pas de garder plus long-tems
le Roi de Suede, encore moins d'armer la
Turquie en sa faveur. Non seulement il
vouloit renvoyer ce Prince ; mais il disoit
ouvertement, qu'il ne falloit plus souffrir
desormais aucun Ministre Chrétien à Constantinople ; que tous ces Ambassadeurs ordinaires n'étoient que des espions honorables qui corrompoient ou qui trahissoient
les Visirs, & donnoient depuis trop long-
tems le mouvement aux intrigues du sérail ;
que les Francs établis à Péra & dans les
Echelles du Levant, sont des Marchands
qui n'ont besoin que d'un Consul, & non
d'un Ambassadeur. Le Grand Visir qui devoit son établissement & sa vie même au
Favori, & qui de-plus le craignoit, se con-
formoit à ses intentions, d'autant plus aisément, qu'il s'étoit vendu aux Moscovites,
qu'il esperoit se venger du Roi de Suede
qui avoit voulu le perdre. Le Mousty, créature d'Ali Coumourgi, étoit aussi l'esclave
de ses volontés. Il avoit conseillé la guerre
contre le Czar quand le Favori la vouloit,
& il la trouva injuste dès que ce jeune homme eût changé d'avis. Ainsi à peine l'Armée
fut assemblée, qu'on écouta des propositions d'accommodement. Le Vice-Chancelier Shaffirof, le jeune Cseremetof, Plénipotentiaires & Otages du Czar à la Porte,
promirent

promirent, après bien des Négociations, que le Czar retireroit ses Troupes de la Pologne. Le Grand Visir qui sçavoit bien que le Czar n'executeroit pas ce Traité, ne laissa pas de le signer; & le Sultan content d'avoir en aparence imposé des loix aux Moscovites, resta encore à Andrinople. Ainsi on vit en moins de six mois la paix jurée avec le Czar, ensuite la guerre déclarée, & la paix renouvellée encore.

Le principal Article de tous ces Traités fut toujours qu'on feroit partir le Roi de Suede. Le Sultan ne vouloit point commettre son honneur & celui de l'Empire Ottoman, en exposant le Roi à être pris sur la route par ses ennemis. Il fut stipulé qu'il partiroit; mais que les Ambassadeurs de Pologne & de Moscovie répondroient de la sûreté de sa personne. Ces Ambassadeurs jurerent au nom de leur Maître, que ni le Czar ni le Roi Auguste ne troubleroient son passage, & que Charles de son côté ne tenteroit d'exciter aucun mouvement en Pologne. Le Divan ayant ainsi réglé la destinée de Charles, Ismaël Serasquier de Bender se transporta à Varnitsa où le Roi étoit campé, & vint lui rendre compte des résolutions de la Porte, en lui insinuant adroitement qu'il n'y avoit plus à differer, & qu'il falloit partir.

Charles ne répondit autre chose, sinon, que le Grand Seigneur lui avoit promis une
Armée,

armée, & non une escorte, & que les Rois devoient tenir leur parole.

Cependant le Général Fleming, Ministre & Favori du Roy Auguste, entretenoit une correspondance secrete avec le Kam de Tartarie, & le Serasquier de Bender. Un Colonel Allemand, nommé la Mare, avoit fait plus d'un voyage de Bender à Dresde, & avoit porté & raporté des paroles du Kam à Fleming, & de Fleming au Kam. On avoit entendu dire plus d'une fois au Roy Auguste, en parlant de Charles : *Je tiens mon ours lié à Bender.*

Précisément dans ce tems le Roy de Suede fit arrêter sur les frontieres de la Valachie, un Courrier que Fleming envoyoit au Prince Tartare. Les Lettres lui furent aportées : on les déchiffra ; on y vit une intelligence marquée entre les Tartares & la Cour de Dresde : mais elles étoient conçuës en termes si ambigus, & si généraux, qu'il étoit difficile de démêler si le but du Roy Auguste étoit seulement de détacher les Turcs du parti de la Suede, ou s'il vouloit que le Kam livrât Charles à ses Saxons, en le reconduisant en Pologne.

Il sembloit difficile d'imaginer qu'un Prince aussi généreux qu'Auguste, voulût en saisissant la personne du Roy de Suede, hazarder la vie de ses Ambassadeurs & de trois cens Gentilshommes Polonois, qui étoient retenus dans Andrinople com-

me

me des gages de la fureté de Charles.

Mais d'un autre côté, on fçavoit que Fleming, Miniftre abfolu d'Augufte, étoit très-délié & peu fcrupuleux. Les outrages faits au Roi-Electeur par le Roi de Suede, fembloient rendre toute vengeance excufable; & on pouvoit penfer que fi la Cour de Drefde achetoit Charles du Kam des Tartares, elle pourroit acheter aifément de la Cour Ottomane la liberté des Otages Polonois.

Ces raifons furent agitées entre le Roi, Mullern fon Chancelier Privé, & Grothufen fon Favori. Ils lurent & relurent les Lettres, & la malheureufe fituation où ils étoient les rendant plus foupçonneux, ils fe déterminerent à croire ce qu'il y avoit de plus trifte.

Quelques jours après le Roi fut confirmé dans fes foupçons par le départ précipité d'un Comte Sapieha, refugié auprès de lui, qui le quitta brufquement pour aller en Pologne fe jetter entre les bras d'Augufte. Dans toute autre occafion Sapieha ne lui auroit paru qu'un mécontent; mais dans ces conjonctures délicates il ne balança pas à le croire un traître. Les inftances réïterées qu'on lui fit alors de partir, changerent fes foupçons en certitude. L'opiniâtreté de fon caractere fe joignant à toutes ces vraifemblances, il demeura ferme dans l'opinion qu'on vouloit

le

le trahir & le livrer à ses Ennemis, quoique ce complot n'ait jamais été prouvé.

Il pouvoit se tromper dans l'idée qu'il
avoit que le Roi Auguste avoit marchandé
sa personne avec les Tartares ; mais il se
trompoit encore davantage en comptant
sur le secours de la Cour Ottomane.
Quoiqu'il en soit, il résolut de gagner
du tems.

Il dit au Pacha de Bender qu'il ne pouvoit partir sans avoir auparavant dequoi
payer ses dettes ; car quoiqu'on lui eût
rendu depuis long-tems son Thaïm, ses
libéralitez l'avoient toûjours forcé d'emprunter. Le Pacha lui demanda ce qu'il
vouloit ; le Roi répondit au hazard, mille
bourses, qui font quinze cent mille francs
de notre argent en monnoye forte. Le
Pacha en écrivit à la Porte. Le Sultan au
lieu de mille bourses qu'on lui demandoit, en accorda douze cens, & écrivit au
Pacha la Lettre suivante.

Lettre du Grand Seigneur au Pacha de Bender.

LE but de cette Lettre Impériale est
pour vous faire sçavoir, que sur votre
recommandation & représentation, & sur celle
du très-noble Delvet Gherai Han, à notre
sublime Porte, notre Impériale magnificence
a accordé mille bourses au Roi de Suede, qui
seront

seront envoyées à Bender sous la conduite &
la charge du très-illustre Mehemet Bacha,
ci-devant Chiaoux Pachi, pour rester sous
votre garde jusqu'au tems du départ du Roi
de Suede, dont Dieu dirige les pas ; & lui
être données alors avec deux cent bourses de
plus, comme un surcroît de notre libéralité
Impériale, qui excede sa demande.

Quant à la route de Pologne qu'il est résolu de prendre, vous aurez soin, vous & le
Ham qui devez l'accompagner, de prendre
des mesures si prudentes & si sages, que pendant tout le passage les Troupes qui sont sous
votre Commandement, & les Gens du Roi de
Suede, ne causent aucun dommage, & ne
fassent aucune action qui puisse être réputée
contraire à la Paix qui subsiste encore entre
notre sublime Porte, & le Royaume & la
République de Pologne ; ensorte que le Roi
de Suede passe comme ami sous notre protection.

Ce que faisant (comme vous lui recomman-
derez bien expressément de faire) il recevra
tous les honneurs & les égards dûs à Sa Majesté, de la part des Polonois, ce dont nous
ont fait assurer les Ambassadeurs du Roi Auguste & de la République, en s'offrant même à cette condition, aussi-bien que quelques
autres nobles Polonois, si nous le requerons,
pour ôtage & sureté de son passage.

Lorsque

Lorsque le tems dont vous serez convenu avec le très-noble Delvet Gheraï pour la marche, sera venu, vous vous mettrez à la tête de vos braves Soldats, entre lesquels seront les Tartares, ayant à leur tête le Ham, & vous conduirez le Roi de Suede avec ses Gens.

Qu'ainsi il plaise au seul Dieu Tout-Puissant de diriger vos pas & les leurs ; le Pacha d'Aulos restera à Bender pour le garder en votre absence, avec un Corps de Spahis & un autre de Janissaires, & en suivant nos ordres & intentions Impériales, en tous ces points & articles, vous vous rendrez dignes de la continuation de notre faveur Impériale, aussi-bien que des loüanges & des récompenses dües à tous ceux qui les observent.

Fait à notre Résidence Impériale de Constantinople le 2. de la Lune de Cheval 1124. de l'Egire.

Pendant qu'on attendoit cette réponse du Grand Seigneur, le Roi écrivit à la Porte, pour se plaindre de la trahison dont il soupçonnoit le Kam des Tartares ; mais les passages étoient bien gardez, de plus le Ministere lui étoit contraire : les Lettres ne parvinrent point au Sultan, le Visir empêcha même M. Desalleurs de venir à Andrinople où étoit la Porte, de peur

peur que ce Miniſtre, qui agiſſoit pour le
Roi de Suede, ne voulût déranger le deſſein
qu'on avoit de le faire partir.

Charles, indigné de ſe voir en quelque
ſorte chaſſé des Terres du Grand Seigneur,
ſe détermina à ne point partir dutout.

Il pouvoit demander à s'en retourner par
les terres d'Allemagne, ou s'embarquer
ſur la Mer Noire pour ſe rendre à Mar-
ſeille par la Méditerranée : mais il aima
mieux ne demander rien & attendre les
événemens.

Quand les douze cens bourſes furent
arrivées, ſon Tréſorier Grothuſen, qui
avoit appris la langue Turque dans ce
long ſéjour, alla voir le Pacha ſans interprête, dans le deſſein de tirer de lui les
douze cens bourſes, & de former enſuite
à la Porte quelqu'intrigue nouvelle, toûjours ſur cette fauſſe ſuppoſition que le
parti Suédois armeroit enfin l'Empire Ottoman contre le Czar.

Grothuſen dit au Pacha, que le Roi ne
pouvoit avoir ſes équipages prêts ſans argent : mais dit le Pacha, c'eſt nous qui ferons tous les frais de votre départ. Votre
Maître n'a rien à dépenſer, tant qu'il ſera
ſous la protection du mien.

Grothuſen répliqua qu'il y avoit tant de
différence entre les équipages Turcs &
ceux des Francs, qu'il falloit avoir recours
aux artiſans Suédois & Polonois qui étoient
à Varnitſa.

Il l'assura que son Maître étoit disposé à partir, & que cet argent faciliteroit & avanceroit son départ. Le Pacha trop confiant donna les douze cens bourses : il vint quelques jours après demander au Roi, d'une maniere très-respectueuse, les ordres pour le départ.

Sa surprise fut extrême, quand le Roi lui dit qu'il n'étoit pas prêt de partir, & qu'il lui falloit encore mille bourses. Le Pacha confondu à cette réponse, fut quelque tems sans pouvoir parler. Il se retira vers une fenêtre, où on le vit verser quelques larmes. Ensuite s'adressant au Roi : il m'en coûtera la tête, dit-il, pour avoir obligé ta Majesté : J'ai donné les douze cens bourses malgré l'ordre exprès de mon Souverain. Ayant dit ces paroles, il s'en retournoit plein de tristesse.

Le Roi l'arrêta, & lui dit, qu'il l'excuseroit auprès du Sultan : Ah ! répartit le Turc en s'en allant, mon Maître ne sçait point excuser les fautes, il ne sçait que les punir.

Ismaël Pacha alla apprendre cette nouvelle au Kam des Tartares, lequel ayant reçu le même ordre que le Pacha de ne point souffrir que les douze cens bourses fussent données avant le départ du Roi, & ayant consenti qu'on délivrât cet argent, appréhendoit aussi-bien que le Pacha l'indignation du Grand Seigneur. Ils écrivi-

rent tous deux à la Porte pour se justifier; ils
protesterent qu'ils n'avoient donné les douze cens bourses que sur les promesses posi-
tives d'un Ministre du Roi, de partir sans
délai; & ils supplierent Sa Hautesse, que le
refus du Roi ne fût point attribué à leur
désobéissance.

Charles persistant toûjours dans l'idée
que le Kam & le Pacha vouloient le livrer
à ses Ennemis, ordonna à M. Funk, alors
son Envoyé auprès du Grand Seigneur, de
porter contre eux ses plaintes, & de demander encore mille bourses. Son extrême
générosité, & le peu de cas qu'il faisoit
de l'argent, l'empêchoit de sentir qu'il y
avoit de l'avilissement dans cette proposition. Il ne la faisoit que pour s'attirer un
refus, & pour avoir un nouveau prétexte
de ne point partir. Mais c'étoit être réduit
à d'étranges extrêmitez, que d'avoir besoin
de pareils artifices. Savari son Interprête,
homme adroit & entreprenant, porta sa
Lettre à Andrinople, malgré la sévérité
avec laquelle le Grand Visir faisoit garder
les passages.

Funk fut obligé d'aller faire cette demande dangereuse. Pour toute réponse on
le fit mettre en prison. Le Sultan indigné,
fit assembler un Divan extraordinaire, & y
parla lui-même; ce qu'il ne fait que très-
rarement. Tel fut son discours selon la
tradition qu'on en fit alors.

» Je

» Je n'ai presque connu le Roi de Sue-
» de que par sa défaite à Pultava, & par
» la priere qu'il m'a faite de lui accorder
» un azile dans mon Empire. Je n'ai, je
» croi, nul besoin de lui, & n'ai sujet ni
» de l'aimer ni de le craindre : Cependant,
» sans consulter d'autres motifs que l'hos-
» pitalité d'un Musulman, & ma généro-
» sité qui répand la rosée de ses faveurs
» sur les Grands comme sur les petits, sur
» les Etrangers comme sur mes Sujets ; je
» l'ai reçu & secouru de tout, lui, ses Mi-
» nistres, ses Officiers, ses Soldats, & n'ai
» cessé pendant trois ans & demi de l'ac-
» cabler de présens.

» Je lui ai accordé une escorte considé-
» rable, pour le conduire dans ses Etats.
» Il a demandé mille bourses pour payer
» quelques frais, quoique je les fasse tous ;
» au lieu de mille j'en ai accordé douze
» cens ; après les avoir tirées de la main
» du Serasquier de Bender, il en demande
» encore mille autres, & ne veut point
» partir, sous prétexte que l'escorte est
» trop petite, au lieu qu'elle n'est que trop
» grande pour passer par un Pays ami.

» Je demande donc, si c'est violer les
» Loix de l'hospitalité, que de renvoyer ce
» Prince, & si les Puissances Etrangeres
» doivent m'accuser de violence & d'in-
» justice, en cas qu'on soit réduit à le
» faire partir par force. Tout le Divan ré-
M 2   pondit

pondit que le Grand Seigneur agiſſoit avec juſtice.

Le Mouphty déclara que l'hoſpitalité n'eſt point de commande aux Muſulmans envers les Infidéles, encore moins envers les ingrats; & il donna ſon Fetfa, eſpece de Mandement qui accompagne preſque toûjours les ordres importans du Grand Seigneurs. Ces Fetfa ſon réverez comme des oracles, quoique ceux dont ils éma-nent ſoient des eſclaves du Sultan comme les autres.

L'Ordre & le Fretfa furent portez à Bender par le *Bouïouk Imraour*, Grand-Maître des écuries, & un Chiaous Pacha, Premier Huiſſier. Le Pacha de Bender reçut l'ordre chez le Kam des Tartares; auſſi-tôt il alla à Varnitſa demander ſi le Roi vou-loit partir comme ami, ou le réduire à executer les ordres du Sultan.

Charles XII. menacé n'étoit pas maître de ſa colere. " Obéïs à ton Maître, ſi tu " l'oſes, lui dit-il, & ſors de ma préſence. Le Pacha indigné s'en retourna au grand galop, contre l'uſage ordinaire des Turcs. En s'en retournant il rencontra Fabrice, & lui cria, toûjours en courant, le Roi ne veut pas écouter la raiſon, tu vas voir des choſes bien étranges. Le jour même il re-trancha les vivres au Roi, & lui ôta ſa Garde de Janiſſaires. Il fit dire aux Polo-nois & aux Coſaques qui étoient à Varnit-ſa, ſa, que s'ils vouloient avoir des vivres, il falloit quitter le Camp du Roi de Suede, & venir ſe mettre dans la Ville de Bender ſous la protection de la Porte. Tous obéïrent, & laiſſerent le Roi réduit aux Officiers de ſa maiſon, & à trois cens Suedois, contre vingt mille Tartares, & ſix mille Turcs. Il n'y avoit plus de proviſion dans le Camp pour les hommes, ni pour les chevaux.

Le Roi ordonna qu'on tuât hors du Camp à coups de fuſil vingt de ces beaux chevaux Arabes que le Grand Seigneur lui avoit envoyés, en diſant : Je ne veux ni de leurs proviſions, ni de leurs chevaux. Ce fut un régal pour les Troupes Tartares, qui comme on ſçait, trouvent la chair de cheval délicieuſe. Cependant les Turcs & les Tartares inveſtirent en un moment le petit Camp du Roi.

Ce Prince, ſans s'étonner, fit faire des retranchemens réguliers par ſes trois cens Suedois : il y travailla lui-même, ſon Chancelier, ſon Tréſorier, ſes Secretaires, ſes Valets de chambre, tous ſes domeſtiques aidoient à l'ouvrage. Les uns barricadoient les fenêtres, les autres enfonçoient des ſolives derriere les portes, en forme d'arc-boutans.

Quand on eût bien barricadé la maiſon, & que le Roi eût fait le tour de ſes prétendus retranchemens, il ſe mit à joüer aux

M 3   échets

échets tranquillement , avec fon favori Grothufen , comme fi tout eût été dans une fécurité profonde. Heureufement Fabrice , l'Envoyé de Holftein , ne s'étoit point logé à Varnitfa ; mais dans un petit Village entre Varnitfa & Bender , où demeuroit auffi Monfieur Jeffreis , Envoyé d'Angleterre auprès du Roi de Suede. Ces deux Miniftres voyant l'orage prêt à éclater , prirent fur eux de fe rendre médiateurs entre les Turcs & le Roi. Le Kam , furtout le Pacha de Bender , qui n'avoit nulle envie de faire violence à ce Monarque , reçurent avec empreffement les offres de ces deux Miniftres : ils eurent enfemble à Bender deux conférences, où affifterent cet Huiffier du Sérail , & le Grand-Maître des écuries , qui avoient apporté l'ordre du Sultan , & le Fetfa du Mouphty.

(*) Monfieur Fabrice leur avoüa que Sa Majefté Suédoife avoit de juftes raifons de croire qu'on vouloit le livrer à fes Ennemis en Pologne. Le Kam , le Pacha , & les autres jurerent fur leur barbe , mettant leurs mains fur leurs têtes , prirent Dieu à témoin qu'ils déteftoient une fi horrible perfidie , qu'ils verferoient tout leur fang plûtôt que de fouffrir qu'on manquât feulement de refpect au Roi en Pologne. Ils
dirent

(*) *Tout ce récit eft rapporté par M. Fabrice dans fes Lettres.*

dirent qu'ils avoient entre leurs mains les Ambassadeurs Moscovites & Polonois, dont la vie leur répondoit du moindre affront qu'on oseroit faire au Roi de Suede. Enfin ils se plaignirent amérement des soupçons outrageants que le Roi concevoit sur des personnes qui l'avoient si bien reçu & si bien traité. Quoique les sermens ne soient souvent que le langage de la perfidie, M. Fabrice se laissa persuader par ces Barbares : Il crut voir dans leurs protestations cet air de vérité que le mensonge n'imite jamais qu'imparfaitement. Il sçavoit bien qu'il y avoit eu une secrete correspondance entre le Kam Tartare & le Roi Auguste ; mais il demeura convaincu qu'il ne s'étoit agi dans leur Négociation, que de faire sortir Charles XII. des Terres du Grand Seigneur. Soit que Fabrice se trompât, ou non, il les assura qu'il représenteroit au Roi l'injustice de ces défiances. Mais prétendez-vous le forcer à partir ? Ajoûta-t'il : Oui, dit le Pacha, tel est l'ordre de notre Maître. Alors il les pria encore une fois de bien considerer si cet ordre étoit de verser le sang d'une Tête Couronnée : Oui, repliqua le Kam en colere, si cette Tête Couronnée désobéït au Grand Seigneur dans son Empire.

Cependant tout étant prêt pour l'assaut, la mort de Charles XII. paroissant inévitable, & l'ordre du Sultan n'étant pas positivesitivement de le tuer, en cas de résistance, le Pacha engagea le Kam à souffrir qu'on envoyât dans le moment un Exprès à Andrinople, où étoit alors le Grand Seigneur, pour avoir les derniers ordres de sa Hautesse.

Monsieur Jeffreis, & M. Fabrice ayant obtenu ce peu de relâche, courent en avertir le Roi. Ils arrivent avec l'empressement de gens qui apportoient une nouvelle heureuse ; mais ils furent très-froidement reçus : Il les appella médiateurs volontaires, & persista à soûtenir que l'ordre du Sultan & le Fetfa du Mouphty étoient forgés, puisqu'on venoit d'envoyer demander de nouveaux ordres à la Porte.

Le Ministre Anglois se retira, bien résolu de ne se plus mêler des affaires d'un Prince si infléxible : M. Fabrice, aimé du Roi, & plus accoûtumé à son humeur que le Ministre Anglois, resta avec lui pour le conjurer de ne pas hazarder une vie si précieuse dans une occasion si inutile.

Le Roi pour toute réponse, lui fit voir ses retranchemens, & le pria d'employer sa médiation seulement pour lui faire avoir des vivres. On obtint aisément des Turcs de laisser passer des provisions dans le Camp du Roi, en attendant que le Courier fût revenu d'Andrinople.

Le Kam même avoit défendu à ses Tartares, impatiens du pillage, de rien attenter

ter contre les Suedois jusqu'à nouvel ordre;
desorte que Charles XII. sortoit quelquefois de son Camp avec quarante chevaux,
& couroit au milieu des Troupes Tartares
qui lui laissoient respectueusement le passage libre; il marchoit même droit à leurs
rangs, & ils s'ouvroient plûtôt que de
résister.

Enfin l'ordre du Grand Seigneur étant
venu de passer au fil de l'épée tous les Suedois qui feroient la moindre resistance, &
de ne pas épargner la vie du Roi, le Pacha eut la complaisance de montrer cet ordre à Fabrice, afin qu'il fît un dernier effort sur l'esprit de Charles. Fabrice vint
faire aussi-tôt ce triste rapport. Avez-vous
vû l'ordre dont vous parlez? dit le Roi:
Oui, répondit Fabrice; & bien, dites-
leur de ma part, que c'est un second ordre qu'ils ont supposé, & que je ne veux
point partir. Fabrice se jetta à ses pieds,
se mit en colere, lui reprocha son opiniâtreté; tout fut inutile: Retournez à vos
Turcs, lui dit le Roi, en souriant, s'ils
m'attaquent je sçaurai bien me défendre.

Les Chapelains du Roi se mirent aussi à
genoux devant lui, le conjurant de ne pas
exposer à un massacre certain les malheureux
restes de Pultava, & surtout sa Personne Sacrée; l'assurant de-plus, que cette résistance étoit injuste, qu'il violoit les droits de
l'hospitalité, en s'opiniâtrant à rester par

M 5 force

force chez des Etrangers qui l'avoient si long-tems & si généreusement secouru. Le Roi qui ne s'étoit point fâché contre Fabrice , se mit en colere contre ses Prêtres, & leur dit qu'il les avoit pris pour faire les prieres , & non pour lui dire leurs avis.

Le Général Hord & le Général Dardoff, dont le sentiment avoit toûjours été de ne pas tenter un combat dont la suite ne pouvoit être que funeste, montrerent au Roi leurs estomacs couverts de blessures reçuës à son service , & l'assurant qu'ils étoient prêts de mourir pour lui , ils le suplierent que ce fût au moins dans une occasion plus nécessaire. Je sçai par vôs blessures & par les miennes , leur dit Charles XII. que nous avons vaillamment combattu ensemble , vous avez fait votre devoir jusqu'à présent , faites-le encore aujourd'hui. Il n'y eut plus alors qu'à obéïr , chacun eut honte de ne pas chercher à mourir avec le Roi. Ce Prince préparé à l'assaut , se flattoit en secret du plaisir & de l'honneur de soûtenir avec trois cens Suedois les efforts de toute une Armée. Il plaça chacun à son poste : son Chancelier Mullern , le Secretaire Empreüs & les Clercs devoient défendre la maison de la Chancellerie ; le Baron Fief à la tête des Officiers dela bouche , étoit à un autre poste ; les Palfreniers, les Cuisiniers , avoient un autre endroit à garder ; car avec lui tout étoit soldat. Il
couroit

couroit à cheval de ses retranchemens à
sa maison, promettant des récompenses à
tout le monde, créant des Officiers, & assurant de faire Capitaines les moindres valets qui combattroient avec courage.

On ne fut pas long-tems sans voir l'Armée des Turcs & des Tartares qui venoient attaquer le petit retranchement avec
dix piéces de canon & deux mortiers. Les
queuës de cheval flottoient en l'air ; les
clairons sonnoient, les cris de *alla*, *alla*,
se faisoient entendre de tous côtés. Le Baron de Grothusen remarqua que les Turcs
ne mêloient dans leurs cris aucune injure
contre le Roi, & qu'ils l'appelloient *De-*
misbash, tête de fer. Aussi-tôt il prend le
parti de sortir seul sans armes des retranchemens ; il s'avance dans les rangs des
Janissaires, qui presque tous avoient reçu
de lui de l'argent : « Eh, quoi, mes amis !
» leur dit-il en propres mots, venez-vous
» massacrer trois cens Suédois sans défen-
» se, vous braves Janissaires qui avez par-
» donné à cent mille Moscovites, quand
» ils vous ont crié *amman*, pardon ? Avez-
» vous oublié les bienfaits que vous avez
» reçus de nous ? Et voulez-vous assassiner
» ce Grand Roi de Suede que vous aimez
» tant, & qui vous a fait tant de liberali-
» tés ? Mes amis, il ne demande que trois
» jours, & les ordres du Sultan ne sont pas
» si sévéres qu'on vous les fait croire ».

M 6   Ces

Ces paroles firent un effet que Grothufen n'attendoit pas lui-même. Les Janiffaires jurerent fur leurs barbes, qu'ils n'at-
taqueroient point le Roi, & qu'ils lui donneroient les trois jours qu'il demandoit.
En vain on donna le fignal de l'affaut ; les
Janiffaires loin d'obéïr, menacerent de fe
jetter fur leurs Chefs, fi on n'accordoit pas
trois jours au Roi de Suede. Ils vinrent en tumulte à la tente du Pacha de Bender, criant
que les ordres du Sultan étoient fuppofés.
A cette fédition inopinée le Pacha n'eut à
oppofer que la patience.

Il feignit d'être content de la généreufe
réfolution des Janiffaires, & leur ordonna
de fe retirer à Bender. Le Kam des Tartares, homme violent, vouloit donner immédiatement l'affaut avec fes Troupes ;
mais le Pacha qui ne prétendoit pas que les
Tartares euffent feuls l'honneur de prendre le Roi, tandis qu'il feroit puni peut-
être de la défobéïffance de fes Janiffaires,
perfuada au Kam d'attendre jufqu'au lendemain.

Le Pacha de retour à Bender affembla
tous les Officiers des Janiffaires, & les plus
vieux Soldats : il leur lut & leur fit voir
l'ordre pofitif du Sultan & le Fetfa du
Mouphty.

Soixante des plus vieux qui avoient des
barbes blanches vénérables, & qui avoient
reçu mille Préfens des mains du Roi, propoferent

poserent d'aller eux-mêmes le supplier de
se remettre entre leurs mains, & de souffrir qu'ils lui servissent de Gardes.

Le Pacha le permit, il n'y avoit point
d'expédient qu'il n'eût pris, plûtôt que
d'être réduit à faire tuer ce Prince. Ces
soixante vieillards allerent donc le lendemain matin à Varnitsa, n'ayant dans
leurs mains que de long bâtons blancs, seules
armes des Janissaires quand ils ne vont point
au combat; car les Turs regardent comme
barbare la coûtume des Chrétiens, de porter des épées en tems de paix, & d'entrer
armés chez leurs amis & dans leurs Eglises.

Ils s'adresserent au Baron Grothusen &
au Chancelier Mullern; ils leur dirent qu'ils
venoient dans le dessein de servir de fidéles Gardes au Roi, & que s'il vouloit ils
le conduiroient à Andrinople, où il pourroit parler lui-même au Grand Seigneur.
Dans le tems qu'ils faisoient cette proposition le Roi lisoit des Lettres qui arrivoient de Constantinople, & que Fabrice,
qui ne pouvoit plus le voir, lui avoit fait
tenir secretément par un Janissaire. Elles
étoient du Comte Poniatosky, qui ne pouvoit le servir ni à Bender ni à Andrinople,
étant retenu à Constantinople, par ordre
de la Porte, depuis l'indiscrete demande
des mille bourses. Il mandoit au Roi que
les ordres du Sultan, pour saisir ou massacrer

crer sa personne Royale, en cas de résistance, n'étoient que trop réels; qu'à la verité
le Sultan avoit été trompé par ses Ministres;
mais que plus l'Empereur étoit trompé
dans cette affaire, plus il vouloit être obéï:
Qu'il falloit ceder au tems, & plier sous
la nécessité: Qu'il prenoit la liberté de lui
conseiller de tout tenter auprès des Ministres, par la voye des Négociations; de ne
point mettre de l'infléxibilité où il ne falloit que de la douceur, & d'attendre de la
politique & du tems, le remede à un mal
que la violence aigriroit sans ressource.

Mais ni les propositions de ces vieux Janissaires, ni les Lettres de Poniatosky, ne
purent donner seulement au Roi l'idée
qu'il pouvoit fléchir sans deshonneur. Il
aimoit mieux mourir de la main des Turcs,
que d'être en quelque sorte leur prisonnier: il renvoya ces Janissaires sans les
vouloir voir; leur fit dire, que s'ils ne se
retiroient, il leur feroit couper la barbe,
ce qui est dans l'Orient le plus outrageant de
tous les affronts.

Ces vieillards remplis de l'indignation
la plus vive, s'en retournerent en criant:
Ah la tête de fer! puisqu'il veut périr, qu'il
périsse. Ils vinrent rendre compte au Pacha de leur commission, & apprendre à
leurs camarades, à Bender, l'étrange reception qu'on leur avoit faite. Tous jurerent

rent alors d'obéir aux ordres du Pacha sans délai, & eurent autant dimpatience d'aller à l'assaut, qu'ils en avoient eu peu le jour précedent.

L'ordre est donné dans le moment : ils marchent aux retranchemens : les Tartares les attendoient déja, & les dix canons commençoient à tirer.

Les Janissaires d'un côté & les Tartares de l'autre, forcent en un instant ce petit Camp; à peine vingt Suedois tirerent l'épée, les trois cens Soldats furent envelopés, & faits prisonniers sans résistance. Le Roi étoit alors à cheval entre sa maison & son Camp, avec les Généraux Hord, Daldorf, & Sparre. Voyant que tous ses Soldats s'étoient laissés prendre en sa présence, il dit de sang froid à ces trois Officiers : Allons défendre la maison, nous combattrons, ajoûta-t-il en souriant, *pro aris & focis*.

Aussi-tôt il galoppe avec eux vers cette maison, où il avoit mis environ quarante Domestiques en sentinelle, & qu'on avoit fortifiée du mieux qu'on avoit pû.

Ces Généraux tout accoûtumés qu'ils étoient à l'opiniâtre intrépidité de leur Maître, ne pouvoient se lasser d'admirer qu'il voulût de sang froid, & en plaisantant, se défendre contre dix canons & toute une Armée : ils le suivent avec quelques Gardes & quelques Domestiques,

qui

qui faifoient en tout vingt perfonnes.

Mais quand il furent à la porte, ils la trouverent affiégée de Janiffaires ; déja mê-me près de deux cens Turcs ou Tartares étoient entrés par une fenêtre, & s'étoient rendus maîtres de tous les appartemens, à la referve d'une grande falle où les Domef-tiques du Roi s'étoient retirés. Cette falle étoit heureufement près de la porte par où le Roi vouloit entrer avec fa petite troupe de vingt perfonnes ; il s'étoit jetté en bas de fon cheval, le piftolet & l'épée à la main, & fa fuite en avoit fait autant.

Les Janiffaires tombent fur lui de tous côtés ; ils étoient animés parla promeffe qu'avoit fait le Pacha, de huit ducats d'or à chacun de ceux qui auroient feulement tou-ché fon habit, en cas qu'on pût le pren-dre. Il bleffoit, il tuoit tous ceux qui s'ap-prochoient de fa perfonne. Un Janiffaire qu'il avoit bleffé, lui apuya fon moufque-ton fur le vifage; fi le bras du Turc n'avoit fait un mouvement caufé par la foule qui alloit & qui venoit comme des vagues, le le Roi étoit mort ; la balle gliffa fur fon nez, lui emporta un bout de l'oreille, & alla caffer le bras au Général Hord, dont la deftinée étoit d'être toûjours bleffé à côté de fon Maître.

Le Roi enfonça fon épée dans l'eftomac du Janiffaire. En même tems fes domeftiques

ques , qui étoient enfermés dans la grande falle, en ouvrent la porte , le Roi entre comme un trait , fuivi de fa petite troupe; on referme la porte dans l'inftant , &
on la barricade avec tout ce qu'on peut
trouver.

Voilà Charles XII. dans cette falle enfermé avec toute fa fuite , qui confiftoit en
près de foixante hommes , Officiers , Gardes , Secrétaires, Valets de chambre , Domeftiques de toute efpece.

Les Janiffaires & les Tartares pilloient
le refte de la maifon , & rempliffoient les
appartemens. Allons un peu chaffer de
chez moi ces Barbares, dit-il, & fe mettant
à la tête de fon monde , il ouvre lui-même la porte de la falle qui donnoit dans
fon appartement à coucher , il entre & fait
feu fur ceux qui pilloient.

Les Turcs chargés de butin, épouvan-
tés de la fubite apparition de ce Roi ,
qu'ils étoient accoûtumés à refpecter , jettent leurs armes , fautent par la fenêtre ,
ou fe retirent jufques dans les caves. Le
Roi profitant de leur défordre , & les fiens
animés par le fuccès , pourfuivent les
Turcs de chambre en chambre , tuent ou
bleffent ceux qui ne fuyent point, & en un
quart-d'heure nettoyent la maifon d'ennemis.

Le Roi apperçut dans la chaleur du
combat

combat deux Janissaires qui se cachoient sous son lit; il en tua un d'un coup d'épée, l'autre lui demanda pardon, en criant, *amman*. Je te donne la vie, dit le Roi au Turc, à condition que tu iras faire au Pacha un fidéle récit de que tu as vu. Grothusen servoit d'interprête à ces paroles. Le Turc promit aisément ce qu'on voulut, & on lui permit de sauter par la fenêtre comme les autres.

Les Suedois étant enfin maîtres de la maison, refermierent & baricaderent encore les fenêtres. Ils ne manquoient point d'armes; une chambre basse pleine de mousquets & de poudre, avoit échapé à la recherche tumultueuse des Janissaires; on s'en servit à propos: les Suedois tiroient à travers les fenêtres presque à bout pourtant sur cette multitude de Turcs, dont ils tuerent deux cens en moins d'un demi-quart-d'heure.

Le canon tiroit contre la maison; mais les pierres étant fort molles, il ne faisoit que des trous, & ne renversoit rien.

Le Kam des Tartares & le Pacha qui vouloient prendre le Roi en vie, honteux de perdre du tems, du monde, & d'occuper une Armée entiere contre soixante personnes, jugerent à propos de mettre le feu à la maison, pour obliger le Roi de se rendre. Ils firent lancer sur le toît, contre les portes

&

& contre les fenêtres, des fleches entortil-
lées de méches allumées; la maison fut en
flâmes en un moment. Le toît tout embrafé
étoit prêt à fondre fur les Suedois. Le Roi
donna tranquilement fes ordres pour éteindre le feu. Trouvant un petit baril plein
de liqueur, il prend le baril lui-même, &
aidé de deux Suedois il le jette à l'endroit
où le feu étoit plus violent : il fe trouva
que ce baril étoit rempli d'eau-de-vie; mais
la précipitation inféparable d'un tel emba-
ras empêcha d'y penfer. L'embrafement
redoubla avec plus de rage ; l'appartement
du Roi étoit confumé, la grande falle où
les Suedois fe tenoient, étoit remplie d'une
fumée affreufe , mêlée de tourbillons de
feu qui entroient par les portes des appartemens voifins ; la moitié du toît abîmée
dans la maifon même , l'autre tomboit en-
dehors en éclatant dans les flâmes.

Un Garde nommé Walberg ofa dans
cette extrêmité crier qu'il falloit fe rendre : Voilà un étrange homme , dit le Roi,
qui s'imagine qu'il n'eft pas plus beau d'ê-
tre brulé que d'être prifonnier. Un autre
Garde nommé Rofen, s'avifa de dire , que
la maifon de la Chancellerie , qui n'étoit
qu'à cinquante pas , avoit un toît de pierre,
& étoit à l'épreuve du feu; qu'il falloit
faire une fortie , gagner cette maifon , &
s'y défendre. Voilà un vrai Suedois , s'é-
cria

cria le Roi, il embraffa ce Garde , le créa
Colonel fur le champ. Allons, mes amis ,
dit-il , prenez avec vous le plus de poudre
& de plomb que vous pourrez , & ga-
gnons la Chancellerie l'épée à la main.

Les Turcs qui cependant entouroient
cette maifon toute embrafée , voyoient
avec une admiration mêlée d'épouvante,
que les Suedois n'en fortoient point ; mais
leur étonnement fut encore plus grand ,
lorfqu'ils virent ouvrir les portes , & le
Roi & les fiens fondre fur eux en défef-
perés. Charles & fes principaux Officiers
étoient armés d'épées & de piftolets ; chacun tira deux coups à la fois , à l'inftant
que la porte s'ouvrit, & dans le même clin-
d'œil , jettant leurs piftolets , & s'armant
de leurs épées , ils firent reculer les Turcs
plus de cinquante pas ; mais le moment
d'après cette petite troupe fut entourée. Le Roi qui étoit en bottes , felon fa
coûtume , s'embarraffa dans fes éperons ,
& tomba : vingt-un Janiffaires fe jettent
auffi-tôt fur lui , le défarment , & l'emme-
nent au quartir du Pachä , les uns le tenant
fous les bras , & les autres fous les jambes ,
comme on porte un malade que l'on craint
d'incommoder.

Au moment que le Roi fe vit faifi , la
violence de fon tempérament , & la fureur
où un combat fi long & fi terrible avoient
dû

du le mettre, firent place tout-à-coup à la douceur & à la tranquillité. Il ne lui échapa pas un mot d'impatience, pas un coup d'œil de colere. Il regardoit les Janissaires en souriant, & ceux-ci le portoient, en criant, *alla*, avec une indignation mêlée de respect. Ses Officiers furent pris au même tems, & dépoüillés par les Turcs & par les Tartares. Ce fut le 12. Février de l'an 1713. qu'arriva cet étrange événement, qui eut encore des suites singulieres.

Fin du sixiéme Livre.

ARGUMENT

ARGUMENT

du septiéme Livre.

LEs Turcs transferent Char-
les à Demir-tocca : Le Roi
Staniſlas eſt pris dans le même
tems : Action hardie de Mr. de
Villelongue : Révolutions dans le
Serail : Batailles données en Po-
meranie : Altena brulé par les
Suedois : Charles part enfin pour
retourner dans ſes Etats : Sa ma-
niere étrange de voyager : Son ar-
rivée à Stralſund : Etat où étoit
alors l'Europe : Diſgrace de Char-
les : Succès de Pierre le Grand :
Son triomphe dans Petersbourg.

HISTOIRE

HISTOIRE
DE CHARLES XII.
ROY DE SUEDE.

LIVRE SEPTIE'ME.

L E Pacha de Bender attendoit Charles gravement dans fa tente, ayant près de lui Marco un Interpréte. Il reçut ce Prince avec un profond refpect , & le fupplia de fe repofer fur un Sopha ; mais le Roi ne prenant pas feulement garde aux civilitez du Turc, fe tint debout dans la tente.

Le Toutpuiffant foit béni, dit le Pacha , de ce que ta Majefté eft en vie : mon défefpoir eft amer d'avoir été réduit par ta Majefté à executer les ordres de Sa Hauteffe. Le Roi fâché feulement de ce que fes trois cens Soldats s'étoient laiffez prendre dans leurs retranchemens , dit au

Pacha

Pacha : Ah ! s'ils s'étoient défendus comme ils devoient, on ne nous auroit pas forcez en dix jours. Hélas ! dit le Turc, voilà du courage bien mal employé. Il fit reconduire le Roi à Bender, sur un cheval richement caparaçonné. Ses Suedois étoient ou tuez ou pris ; tout son équipage, ses meubles, ses papiers, ses hardes les plus nécessaires pillez ou brulez : on voyoit sur les chemins les Officiers Suedois presque nuds, enchaînez deux à deux, & suivant à pied des Tartares ou des Janissaires. Le Chancelier, les Généraux n'avoient point un autre sort ; ils étoient esclaves des Soldats à qui ils étoient échus en partage.

De tous ces prisonniers celui qui eut la destinée la plus funeste, fut ce jeune Federic, Premier Valet de Chambre du Roi, qui lui avoit sauvé la vie à Pultava, & qui secondant la hardiesse du Comte Poniatosky, avoit conduit son Maître au milieu des Ennemis victorieux, l'espace de trois grands milles. Federic soutint à l'action de Bender la réputation qu'il avoit acquise à Pultava : il combattit toûjours près de Charles, & ne fut pris qu'après avoir tué douze Turcs de sa main. Il avoit la réputation d'égaler le Roi Auguste par la force du corps. Ces dons extraordinaires de la nature étoient joints en lui, à une très-grande beauté, qui fut la cause de sa fin malheureuse.

heureuſe. Pluſieurs Tartares ſe diſpute-
rent ſa priſe. Ces Barbares enyvrez de la
fureur du combat, & d'une paſſion odieu-
ſe, ne pouvant convenir entr'eux à qui
appartiendroit cette proye, couperent
Federic à coups de ſabre par le milieu
du corps.

Iſmaël Pacha ayant conduit Charles XII.
dans ſon Sérail de Bender, lui ceda ſon
appartement, & le fit ſervir en Roi, non
ſans prendre la précaution de mettre des
Janiſſaires en ſentinelle à la porte de la
chambre. On lui prépara un lit ; mais il
ſe jetta tout botté ſur un ſopha, & dormit profondément. Un Officier qui ſe tenoit debout auprès de lui, lui couvrit la
tête d'un bonnet, que le Roi jetta en ſe
réveillant de ſon premier ſommeil : & le
Turc voyoit avec étonnement un Souverain qui couchoit en bottes & nuë tête.
Le lendemain matin Iſmaël introduiſit
Fabrice dans la chambre du Roi. Fabrice
trouva ce Prince avec ſes habits déchirez,
ſes bottes, ſes mains & toute ſa perſonne
couverte de ſang & de poudre, les ſour-
cils brulez ; mais l'air ſerain dans cet état
affreux. Il ſe jetta à genoux devant lui,
ſans pouvoir proferer une parole. Raſſuré
bien-tôt par la maniere libre & douce dont
le Roi lui parloit, il reprit avec lui ſa familiarité ordinaire, & tous deux s'entre-
tinrent en riant du combat de Bender. On

prétend, dit Fabrice, que Votre Majesté
a tué vingt Janissaires de sa main. Bon,
bon, dit le Roi, on augmente toûjours
les choses de la moitié. Au milieu de cette
conversation, le Pacha présenta au Roi
son favori Grutsen, & le Colonel Rib-
bins, qu'il avoit eu la générosité de ra-
cheter à ses dépens. Fabrice sa chargea de
la rançon des autres prisonniers.

Jeffreis, l'Envoyé d'Angleterre, se joignit à lui pour fournir à cette dépense.
La Motraye, ce Gentilhomme François,
que la curiosité avoit amené à Bender, &
qui a écrit une partie des évenemens que
l'on rapporte, donna aussi ce qu'il avoit:
ces Etrangers assistez des soins, & même
de l'argent du Pacha, racheterent non
seulement les Officiers ; mais encore leurs
habits, des mains des Turcs & des Tartares.

Dès le lendemain on conduisit le Roi
prisonnier dans un chariot couvert d'écar-
late, sur le chemin d'Andrinople ; son Trésorier Grothusen étoit avec lui : le Chancelier Mullern & quelques Officiers sui-
voient dans un autre char; plusieurs étoient
à cheval, & lorsqu'ils jettoient les yeux
sur le chariot où étoit le Roi, ils ne pouvoient retenir leurs larmes. Le Pacha étoit
à la tête de l'escorte ; Fabrice lui représenta
qu'il étoit honteux de laisser le Roi sans
épée, & le pria de lui en donner une:
Dieu

Dieu m'en préserve, dit le Pacha, il voudroit nous en couper la barbe ; cependant il la lui rendit quelques heures après.

Comme on conduisoit ainsi prisonnier & desarmé ce Roi, qui peu d'années auparavant avoit donné la loi à tant d'Etats, & qui s'étoit vu l'arbitre du Nord, & la terreur de l'Europe; on vit au même endroit un autre exemple de la fragilité des grandeurs humaines.

Le Roi Staniflas avoit été arrêté sur les Terres des Turcs, & on l'amenoit prisonnier à Bender, dans le tems même qu'on transferoit Charles XII.

Staniflas n'étant plus soûtenu par la main qui l'avoit fait Roi, se trouvant sans argent, & par conséquent sans parti en Pologne, s'étoit retiré d'abord en Pomeranie ; & ne pouvant plus conserver son Royaume, il avoit défendu autant qu'il l'avoit pu, les Etats de son Bienfaiteur.

Il passa même en Suede pour précipiter le secours dont on avoit besoin dans la Livonie & dans la Pomeranie. Enfin ayant fait tout ce qu'on devoit attendre de l'ami du Roi de Suede, & lutté contre la mauvaise fortune, il ne songea qu'à ceder une Couronne qu'il ne pouvoit plus garder. Il en conféra avec Flemming, ce Premier Ministre du Roi Auguste qui lui devoit tant, & qui lui promit des conditions avantageuses, sinon par reconnoissance, au moins

par

par honneur, ou ce qui eſt plus vraiſemblable, pour le tromper.

Mais Staniſlas ne pouvoit avec bien-
ſéance abdiquer, ſans le conſentement de
Charles, une Couronne qu'il lui devoit.
Il lui écrivit donc d'abord à Bender, pour
le prier d'agréer une abdication devenue
néceſſaire par les conjonctures, & glorieuſe
par ſes motifs : il le prioit de ne plus ſacrifier ſes intérêts pour la cauſe d'un ami
malheureux qui ne penſoit plus qu'à ſe
ſacrifier lui-même au repos public. Charles
XII. reçut ces Lettres à Varnitſa. Il dit en
colere au Courier, en préſence de pluſieurs témoins : S'il ne veut pas être Roi,
j'en ſçaurai bien faire un autre. Staniſlas
eſpera que ſa préſence feroit plus d'effet
que ſes Lettres : il partit donc lui-même
avec le Baron de Sparre, qui depuis a été
Ambaſſadeur de Suede en France : il quitta
ſon habit Polonois, de-peur d'être reconnu ſur la route; il paſſa par les frontieres
de la Hongrie &-de la Tranſylvanie, craignant toûjours d'être arrêté partout ſur les
chemins; il ne ſe crut en ſureté, que quand
il ſe vit enfin en Moldavie, à Yaſſi, ſur les
Terres des Turcs, près de cet endroit où
le Czar avoit à peine échappé de leurs
mains : ce fut à Yaſſi même qu'on l'arrêta.
On lui demanda qui il étoit : il ſe dit Suedois, chargé d'une commiſſion à Bender,
pour le Roi de Suede, s'aſſurant qu'à ce

nom

nom feul les Turcs le laifferoient aller avec honneur : il étoit bien éloigné de foup-çonner ce qui fe paffoit alors.

On fe faifit de fa perfonne des qu'il eût prononcé qu'il étoit Suedois, & on le con-duifit prifonnier fur le chemin de Bender. On apprit bien-tôt qui il étoit : la nou-velle en vint au Pacha, dans le tems qu'il accompagnoit le chariot du Roi de Suede. Le Pacha le dit à Fabrice ; celui-ci s'ap-prochant du chariot de Charles XII. lui apprit qu'il n'étoit pas feul Roi prifonnier entre les mains des Turcs, & que Staniflas étoit à quelques milles de lui, conduit par des Soldats. Courez à lui, mon cher Fabrice, lui dit Charles, fans fe décon-certer d'un tel accident ; dites-lui bien qu'il ne faffe jamais de paix avec le Roi Augufte, & affurez-le que dans peu nos affaires changeront. Telle étoit l'inflexi-bilité de Charles dans fes opinions, que tout abandonné qu'il étoit en Pologne, tout pourfuivi dans fes propres Etats, tout captif dans une litiere Turque, conduit prifonnier fans fçavoir où on le menoit, il comptoit encore fur fa fortune, & ef-peroit toûjours un fecours de cent mille hommes de la Porte Ottomane. Fabrice courut s'acquitter de fa commiffion, ac-compagné d'un Janiffaire, avec la per-miffion du Pacha. Il trouva à quelques milles le gros des Soldats qui conduifoit

N 3   Staniflas.

Staniſlas : il s'adreſſa au milieu d'eux à un Cavalier vêtu à la Françoiſe , & aſſez mal monté , & lui demanda en Allemand , où étoit le Roi de Pologne. Celui à qui il parloit , étoit Staniſlas lui-même , qu'il n'avoit pas reconnu ſous ce déguiſement : Eh quoi ! dit le Roi , ne vous ſouvenez-vous donc plus de moi ? Alors Fabrice lui apprit le triſte état où étoit le Roi de Suede , & la fermeté inébranlable , mais inutile , de ſes deſſeins.

Quand Staniſlas fut près de Bender , le Pacha qui revenoit , après avoir accompagné Charles XII. quelques milles , envoya au Roi Polonois un cheval Arabe, avec un harnois magnifique.

Il fut reçu dans Bender au bruit de l'artillerie , & à la liberté près , qu'il n'eut pas d'abord , il n'eut point à ſe plaindre du traitement qu'on lui fit. Cependant on conduiſoit Charles ſur le chemin d'Andrinople. Cette Ville étoit déja remplie du bruit de ſon combat. Les Turcs le condamnoient & l'admiroient ; mais le Divan irrité , menaçoit déja de le releguer dans une Iſle de l'Archipel.

Monſieur Deſaleurs , qui auroit pû prendre ſon parti , & empêcher qu'on ne fît cet affront aux Rois Chrétiens , étoit à Conſtantinople , auſſi-bien que Monſieur de Poniatosky , dont on craignoit toûjours le génie fécond en reſſources. La plûpart
des

des Suedois reſtez dans Andrinople étoient en priſon ; le Trône du Sultan paroiſſoit inacceſſible de tous côtez aux plaintes du Roi de Suede.

Le Marquis de Fierville, envoyé ſecretement de la part de la France auprès de Charles à Bender, étoit pour lors à Andrinople. Il oſa imaginer de rendre ſervice à ce Prince, dans le rems que tout l'abandonnoit, ou l'opprimoit. Il fut heureuſement ſecondé dans ce deſſein par un Gentilhomme François, d'une ancienne Maiſon, nommé de Villelongue, homme intrepide, qui n'ayant pas alors une fortune ſelon ſon courage, & charmé d'ailleurs de la réputation du Roi de Suede, étoit venu chez les Turcs dans le deſſein de ſe mettre au ſervice de ce Prince.

Monſieur de Fierville, avec l'aide de ce jeune homme, écrivit un mémoire au nom du Roi de Suede, dans lequel ce Monarque demandoit vengeance au Sultan, de l'inſulte faite en ſa perſonne à toutes les Têtes Couronnées, & de la trahiſon vraye ou fauſſe du Kam & du Pacha de Bender.

On y accuſoit le Viſir & les autres Miniſtres d'avoir été corrompus par les Moſcovites, d'avoir trompé le Grand Seigneur, d'avoir empêché les Lettres du Roi de parvenir juſqu'à Sa Hauteſſe, & d'avoir par ſes artifices arraché du Sultan cet ordre ſi contraire à l'hoſpitalité Muſulmane, par

N 4   lequel

lequel on avoit violé le droit des Nations,
d'une maniere si indigne d'un grand Empereur, en attaquant avec vingt mille hommes un Roi qui n'avoit pour se défendre
que ses domestiques, & qui comptoit sur
la parole sacrée du Sultan.

Quand ce Mémoire fut écrit, il fallut le
faire traduire en Turc, & l'écrire d'une
écriture particuliere sur un papier fait exprès, dont on doit se servir pour tout ce
qu'on présente au Sultan.

On s'adressa à quelques Interprétes François qui étoient dans la Ville ; mais les
affaires du Roi de Suede étoient si desef-
perées, & le Visir déclaré si ouvertement
contre lui, qu'aucun Interpréte n'osa seulement traduire l'Ecrit de Mr. de Fierville.
On trouva enfin un autre Etranger, dont
la main n'étoit point connuë à la Porte,
qui moyennant quelque récompense, &
l'assurance d'un secret profond, traduisit le
Mémoire en Turc, & l'écrivit sur le papier
convenable. Le Baron d'Arvidson, Officier
des Troupes de Suede, contrefit la signature du Roi : Fierville qui avoit le Sceau
Royal, l'apposa à l'Ecrit, & on cacheta
le tout avec les armes de Suede. Villelongue se chargea de remettre lui-même ce
paquet entre les mains du Grand Seigneur, lorsqu'il iroit à la Mosquée, selon
sa coûtume. On s'étoit déja servi d'une
pareille voye pour présenter au Sultan des
Mémoires

Mémoires contre ses Ministres. Mais cela même rendoit le succès de cette entreprise plus difficile, & le danger beaucoup plus grand.

Le Visir qui prévoyoit que les Suedois demanderoient justice à son Maître, & qui n'étoit que trop instruit, par le malheur de ses Prédecesseurs, avoit expressément défendu qu'on laissât aprocher personne du Grand Seigneur, & avoit ordonné surtout qu'on arrêtât tous ceux qui se présenteroient auprès de la Mosquée avec des Placets.

Villelongue sçavoit cet ordre, & n'ignoroit pas qu'il y alloit de sa tête. Il quitta son habit franc, prit un vêtement à la Gréque; & ayant caché dans son sein la lettre qu'il vouloit présenter, il se promena de bonne heure près de la Mosquée où le Grand Seigneur devoit aller. Il contrefit l'insensé, s'avança en dansant au milieu de deux hayes de Janissaires, entre lesquelles le Grand Seigneur alloit passer: il laissoit tomber exprès quelques piéces d'argent de ses poches pour amuser les Gardes.

Dès que le Sultan aprocha, on voulut faire retirer Villelongue; il se jetta à genoux, & se débatit entre les mains des Janissaires; son bonnet tomba; de grands cheveux qu'il portoit le firent reconnoître pour un Franc. Il reçut plusieurs coups, & fut très-maltraité. Le Grand Seigneur qui

N 5   étoit

étoit déja proche, entendit ce tumulte, &
en demanda la caufe. Villelongue lui cria
de toutes fes forces, *amman ! amman ! mi-*
fericorde! en tirant la Lettre de fon fein. Le
Sultan commanda qu'on le laifsât approcher. Villelongue court à lui dans le moment, embraffe fon étrier, & lui préfente
l'Ecrit, en lui difant, *Sued Krall dan*, c'eft
le Roi de Suede qui te le donne. Le Sultan
mit la Lettre dans fon fein, & continua
fon chemin vers la Mofquée. Cependant
on s'affure de Villelongue, & on le conduit
en prifon, dans les bâtimens exterieurs du
Sérail.

Le Sultan au fortir de la Mofquée, après
avoir lû la Lettre, voulut lui-même interroger le prifonnier. Il quitta l'habit Impérial, comme auffi le turban particulier
qu'il porte, & fe déguifa en Officier des
Janiffaires ; ce qui lui arrive affez fouvent.
Il amena avec lui un vieillard de l'Ifle de
Malthe, qui lui fervit d'interpréte. A la faveur de ce déguifement, Villelongue jouït
d'un honneur qu'aucun Ambaffadeur Chrétien n'a jamais eu : il eut tête-à-tête une conférence d'un quart-d'heure avec l'Empereur
Turc. Il ne manqua pas d'expliquer les
griefs du Roi de Suede, d'accufer les Miniftres, & de demander vengeance avec
d'autant plus de liberté, qu'en parlant au
Sultan même il étoit cenfé ne parler qu'à
fon égal. Il avoit reconnu aifément le Grand
Seigneur,

Seigneur, malgré l'obscurité de la prison,
& il n'en fut que plus hardi dans la conversation. Le prétendu Officier des Janissaires dit à Villelongue ces propres paroles : Chrétien, assure-toi que le Sultan
mon maître, a l'ame d'un Empereur, &
que si ton Roi de Suede a raison il lui fera
justice. Villelongue fut bien-tôt élargi : on
vit quelques semaines après un changement
subit dans le Sérail, dont les Suedois attri-
buerent la cause à cette unique conférence.
Le Mouphty fut déposé ; le Kam des Tartares exilé à Rhodes, & le Serasquier, Pacha de Bender, relegué dans une isle de
l'Archipel.

La Porte Ottomane est si sujete à de
pareils orages, qu'il est bien difficile de
décider si en effet le Sultan voulut appaiser le Roi de Suede par ces sacrifices. La
maniere dont ce Prince fut traité ne prou-
ve pas que la Porte s'empressât beaucoup
à lui plaire.

Le Favori Ali Coumourgi fut soupçonné d'avoir fait seul tous ces changemens
pour ses intérêts particuliers. On dit qu'il
fit exiler le Kam de Tartarie, & le Serasquier de Bender, sous prétexte qu'ils avoient
délivré au Roi les douze cens bourses malgré l'ordre du Grand Seigneur. Il mit sur
le Trône des Tartares le fils du Kam déposé, jeune homme de son âge, qui aimoit
peu son pere, & sur lequel Ali Coumourgi

N 6   comptoit

comptoit beaucoup dans les guerres qu'il méditoit. A l'égard du Grand Visir Juffuf, il ne fut dépofé que quelques femaines après, & Soliman Pacha eut le titre de Premier Visir.

Je fuis obligé de dire, que M. de Villelongue & plufieurs Suedois m'ont affuré, que la fimple Lettre préfentée au Sultan, au nom du Roi, avoit caufé tous ces grands changemens à la Porte ; mais M. de Fierville m'a de fon côté affuré tout le contraire. J'ai trouvé quelquefois de pareilles contrarietés dans les Mémoires que l'on m'a confiés. En ce cas tout ce que doit faire un Hiftorien, c'eft de conter ingénument le fait, fans vouloir pénétrer les motifs, & de fe borner à dire précifément ce qu'il fçait, au lieu de deviner ce qu'il ne fçait pas.

Cependant on avoit conduit Charles XII. dans le petit Château de Demirtash, auprès d'Andrinople. Une foule innombrable de Turcs s'étoit renduë en cet endroit pour voir arriver ce Prince : on le tranfporta de fon chariot au Château fur un Sopha ; mais Charles pour n'être point vû de cette multitude, fe mit un carreau fur la tête.

La Porte fe fit prier quelques jours de fouffrir qu'il habitât à Demotica, petite ville à fix lieuës d'Andrinople, près du fameux fleuve Hebrus, aujourd'hui appellé Marizza. Coumourgi dit au Grand Visir Soliman:

Soliman : Va , fais avertir le Roi de Suede qu'il peut rester à Demotica toute sa vie , je te répons qu'avant un an il demandera à s'en aller de lui-même ; mais surtout ne lui fais point tenir d'argent.

Ainsi on transfera le Roi à la petite ville de Demotica , où la Porte lui assigna un Thaim considérable de provisions pour lui & pour sa suite ; on lui accorda seulement vingt-cinq écus par jour en argent , pour acheter du cochon & du vin , deux sortes de provisions que les Turcs ne fournissent pas : mais la bourse de cinq cens écus par jour qu'il avoit à Bender , lui fut retranchée.

A peine fut-il à Demotica , avec sa petite Cour, qu'on déposa le Grand Visir Soliman. Sa place fut donnée à Ibrahim Molla , fier , brave , & grossier à l'excès. Il n'est pas inutile de sçavoir son histoire , afin que l'on connoisse plus particulierement tous ces Vicerois de l'Empire Ottoman , dont la fortune de Charles a si long-temps dépendu.

Il avoit été simple Matelot à l'avénement du Sultan Akmet troisiéme. Cet Empereur se déguisoit souvent en homme privé , en Iman , ou en Dervis : il se glissoit le soir dans les Caffés de Constantinople, & dans les lieux publics, pour entendre ce qu'on disoit de lui , & pour recueillir par lui-même les sentimens du peuple. Il entendit

un

un jour ce Matelot qui se plaignoit de ce que les vaisseaux Turcs ne revenoient jamais avec des prises, & qui juroit que s'il étoit Capitaine de vaisseau, il ne rentreroit jamais dans le port de Constantinople sans ramener avec lui quelque bâtiment des Infidéles. Le Grand Seigneur ordonna dès le lendemain qu'on lui donnât un vaisseau à commander, & qu'on l'envoyât en course. Le nouveau Capitaine revint quelques jours après avec une barque Maltoise, & une galiote de Gennes. Au bout de deux ans on le fit Capitaine Général de la mer, & enfin Grand Visir. Dès qu'il fut dans ces postes, il crut pouvoir se passer du Favori, & pour se rendre nécessaire il projetta de faire la guerre aux Moscovites. Dans cette intention il fit dresser une tente près de l'endroit ou demeuroit le Roi de Suede.

Il invita ce Prince à l'y venir trouver, avec le nouveau Kam des Tartares & l'Ambassadeur de France. Le Roi d'autant plus altier qu'il étoit malheureux, regardoit comme le plus sensible des affronts, qu'un Sujet osât l'envoyer chercher; il ordonna à son Chancelier Mullern d'y aller à sa place : & de-peur que les Turcs ne lui manquassent de-respect, & ne le forçassent à commettre sa dignité, ce Prince extrême en tout, se mit au lit, & résolut de n'en pas sortir tant qu'il seroit à Demotica. Il resta dix mois couché, feignant d'être malade :

Le

le Chancelier Mullern , Grothufen , & le Colonel Dubens , étoient les feuls qui mangeaffent avec lui. Ils n'avoient aucune des commodités dont les Francs fe fervent : tout avoit été pillé à l'affaire de Bender ; deforte qu'il s'en falloit bien qu'il y eût dans leurs repas de la pompe & de la délicateffe. Ils fe fervoient eux-mêmes , & ce fut le Chancelier Mullern qui fit pendant tout ce tems la fonction du Cuifinier.

Tandis que Charles XII. paffoit fa vie dans fon lit , il aprit la défolation de toutes fes Provinces fituées hors de la Suede.

Le Général Steinbok , illuftre pour avoir chaffé les Danois de Scanie , & pour avoir vaincu leurs meilleures Troupes avec des payfans , foûtint encore quelque tems la réputation des armes Suedoifes. Il défendit autant qu'il put la Poméranie & Brême , & ce que le Roi poffedoit encore en Allemagne : mais il ne put empêcher les Saxons & les Danois réunis de paffer l'Elbe , & d'affiéger Stade , ville forte & confidérable , fituée près de ce fleuve , dans le Duché de Brême. La ville fut bombardée & réduite en cendres , & la Garnifon obligée de fe rendre à difcrétion , avant que Steinbok pût s'avancer pour la fecourir.

Ce Général , qui avoit environ douze mille hommes , dont la moitié étoit Cavalérie , pourfuivit les ennemis qui étoient une fois plus forts , les obligea de repaffer
l'Elbe ,

l'Elbe, & les atteignit enfin dans le Duché de Mekelbourg , près d'un lieu nommé Gadebush , & d'une petite riviere qui porte ce nom. Il arriva vis-à-vis des Saxons & des Danois le 20. Décembre 1712. il étoit séparé d'eux par un marais. Les ennemis campés derriere ce marais, étoient apuyés à un bois : ils avoient l'avantage du nombre & du terrain , & on ne pouvoit aller à eux qu'en traverfant le marécage fous le feu de leur artillerie.

Steinbok paffe à la tête de fes Troupes, arrive en ordre de bataille , & engage un des combats des plus fanglants & des plus acharnés qui fe fût encore donné entre ces deux nations rivales. Après trois heures de cette mêlée fi vive , les Danois & les Saxons furent enfoncés, & quitterent le champ de bataille.

Un fils du Roi Augufte & de la Comteffe de Konifmar , connu fous le nom du Comte de Saxe , fit dans cette bataille fon aprentiffage de l'art de la guerre. C'eft ce même Comte de Saxe qui eut depuis l'honneur d'être élu , quoique fans aucun effet , Duc de Curlande , & à qui il n'a manqué que la force pour joüir du droit le plus inconteftable qu'un homme puiffe jamais avoir fur une Souveraineté; je veux dire les fuffrages unanimes du peuple. Il commandoit un Régiment à Gadebush , & y eut un cheval tué fous lui. Je lui ai entendu dire ,
que

que les Suedois garderent toûjours leurs
rangs, & que même après que la victoire
fût décidée, les premieres lignes de ces braves Troupes ayant à leurs pieds leurs ennemis morts, il n'y eut pas un soldat Suedois
qui osât seulement se baisser pour les dépoüiller, avant que la priere eût été faite
sur le champ de bataille :| tant ils étoient
inébranlables dans la discipline sévere à laquelle leur Roi les avoit accoutumés.

Steinbok après cette victoire, se souve-
nant que les Danois avoient mis Stade en
cendres, alla s'en venger sur Altena, qui
appartient au Roi de Dannemark. Altena
est au-dessus de Hambourg, sur le fleuve
de l'Elbe, qui peut apporter dans son port
d'assez gros vaisseaux. Le Roi de Dannemark favorisoit cette ville de beaucoup de
privileges : son dessein étoit d'y établir un
commerce florissant : déja même l'industrie
des Altenois, encouragée par les sages vûës
du Roi, commençoit à mettre leur ville au
nombre des villes commerçantes & riches.
Hambourg en concevoit de la jalousie, &
ne souhaitoit rien tant que sa destruction.
Dès que Steinbok fut à la vûë d'Altena, il
envoya dire par un Trompette aux habitans, qu'ils eussent à se retirer avec ce
qu'ils pourroient emporter d'effets, &
qu'on alloit détruire leur ville de fond en
comble.

Les Magistrats vinrent se jetter à ses
pieds,

pieds, & offrirent cent mille écus de rançon. Steinbok en demanda deux cens mille : les Altenois fuplierent qu'il leur fût
permis au moins d'envoyer à Hambourg,
où étoient leurs correfpondances, & affu-
rerent que le lendemain ils apporteroient
cette fomme. Le General Suedois répondit
qu'il falloit la donner fur l'heure, ou qu'on
alloit embrafer Altena fans délai.

On difoit que les Hambourgeois avoient
donné fecretement à Steinbok une groffe
fomme pour acheter la ruine de cette ville
qui leur faifoit ombrage, & que Steinbok
dans cette févérité fatisfaifoit également
fes intérêts, fa vengeance, & celle de fon
Maître.

Ses Troupes étoient dans le Fauxbourg
le flambeau à la main : une foible porte
de bois, & un foffé déja comblé, étoient
les feules défenfes des Altenois. Ces malheureux furent obligés de quitter leurs
maifons avec précipitation au milieu de
la nuit : c'étoit le 9. Janvier 1713. il faifoit un froid rigoureux, augmenté par un
vent de Nord violent, qui fervit à étendre
l'embrafement avec plus de promptitude
dans la ville, & à rendre plus infuporta-
bles les extrêmités où le peuple fut réduit
dans la campagne. Les hommes, les femmes courbés fous le fardeau des meubles
qu'ils emportoient, fe refugierent en pleurant, & en pouffant des hurlemens, fur les
côteaux

côteaux voisins qui étoient couverts de glace. On voyoit plusieurs jeunes gens qui portoient sur leurs épaules des vieillards paralitiques. Quelques femmes nouvellement accouchées, emporterent leurs enfans & moururent de froid avec eux sur la coline, en regardant de loin les flâmes qui consumoient leur patrie. Tous les habitans n'étoient pas encore sortis de la ville, lorsque les Suedois y mirent le feu. Altena brula depuis minuit jusqu'à dix heures du matin. Presque toutes les maisons étoient de bois : tout fut consumé, & il ne parut pas le lendemain qu'il y eût eu une ville en cet endroit.

Les vieillards, les malades, & les femmes les plus délicates, refugiés dans les glaces, pendant que leurs maisons étoient en feu, se traînerent aux portes de Hambourg, & suplierent qu'on leur ouvrît, & qu'on leur sauvât la vie : mais les Hambourgeois refuserent de les recevoir, sous prétexte qu'il régnoit dans Altena quelques maladies contagieuses. Ainsi la plûpart de ces miserables expirerent sous les murs de Hambourg, en prenant le Ciel à témoin de la barbarie des Suedois, & de celle des Hambourgeois qui ne paroissoit pas moins inhumaine.

Toute l'Allemagne cria contre cette violence, les Ministres & les Généraux de Pologne & de Dannemark écrivirent au

Comte

Comte de Steinbok, pour lui reprocher une cruauté si grande, qui faite sans nécessité, & demeurant sans excuse, soulevoit contre lui le Ciel & la terre.

» Steinbok répondit, qu'il ne s'étoit » porté à ces extrêmités, que pour appren- » dre aux ennemis du Roi son maître à » ne plus faire une guerre de barbares, & » à respecter le droit des gens; qu'ils avoient » rempli la Poméranie de leurs cruautés, » dévasté cette belle Province,& vendu près » de cent mille habitans aux Turcs ; que » les flambeaux qui avoient mis Altena en » cendres, étoient les représailles des bou- » lets rouges par qui Stade avoit été con- » sumée ; que la Guerre n'étoit point le » théâtre de la modération & de la dou- » ceur; que ni le Roi de France, Loüis » XIV. qui avoit permis l'incendie du Pa- » latinat, ni Turenne qui l'avoit executé, » ni ceux qui l'imiterent depuis avec plus » d'excès, n'avoient point passé pour des » hommes plus cruels que les autres; qu'en- » fin, si ces excez étoient condamnables, il » falloit en accuser les Moscovites, les » Danois & les Saxons, qui en avoient » donné l'exemple. »

C'étoit avec cette fureur que les Sue- dois & leurs ennemis se faisoient la guer- re. Si Charles XII. avoit paru alors dans la Poméranie, il est à croire qu'il eût pû retrouver sa premiere fortune. Ses armées

quoi-

quoiqu'éloignées de sa présence, étoient
encore animées de son esprit ; mais l'absence du Chef est toûjours dangereuse aux
affaires, & empêche qu'on ne profite des
victoires. Steinbok perdit par les détails ce
qu'il avoit gagné par des actions signalées,
qui en un autre tems auroient été décisives.

Tout vainqueur qu'il étoit, il ne put empêcher les Moscovites, les Saxons, & les
Danois de se réunir. On lui enleva des quartiers, il perdit du monde dans plusieurs
Escarmouches, deux mille hommes de ses
Troupes se noyèrent en passant l'Eïder pour
aller hiverner dans le Holstein. Toutes ces
pertes étoient sans ressource, dans un païs
où il étoit entouré de tous côtés d'ennemis
puissans.

Le Holstein avoit alors pour Souverain,
le jeune Duc Frederik, âgé de douze ans,
neveu du Roi de Suede, & fils du Duc
qui avoit été tué à la bataille de Crassau.
L'Evêque de Lubek son oncle, gouvernoit sous le nom d'Administrateur, ce païs
malheureux que ses Souverains n'ont presque jamais possedé paisiblement. L'Evêque qui craignoit pour les Etats de son pu-
pile, voulut conserver en apparence la neutralité; mais il lui étoit impossible de rester
neutre entre l'armée d'un Roi de Suede
dont le Duc de Holstein pouvoit être l'héritier, & les armées des Alliés prêts à en-
vahir cet Etat.

Le

Le Comte de Steinbok preffé par les ennemis, & ne pouvant plus conferver fa petite armée, fomma l'Evêque adminiftra-
teur, de permettre qu'elle fût reçuë dans la
forterefle de Tonninge. L'Evêque fe trouva
réduit ou à perdre entierement l'armée du
Roi, ou s'il la fauvoit, à attirer fur le Hoftein
la vengeance du Dannemark.

Il eut recours à la fineffe, reffource dangereufe des foibles : il ordonna au Colonel
Volf, Commandant à Tonninge, de recevoir les Troupes Suedoifes dans la Place.
Mais en même-tems il exigea de ce Commandant, qu'il ne parlât jamais de cet ordre, & Steinbok de fon côté fit ferment de
tenir la Négociation fecrete.

Il fallut que Volf prît fur lui de recevoir l'armée dans fa Place, comme de fa
propre autorité, & de paroître infidéle aux
ordres de fon Souverain. Tout cet artifice
ne tourna qu'au malheur du Duc, du païs,
& de Steinbok. Le Czar, le Roi de Dannemark, & le Roi de Pruffe bloquerent Tonninge : les provifions qui devoient venir à
la petite armée manquerent, par une fatalité qui a toûjours ruiné dans cette guerre
les affaires de la Suede.

Enfin Steinbok fut obligé de fe rendre
prifonnier au Roi de Dannemark, avec
fes Troupes le 17. Mars 1713. Ainfi fut dif-
fipée fans retour cette armée qui avoit
gagné les deux célébres batailles d'Helfim-
bourg

bourg & de Gadebush , fous un Général
dont on avoit conçu les plus grandes efpé-
rances ; & le Roi de Dannemark eut la fatisfaction de tenir entre fes mains celui
qui avoit arrêté tous fes progrez , & qui
avoit mis fa ville d'Altena en cendres.
Steinbok en fortant de Tonninge, affura le
le Roi de Dannemark qu'il n'y étoit entré que par ftratagême , & qu'il avoit trompé le Commandant. Cet Officier le jura de
même , & aima mieux fubir la honte d'a-
voir été furpris , que de divulguer le fecret
de fon maître.

Le Duc de Holftein , & l'Evêque admi-
niftrateur, protefterent qu'ils avoient confervé la neutralité : ils implorerent la médiation du Roi de Pruffe & de l'Electeur
de Hanover. Toute cette politique n'étant
point foûtenuë par la force, n'empêcha pas
que le Roi de Dannemark n'affiégeât Volf
dans Tonninge, quelque tems après , avec
fes Troupes & celles du Czar. Ce Commandant fe rendit comme Steinbok , & avoüa
enfin le fecret dont les Danois ne fe dou-
toient que trop.

Ce fut un prétexte au Roi de Dannemark pour s'emparer des Etats du Duc de
Holftein , dont on ne lui a rendu encore
aujourd'hui qu'une partie. Ce même Roi
de Dannemark , qui raviffoit fans fcrupule
les Duchés de Holftein , avoit cependant
la générofité de traiter Steinbok avec confidération,

fideration , & faifoit voir que les Rois font
fouvent plus occupés de leurs intérêts que
de leur vengeance. Il laiffa l'incendiaire
d'Altena libre dans Copenhague fur fa parole, & affecta de l'accabler de bons trai-
temens , jufqu'à ce que Steinbok ayant
voulu s'évader eut le malheur d'être arrêté,
& d'être convaincu d'avoir manqué à fa
parole. Alors il fut étroitement refferré &
réduit à demander grace au Roi de Dannemark , qui la lui accorda.

La Poméranie fans défenfe , à la réferve
de Stralfund , de l'Ifle de Rugen , & de
quelques lieux circonvoifins , devint la
proye des Alliés ; elle fut fequeftrée entre
les mains du Roi de Pruffe. Les Etats de
Brême furent remplis de Garnifons Da-
noifes. Au même tems les Mofcovites inon-
doient la Finlande , & y battoient les Suedois que la confiance abandonnoit , & qui
étant inférieurs en nombre , commençoient
à n'avoir plus fur leurs ennemis aguerris la
fuperiorité de la valeur.

Pour achever les malheurs de la Suede,
fon Roi s'obftinoit à refter à Demotica , &
fe repaiffoit encore de l'efpérance de ce fecours Turc , fur lequel il ne devoit plus
compter.

Ibrahim Molla, ce Vifir fi fier, qui s'obftinoit à la guerre contre les Mofcovites , malgré les vûës du Favori , fut étranglé entre
deux portes.

La

La place de Visir étoit devenuë si dangereuse, que personne n'osoit l'occuper, elle demeura vacante pendant six mois : Enfin le Favori Ali-Coumourgi prit le titre de Grand Visir. Alors toutes les espérances du Roi de Suede tomberent. Il connoissoit Coumourgi, d'autant mieux qu'il en avoit été servi quand les intérêts de ce Favori s'accordoient avec les siens.

Il avoit été onze mois à Démotica enseveli dans l'inaction & dans l'oubli ; cette oisiveté extrême succedant tout-à-coup aux plus violents exercices, lui avoit donné enfin la maladie qu'il feignoit. On le croyoit mort dans toute l'Europe. Le Conseil de Régence qu'il avoit établi à Stokolm, quand il partit de sa Capitale, n'entendoit plus parler de lui. Le Sénat vint en Corps supplier la Princesse Ulrique-Eléonor, sœur du Roi, de se charger de la Régence pendant cette longue absence de son frere. Elle l'accepta ; mais quand elle vit que le Sénat vouloit l'obliger à faire la paix avec le Czar & le Roi de Dannemark, qui attaquoient la Suede de tous côtez, cette Princesse jugeant bien que son frere ne ratifieroit jamais la paix, se démit de la Régence, & envoya en Turquie un long détail de cette affaire.

Le Roi reçut le paquet de sa sœur à Démotica. Le Despotisme qu'il avoit succé en naissant, lui faisoit oublier qu'autrefois

la Suede avoit été libre, & le Royaume,
& que le Sénat gouvernoit anciennement le
Royaume conjointement avec les Rois.

Il ne regardoit ce Corps que comme une
troupe de Domestiques qui vouloient commander dans la maison en l'absence du
Maître. Il leur écrivit que s'ils prétendoient
gouverner, il leur envoyeroit une de ses
bottes, & que ce seroit d'elle dont il faudroit qu'ils prissent les ordres.

Pour prévenir donc ces prétendus attentats en Suede contre son autorité, & pour
défendre enfin son Pays, n'espérant plus
rien de la Porte Ottomane, & ne comptant
plus que sur lui seul, il fit signifier au Grand
Visir qu'il souhaitoit partir & s'en retourner par l'Allemagne.

L'Ambassadeur de France, Desaleurs,
qui s'étoit chargé des affaires de la Suede,
fit la demande de sa part. Hé bien, dit le
Visir au Comte Desaleurs, n'avois-je pas
bien dit que l'année ne se passeroit pas sans
que le Roi de Suede demandât à partir?
Dites-lui qu'il est à son choix, de s'en aller
ou de demeurer; mais qu'il se détermine
bien, & qu'il fixe le jour de son départ,
afin qu'il ne nous jette pas une seconde fois
dans l'embarras de Bender.

Le Comte Desaleurs adoucit au Roi la
dureté de ces paroles. Le jour fut choisi;
mais Charles avant que de quitter la Turquie, voulut étaler la pompe d'un Grand
Roi,

Roi, quoique dans la misere d'un fugitif.
Il donna à Grothusen le titre d'Ambassadeur Extraordinaire, & l'envoya prendre
congé dans les formes à Constantinople,
suivi de quatre-vingt personnes toutes su-
perbement vêtuës.

Les ressorts secrets qu'il fallut faire joüer
pour amasser dequoi fournir à cette dépense, étoient plus humiliáns que l'Ambassade n'étoit pompeuse.

M. Desaleurs prêta au Roi quarante
mille écus. Grothusen avoit des Agents à
Constantinople qui empruntoient en son
nom, à cinquante pour cent d'intérêt,
mille écus d'un Juif, deux cens pistoles
d'un Marchand Anglois, mille francs d'un
Turc.

On amassa ainsi dequoi joüer en présence du Divan la brillante Comédie de l'Ambassade Suedoise. Grothusen reçut à Constantinople tous les honneurs que la Porte
fait aux Ambassadeurs Extraordinaires des
Rois le jour de leur Audience; le but de
tout ce fracas étoit d'obtenir de l'argent du
Grand Visir; mais ce Ministre fut inexorable.

Grothusen proposa d'emprunter un mil-
lion de la Porte. Le Visir répliqua séche-
ment que son Maître sçavoit donner quand
il vouloit, & qu'il étoit au-dessous de sa
Dignité de prêter ; qu'on fourniroit au
Roi abondamment ce qui étoit nécessaire
pour son voyage, d'une maniere digne de

O 2   celui

celui qui le renvoyoit ; que peut-être même la Porte lui feroit quelque préfent en or non monnoyé ; mais qu'on n'y devoit pas compter.

Enfin le premier Octobre 1714. le Roi de Suede fe mit en route pour quitter la Turquie. Un Capigi Pacha avec fix Chiaoux le vinrent prendre au Château de Demir- tash, où ce Prince demeuroit depuis quel- ques jours : Il lui préfenta de la part du Grand Seigneur, une large tente d'écar- latte, brodée d'or, un fabre avec une poi- gnée garnie de pierreries, & huit chevaux Arabes, d'une beauté parfaite avec des fel- les fuperbes, dont les étriers étoient d'ar- gent maffif. Il n'eft pas indigne de l'Hif- toire de dire, qu'un Ecuyer Arabe qui avoit foin de ces chevaux, donna au Roi leur généalogie. C'eft un ufage établi de- puis long-tems chez ces Peuples, qui fem- blent faire beaucoup plus d'attention à la noblefse des chevaux, qu'à celle des hom- mes; ce qui peut-être n'eft pas fi déraifon- nable, puifque chez les animaux les races dont on a foin, & qui font fans mêlange, ne dégénerent jamais.

Soixante chariots chargez de toutes for- tes de provifions, & trois cens chevaux formoient le Convoi. Le Capigi Pacha fça- chant que plufieurs Turcs avoient prêté de l'argent aux Gens de la fuite du Roi à un gros intérêt, lui dit, que l'ufure étant con-

traire

traire à la Loi Mahometane, il fupplioit Sa
Majefté de faire liquider toutes ces dettes,
& d'ordonner au Réfident qu'il laifferoit à
Conftantinople, de ne payer que le capital.
Non, dit le Roi, fi mes Domeftiques ont
donné des billets de cent écus, je veux les
payer, quand ils n'en auroient reçu que
dix.

Il fit propofer aux créanciers de le fuivre,
avec l'affurance d'être payez de leurs frais
& de leurs dettes. Plufieurs entreprirent le
voyage de Suede, & Grothufen eut foin
qu'ils fuffent payez.

Les Turcs afin de montrer plus de défé-
rence pour leur hôte, le faifoient voyager
à très-petites journées; mais cette lenteur
refpectueufe gênoit l'impatience du Roi.
Il fe levoit dans la route à trois heures du
matin, felon fa coûtume. Dès qu'il étoit
habillé il éveilloit lui-même le Capigi &
les Chiaoux, & ordonnoit la marche au
milieu de la nuit noire. La gravité Turque
étoit dérangée par cette maniere nouvelle
de voyager; mais le Roi prenoit plaifir à
leur embarras, & difoit qu'il fe vengoit un
peu de l'affaire de Bender.

Tandis qu'il gagnoit les frontieres des
Turcs, Staniflas en fortoit par un autre
chemin, & alloit fe retirer en Allemagne,
dans le Duché des Deux-Ponts, Province
qui confine au Palatinat du Rhin & à l'Al-
face, & qui appartenoit aux Rois de Sue-

O 3   de

de depuis que Charles X. Succeſſeur de Chriſtine, avoit joint cet héritage à la Couronne. Charles aſſigna à Staniſlas le revenu de ce Duché, eſtimé alors environ ſoixante & dix mille écus. Ce fut là qu'aboutirent tant de projets, tant de guerres, & tant d'eſpérances. Staniſlas vouloit, & auroit pû faire un Traité avantageux avec le Roi Auguſte; mais l'indomptable opiniâtreté de Charles XII. lui fit perdre ſes Terres & ſes biens réels en Pologne, pour lui conſerver le titre Roi.

Ce Prince reſta dans le Duché des Deux-Ponts juſqu'à la mort de Charles ; alors cette Province retourna à un Prince de la Maiſon Palatine, il choiſit ſa retraite à Viſembourg, dans l'Alſace Françoiſe. M. Sum, Envoyé du Roi Auguſte, en porta ſes plaintes au Duc d'Orléans, Régent de France. Le Duc d'Orléans répondit à M. Sum ces paroles remarquables :

Monſieur, mandez au Roi votre Maître, que la France a toûjours été l'azile des Rois malheureux.

Le Roi de Suede étant arrivé ſur les confins de l'Allemagne, apprit que l'Empereur avoit ordonné qu'on le reçût dans toutes les Terres de ſon obéïſſance, avec une magnificence convenable. Les Villes & les Villages où les Maréchaux des Logis

avoient

avoient par avance marqué fa route, faifoient des préparatifs pour le recevoir. Tous
ces peuples attendoient avec impatience
de voir paffer cet homme extraordinaire,
dont les victoires & les malheurs, les
moindres actions, & le repos même,
avoient fait tant de bruit en Europe & en
Afie. Mais Charles n'avoit nulle envie
d'effuyer toute cette pompe, ni de montrer en fpectacle le prifonnier de Bender;
il avoit réfolu même de ne jamais rentrer
dans Stokolm, qu'il n'eût auparavant re-
paré fes malheurs par une meilleure fortune.

Quand il fut à Targovits, fur les frontieres de la Tranfilvanie, après avoir con-
gédié fon efcorte Turque, il affembla fa
fuite dans une grange : il leur dit à tous
de ne fe mettre point en peine de fa perfonne, & de fe trouver le plûtôt qu'ils
pourroient à Stralfund, en Pomeranie,
fur le bord de la Mer Baltique, environ à trois cens lieuës de l'endroit où ils
étoient.

Il ne prit avec lui qu'un jeune homme
nommé During, qu'il avoit fait depuis peu
Colonel, & quitta fes Officiers gayement,
les laiffant tous dans l'étonnement, dans la
crainte & dans la trifteffe. Il prit une perruque noire pour fe déguifer; car il portoit
toûjours fes cheveux, mit un chapeau bordé d'or, avec un habit gris d'épine, & un

O 4   manteau

manteau bleu, prit le nom d'un Officier Allemand, & courut la poste à cheval avec le seul Colonel During.

Il évita dans sa route, autant qu'il le pût, les terres de ses Ennemis déclarez & secrets, prit son chemin par la Hongrie, la Moravie, l'Autriche, la Baviere, le Virtemberg, le Palatinat, la Vestphalie, & le Mekelbourg; ainsi il fit presque le tour de l'Allemagne, & allongea son chemin de la moitié. A la fin de la premiere journée, après avoir couru sans relâche, le jeune During, qui n'étoit pas endurci à ces fatigues excessives, comme le Roi de Suede, s'évanouït en descendant de cheval. Le Roi qui ne vouloit pas s'arrêter un moment sur la route, demanda à During, quand celui-ci fut revenu à lui, combien il avoit d'argent. During ayant répondu qu'il avoit environ mille écus en or : Donne-m'en la moitié, dit le Roi, je vois bien que tu n'es pas en état de me suivre, j'acheverai la route tout seul. During le supplia de daigner se reposer, du moins trois heures, l'assurant qu'au bout de ce tems il seroit en état de remonter à cheval, & de suivre Sa Majesté : Il le conjura de penser à tous les risques qu'il alloit courir. Le Roi inéxorable, se fit donner les cinq cens écus, & demanda des chevaux. Alors During effrayé de la résolution du Roi, s'avisa d'un stratagême innocent ; il tira à part le

Maître

Maître de la Poste, & lui montrant le Roi de Suede : Cet homme, lui dit-il, est mon cousin ; nous voyageons ensemble pour la même affaire, il voit que je suis malade, & ne veut pas seulement m'attendre trois heures ; donnez-lui, je vous prie, le plus méchant cheval de votre écurie, & cherchez-moi quelque chaise ou quelque chariot de poste.

Il mit deux ducats dans la main du Maître de la Poste, qui satisfit exactement à toutes ses demandes ; on donna au Roi un cheval rétif & boiteux. Ce Monarque partit seul à dix heures du soir, dans cet équipage, au milieu d'une nuit noire, avec le vent, la neige & la pluye. Son compagnon de voyage après avoir dormi quelques heures, se mit en route dans un chariot traîné par de forts chevaux. A quelques milles il rencontra au point du jour le Roi de Suede, qui ne pouvant plus faire marcher sa monture, s'en alloit de son pied gagner la poste prochaine.

Il fut forcé de se mettre sur le chariot de During, il y dormit sur de la paille. Ensuite ils continuerent leur route, courant à cheval le jour, & dormant sur une charette la nuit, sans s'arrêter en aucun lieu.

Après seize jours de course, non sans danger d'être arrêtez plus d'une fois, ils arriverent enfin le 21. Novembre de l'an-

née

née 1714. aux portes de Stralfund, à une heures après minuit.

Le Roi cria à la Sentinelle, qu'il étoit un Courier dépêché de Turquie par le Roi de Suede, & qu'il falloit qu'il le fît parler dans le moment au Général Duker, Gouverneur de la Place. La Sentinelle répondit qu'il étoit trop tard, que le Gouverneur étoit couché, & qu'il falloit attendre au point du jour.

Le Roi répliqua qu'il venoit pour des affaires importantes, & leur déclara que s'ils n'alloient pas réveiller le Gouverneur fans délai, ils feroient tous pendus le lendemain matin. Un Sergent alla enfin réveiller le Gouverneur : Duker s'imagina que c'étoit peut-être un des Généraux du Roi de Suede ; on fit ouvrir les portes ; on introduifit ce Courier dans fa chambre.

Duker à moitié endormi, lui demanda des nouvelles du Roi de Suede. Le Roi le prenant par le bras. Eh quoi, dit-il, Duker ! mes plus fidéles Sujets m'ont-ils oublié ? Le Général reconnut le Roi : il ne pouvoit croire fes yeux ; il fe jette en bas du lit, embraffe les genoux de fon Maître, en verfant des larmes de joye. La nouvelle en fut répandue à l'inftant dans la Ville: tout le monde fe leva : les Soldats vinrent entourer la maifon du Gouverneur. Les ruës fe remplirent des Habitans, qui fe demandoient les uns aux autres : Eft-il vrai que

que le Roi est ici ? On fit des illuminations à toutes les fenêtres : le vin coula dans les ruës, à la lumiere de mille flambeaux, & au bruit de l'artillerie.

Cependant on mena le Roi au lit : il y avoit seize jours qu'il ne s'étoit couché : il fallut lui couper ses bottes sur les jambes, qui s'étoient enflées par l'extrême fatigue. Il n'avoit ni linge, ni habits : On lui fit une garderobe en hâte, de ce qu'on pût trouver de plus convenable dans la Ville. Quand il eût dormi quelques heures, il ne se leva que pour aller faire la revûë de ses Troupes, & visiter les Fortifications. Le jour même il envoya partout ses ordres pour recommencer une guerre plus vive que jamais contre tous ses Ennemis.

L'Europe étoit alors dans un état bien différent de celui où elle étoit quand Charles la quitta en mille sept cent neuf.

La guerre qui avoit si long-tems déchiré toute la partie Méridionale ; c'est-à-dire, l'Allemagne, l'Angleterre, la Hollande, la France, l'Espagne, le Portugal & l'Italie, étoit éteinte. Cette paix générale avoit été produite par des broüilleries particulieres arrivées à la Cour d'Angleterre. Le Comte d'Oxford, Ministre habile, & le Lord Bo-lingbrooke, un des plus brillants génies, & l'homme le plus éloquent de son siécle, prévalurent contre le fameux Duc de Mal-bouroug, & engagerent la Reine Anne à

O 6   faire

faire la paix avec Louïs XIV. La France n'ayant plus l'Angleterre pour ennemie, força bien-tôt les autres Puiſſances à s'accommoder.

Philippes V. petit-fils de Louïs XIV. commençoit à régner paiſiblement ſur les débris de la Monarchie Eſpagnole. L'Empereur d'Allemagne devenu Maître de Naples & de la Flandres, s'affermiſſoit dans ſes vaſtes Etats. Loüis XIV. n'aſpiroit plus qu'à achever en paix ſa longue carriere.

Anne, Reine d'Angleterre, étoit morte le 10. Août 1714. haye de la moitié de ſa Nation, pour avoir donné la paix à tant d'Etats. Son frere Jacques Stuard, Prince malheureux, exclu du Trône preſque en naiſſant, n'ayant point paru alors en Angleterre pour tenter de recueillir une ſucceſſion que de nouvelles Loix lui auroient donnée ſi ſon parti eût prévalu ; Georges Premier, Electeur de Hanover fut reconnu unanimement Roi de la Grande Bretagne. Le Trône appartenoit à cet Electeur, non en vertu du ſang, quoiqu'il deſcendît d'une fille de Jacques Premier ; mais en vertu d'un Acte du Parlement de la Nation.

Georges, appellé dans un âge avancé, à gouverner un peuple dont il n'entendoit point la Langue, & chez qui tout lui étoit étranger, ſe regardoit comme l'Electeur de
Hannover,

Hannover, plûtôt que comme le Roi d'Angleterre. Toute son ambition étoit d'agrandir ses Etats d'Allemagne. Il repassoit tous les ans la Mer pour revoir des Sujets dont il étoit adoré. Au reste il se plaisoit plus à vivre en homme qu'en Maître. La pompe de la Royauté étoit pour lui un fardeau pesant. Il vivoit avec un petit nombre d'anciens courtisans qu'il admettoit à sa familiarité. Ce n'étoit pas le Roi de l'Europe qui eût le plus d'éclat ; mails il étoit des plus sages, & le seul qui connût sur le Trône les douceurs de la vie privée & de l'amitié.

Tels étoient les Principaux Monarques, & telle la situation du midi de l'Europe.

Les changemens arrivez dans le Nord étoient d'une autre nature. Ses Rois étoient en guerre, & se réünissoient contre le Roi de Suede.

Auguste étoit depuis long-tems remonté sur le Trône de Pologne avec l'aide du Czar, & du consentement de l'Empereur d'Allemagne, d'Anne d'Angleterre, & des Etats Généraux, qui tous garants du Traité d'Alrandstad, quand Charles XII. imposoit des Loix, se désisterent de leur garantie quand il ne fut plus à craindre.

Mais Auguste ne joüissoit pas d'un pouvoir tranquille. La République de Pololologne en reprenant son Roi, reprit bientôt ses craintes du pouvoir arbitraire : elle
étoit

étoit en armes , pour l'obliger à fe confor-
mer au *Pacta Conventa* , Contract facré entre les Peuples & les Rois , & fembloit n'a-
voir rappellé fon Maître que pour lui déclarer la guerre. Dans le commencement
de ces troubles on n'entendoit pas prononcer
le nom de Staniflas , fon parti fembloit
anéanti , & on ne fe reffouvenoit en Pologne du Roi de Suede , que comme d'un
torrent qui avoit changé le cours de toutes chofes pour un tems dans fon paffage.

Pultava & l'abfence de Charles XII. en
faifant tomber Staniflas , avoient auffi entraîné la chute du Duc de Holftein , neveu de Charles , qui venoit d'être dépoüillé
de fes Etats par le Roi de Dannemark.
Le Roi de Suede avoit aimé tendrement
le pere : il étoit pénétré & humilié des
malheurs du fils ; de-plus n'ayant rien fait
en fa vie que pour la gloire , la chute des
Souverains qu'il avoit faits ou rétablis , lui
étoit auffi fenfible que la perte de tant de
Provinces.

C'étoit à qui s'enrichiroit de ces pertes :
Fréderic - Guillaume depuis peu Roi de
Pruffe , qui paroiffoit avoir autant d'inclination à la guerre , que fon pere avoit
été pacifique , commença par fe faire livrer Stetin , & une partie de la Poméranie , pour quatre cens mille écus , payés
au Roi de Dannemark & au Czar,

Georges , Electeur de Hanover , devenu
Roi

Roi d'Angleterre, avoit aussi séquestré entre ses mains le Duché de Brême & de Verden, que le Roi de Dannemark lui avoit mis en dépôt pour soixante mille pistoles. Ainsi on disposoit des dépoüilles de Charles XII. & ceux qui les avoient en garde devenoient par leurs intérêts des ennemis aussi dangereux que ceux qui les avoient prises,

Quant au Czar, il étoit sans doute le plus à craindre : ses anciennes défaites, ses victoires, ses fautes mêmes, sa persévérance à s'instruire, & à montrer à ses Sujets ce qu'il avoit apris, ses travaux continuels, en avoient fait un grand homme en tout genre. Déja Riga étoit pris ; la Livonie, l'Ingrie, la Carelie, la moitié de la Finlande, tant de Provinces qu'avoient conquises les Rois ancêtres de Charles étoient sous le joug Moscovite.

Pierre Alexiovits qui vingt ans auparavant n'avoit pas une barque dans la mer Baltique, se voyoit alors maître de cette mer, à la tête d'une Flotte de trente grands vaisseaux de ligne.

Un de ces vaisseaux avoit été construit de ses propres mains : il étoit le meilleur Charpentier, le meilleur Amiral, le meilleur Pilote du Nord. Il n'y avoit point de passage difficile qu'il n'eût sondé lui-même depuis le fond du Golphe de Bothnie jusqu'à l'Ocean, ayant joint le travail

d'un

d'un Matelot aux expériences d'un Philofophe , aux deffeins d'un Empereur , &
étant devenu Amiral par dregé & à force de
victoires , comme il avoit voulu parvenir
au Généralat fur terre.

Tandis que le Prince Gallicfin , Général
formé par lui , & l'un de ceux qui fecon-
derent le mieux fes entreprifes , achevoit
la conquête de la Finlande , prenoit la ville
de Vafa , & battoit les Suedois , cet Empereur fe mit en mer pour aller conquerir
l'Ifle d'Alan , fituée dans la mer Baltique,
à douze lieuës de Stokolm.

Il partit pour cette expedition au commencement de Juillet 1714. pendant que
fon rival Charles XII. fe tenoit dans fon
lit à Demirtocca. Il s'embarqua au port
de Cronflot, qu'il avoit bâti depuis quelques années , à quatre millés de Peterfbourg. Ce nouveau port , la Flotte qu'il
contenoit , les Officiers & les Matelots qui
la montoient , tout cela étoit fon ouvrage ; & de quelque côté qu'il jettât les yeux
il ne venoit rien qu'il n'eût créé en quelque forte.

La Flotte Ruffienne fe trouva le quinze
Juillet à la hauteur d'Alan. Elle étoit compofée de trente vaiffeaux de ligne,de quatre-
vingt Galeres , & de cent demi - Galeres.
Elle portoit vingt mille Soldats : l'Amiral
Apraxin la commandoit : l'Empereur Mofcovite y fervoit en qualité de Contre-Ami-
ral ;

ral : la Flotte Suedoise vint le seize à sa rencontre, commandée par le Vice-Amiral Erinchild. Elle étoit moins forte des deux tiers; cependant elle se battit pendant trois heures. Le Czar s'attacha au Vaisseau d'Erinchild, & le prit après un combat opiniâtre.

Le jour de la victoire il débarqua seize mille hommes dans Alan ; & ayant pris plusieurs Soldats Suedois qui n'avoient pû encore s'embarquer sur la Flotte d'Erinchild, il les amena prisonniers sur ses Vaisseaux. Il rentra dans son Port de Cronflot, avec le grand Vaisseau d'Erinchild, trois autres de moindre grandeur, une Frégate & six Galeres, dont il s'étoit rendu maître dans ce combat.

De Cronflot il arriva dans le port de Petersbourg, suivi de toute sa Flotte victorieuse, & des Vaisseaux pris sur les ennemis. Il fut salué d'une triple décharge de cent cinquante canons ; après quoi il fit une entrée triomphale, qui le flatta encore davantage que celle de Moscou, parcequ'il recevoit ces honneurs dans sa Ville favorite, en un lieu où dix ans auparavant il n'y avoit pas une cabane, & où il voyoit alors trente - quatre mille cinq cens maisons. Enfin parcequ'il se trouvoit non seulement à la tête d'une Marine victorieuse, mais de la premiere Flotte Russienne qu'on eût jamais vuë dans

la

la mer Baltique, & au milieu d'une Nation
à qui le nom de Flotte n'étoit pas même
connu avant lui.

On obferva à Peterfbourg à-peu-près
les mêmes cérémonies qui avoient decoré
fon Triomphe à Mofcou. Le Vice-Amiral
Suedois fut le principal ornement de ce
Triomphe nouveau. Pierre Alexiovits y parut en qualité de Contre - Amiral. Un
Boyard Ruffien, nommé Romanodowky,
lequel repréfentoit le Czar dans ces occa-
fions folemnelles, étoit affis fur un Trône,
ayant à ces côtés douze Sénateurs. Le Con-
tre-Amiral lui préfenta la Relation de fa
victoire, & on le déclara Vice-Amiral, en
confidération de fes fervices : cérémonie
bizare, mais utile dans un Pays où la fubor-
dination militaire étoit une des nouveau-
tés que le Czar avoit introduites.

L'Empereur Mofcovite enfin victorieux
des Suedois fur terre & fur mer, & ayant
aidé à les chaffer de la Pologne, y domi-
noit à fon tour. Il s'étoit rendu méd'ia-
teur entre la République & Augufte ; gloire auffi flatteufe peut-être que d'y avoir
fait un Roi. Cet éclat & toute cette fortune de Charles avoient paffé au Czar : il en
joüiffoit même plus utilement que n'avoit
fait fon rival ; car il faifoit fervir tous fes
fuccez à l'avantage de fon Pays. S'il prenoit une Ville, les principaux Artifans alloient porter à Peterfbourg leur induftrie :
il

il tranſportoit en Moſcovie les Manufactures, les Arts, les Sciences des Provinces
conquiſes ſur la Suede. Ses Etats s'enrichiſ-
ſoient & ſe poliſſoient par ſes victoires, ce
qui de tous les Conquérans le rendoit le
plus excuſable.

La Suede au contraire privée de preſque
toutes ſes Provinces au-delà de la mer,
n'avoit plus ni commerce, ni argent, ni
crédit. Ses vieilles Troupes ſi redoutables
avoient péri dans les batailles, ou de miſere. Plus de cent mille Suedois étoient
eſclaves dans les vaſtes Etats du Czar, &
preſque autant avoient été vendus aux
Turcs & aux Tartares. L'eſpece d'hommes
manquoit ſenſiblement ; mais l'eſpérance
renaquit dès qu'on ſçut le Roi à Stralſund.

Les impreſſions de reſpect & d'admiration pour lui étoient encore ſi fortes dans
l'eſprit de ſes Sujets, que la jeuneſſe des
campagnes ſe préſenta en foule pour s'en-
rôler, quoique les terres n'euſſent pas aſſez
de mains pour cultiver.

Fin du ſeptiéme Livre.

ARGUMENT.

ARGUMENT
du huitiéme Livre.

CHARLES *marie la Prin-cesse sa sœur au Prince de Hesse : Il est assiegé dans Stral-sund, & se sauve en Suede : En-treprises du Baron de Goërts, son Premier Ministre : Projets d'une réconciliation avec le Czar, & d'une descente en Angleterre : Charles assiegé Fridericshall, en Norvege : Il est tué : Son carac-tere : Goërts est décapité.*

HISTOIRE

HISTOIRE
DE CHARLES XII.
ROY DE SUEDE.

LIVRE HUITIE'ME.

 E Roi au milieu de ces prépara-
tifs, donna la sœur qui seule lui
restoit, Ulrique-Eleonore, en mariage au Prince Frederik de Hes-
se-Cassel.

La Reine doüairiere, grande-mere de
Charles XII. & de la Princesse, âgée de
quatre-vingt ans, fit les honneurs de cette
fête le 4. Avril 1715. dans le Palais de
Stokolm, & mourut peu de tems après.

Ce mariage ne fut point honoré de la
présence du Roi; il resta dans Stralsund,
occupé à achever les Fortifications de cette
Place importante, menacée par les Rois
de Dannemark & de Prusse. Il déclara cependant

pendant fon beaufrere Généraliſſime de ſes Armées en Suede. Ce Prince avoit ſervi les Etats Généraux dans les guerres contre la France : il étoit regardé comme un bon Général ; qualité qui n'avoit pas peu con-tribué à lui faire épouſer une ſœur de Char-les XII.

Les mauvais ſuccez ſe ſuivoient alors auſſi rapidement qu'autrefois les victoires. Au mois de Juin de cette année 1715. les Troupes Allemandes du Roi d'Angleterre, & celles de Dannemark inveſtirent la for-te ville de Viſmar : les Danois, les Pruſ-ſiens, & les Saxons, réunis au nombre de trente-ſix mille, marcherent en même-tems vers Stralſund, pour en former le ſiége. Les Rois de Dannemark & de Pruſſe cou-lerent à fonds près de Stralſund, cinq Vaiſſeaux Suedois. Le Czar étoit alors ſur la mer Baltique, avec vingt grands Vaiſ-ſeaux de guerre, & cent cinquante de tranſport, ſur leſquels il y avoit trente mille hommes. Il menaçoit la Suede d'une deſ-cente ; tantôt il avançoit juſqu'à la côte d'Helſinbourg, tantôt il ſe préſentoit à la hauteur de Stokolm. Toute la Suede étoit en armes ſur les côtes, & n'attendoit que le moment de cette invaſion. Dans ce mê-me tems ſes Troupes de terre chaſſoient de poſte en poſte les Suedois des Places qu'ils poſſedoient encore dans la Finlan-de, vers le golfe de Bothnie : mais le Czar

ne

ne pouſſa pas plus loin ſes entrepriſes.

A l'embouchure de l'Oder, fleuve qui partage en deux la Pomeranie, & qui après avoir coulé ſous Stetin, tombe dans la mer Baltique, eſt la petite Iſle d'Uſedom. Cette Place eſt très-importante par ſa ſituation, qui commande l'Oder à droite & à gauche ; celui qui en eſt le maître l'eſt auſſi de la navigation du fleuve. Le Roi de Pruſſe avoit délogé les Suedois de cette Iſle, & s'en étoit ſaiſi auſſi-bien que de Stetin, qu'il gardoit en ſequeſtre ; le tout, diſoit-il, *pour l'amour de la paix.* Les Suedois avoient repris l'iſle d'Uſendom au mois de Mai 1715. ils y avoient deux Forts ; l'un étoit le fort de la *Suine* ſur la branche de l'Oder, qui porte ce nom ; l'autre de plus de conſéquence, étoit Pennamondre, ſur l'autre cours de la riviere. Le Roi de Suede n'avoit pour garder ces deux Forts & toute l'Iſle, que deux cens cinquante Soldats Poméraniens, commandés par un vieil Officier Suedois, nommé Duſlep, ou Duſlerp, dont le nom mérite d'être conſervé.

Le Roi de Pruſſe envoye le 4. Août quinze cens hommes de pied, & huit cens Dragons pour débarquer dans l'Iſle : ils arrivent & mettent pied à terre ſans oppoſition, du côté du Fort de la Suine. Le Commandant Suedois leur abandonna ce fort, comme le moins important ; & ne pouvant partager le peu qu'il avoit de mon-

de

de , il se retira dens le Château de Pennamondre , avec sa petite troupe, résolu de
se défendre jusqu'à la derniere extrêmité.

Il fallut donc l'assiéger dans les formes.
On embarque pour cet effet de l'artillerie à
Stetin ; on renforce les Troupes Prussien-
nes de mille Fantassins , & de quatre cens
Cavaliers. Le dix-huit Août on ouvre la
tranchée en deux endroits ; & la Place est
vivement battuë par le canon & par les
mortiers. Pendant le siége , un Soldat Suedois , chargé en secret d'une Lettre de
Charles XII. trouva le moyen d'aborder dans
l'Isle , & de s'introduire dans Pennamondre : il rendit la Lettre au Commandant ;
elle étoit conçuë en ces termes :

Ne faites aucun feu que quand les Enne-
mis seront au bord du fossé : défendez-vous
jusqu'a la derniere goutte de votre sang. Je
vous recommande à votre bonne fortune.
Charles.

Duslerp ayant lû ce Billet , résolut d'o-
béïr , & de mourir , comme il lui étoit
ordonné , pour le service de son maître.
Le vingt-deux au point du jour les Ennemis donnerent l'assaut : les Assiegés n'ayant
tiré que quand ils virent les Assiegeans au
bord du fossé , en tuerent un grand nom-
mbre : mais le fossé étoit comblé , la brêche
large , le nombre des Assiegeans trop su-
perieur

perieur : on entra dans le Château par deux endroits à la fois : le Commandant ne fongea alors qu'à vendre cherement fa vie, & à obéir à la Lettre. Il abandonne les brêches par où les Ennemis entroient; il retranche près d'un baftion fa petite troupe, qui eut l'audace & la fidélité de le fuivre ; il la place de façon qu'elle ne peut être entourée. Les Ennemis courent à lui, étonnés de ce qu'il ne demande point quartier. Il fe bat pendant une heure entiere, & après avoir perdu la moitié de fes Soldats, il eft tué enfin avec fon Lieutenant & fon Major. Alors cent Soldats qui reftoient avec un feul Officier, demanderent la vie, & furent faits prifonniers : on trouva dans la poche du Commandant la Lettre de fon Maître, qui fut portée au Roi de Pruffe.

Pendant que Charles perdoit l'ifle d'Ufedom , & les Ifles voifines , qui furent bien-tôt prifes , que Vifmar étoit prêt de fe rendre, qu'il n'avoit plus de Flotte, que la Suede étoit menacée ; il étoit dans la ville de Stralfund, & cette Place étoit déja affiegée par trente-fix mille hommes.

Stralfund , Ville devenuë fameufe en Europe par le fiége qu'y foûtint le Roi de Suede, eft la plus forte Place de la Pomeranie. Elle eft bâtie entre la mer Baltique & le lac de Franken , fur le détroit de Gella. On n'y peut arriver de terre que fur une

chauſſée étroite , défenduë par une Cita-
delle , & par des retranchemens qu'on
croyoit inacceſſibles. Elle avoit une Garniſon de près de neuf mille hommes , & de-
plus , le Roi de Suede lui-même. Les Rois
de Dannemark & de Pruſſe entreprirent
ce ſiége , avec une Armée de trente-ſix
mille hommes , compoſée de Pruſſiens , de
Danois , & de Saxons.

L'honneur d'aſſiéger Charles XII. étoit
un motif ſi preſſant , qu'on paſſa par-
deſſus tous les obſtacles , & qu'on ouvrit la
tranchée la nuit du 19. au 20. Octobre de
cette année 1715.

Le Roi de Suede , dans le commencement du ſiége , diſoit , qu'il ne comprenoit
pas comment une Place bien fortifiée &
munie d'une Garniſon ſuffiſante , pouvoit
être priſe. Ce n'eſt pas que dans le cours de
ſes conquêtes paſſées il n'eût pris pluſieurs
Places ; mais preſque jamais par un ſiége
régulier : la terreur de ſes armes avoit alors
tout emporté ; d'ailleurs il ne jugeoit pas
des autres par lui-même , & n'eſtimoit pas
aſſez ſes Ennemis. Les Aſſiégeans preſſe-
rent leurs ouvrages avec une activité & des
efforts qui furent ſecondés par un hazard
très-ſingulier.

On ſçait que la mer Baltique n'a ni flux
ni reflux : le retranchement qui couvroit
la Ville , & qui étoit appuyé du côté de
l'Occident à un marais impraticable , du
côté

côté de l'Orient à la mer, sembloit hors de toute insulte. Personne n'avoit fait attention que lorsque les vents d'Occident souffloient avec quelque violence, ils refouloient les eaux de la mer Baltique vers l'Orient; & ne leur laissoient que trois pieds de profondeur vers ce retranchement, qu'on eût crû bordé d'une mer impraticable. Un Soldat s'étant laissé tomber du haut du retranchement dans la mer, fut étonné de trouver fonds : il conçut que cette découverte pourroit faire sa fortune; il deserta & alla au quartier du Comte Wakerbath, Général des Troupes Saxonnes, donner avis qu'on pouvoit passer la mer à gué, pénétrer sans peine au retranchement des Suedois. Le Roi de Prusse ne tarda pas à profiter de l'avis.

Le lendemain donc à minuit, le vent d'Occident soufflant encore, le Lieutenant-Colonel Kepel entra dans l'eau, suivi de dix-huit cens hommes; deux mille s'avançoient en même temps sur la chaussée qui conduisoit à ce retranchement; toute l'artillerie des Prussiens tiroit, & les Prussiens & les Danois donnoient l'allarme d'un autre côté.

Les Suedois se crurent surs de renverser ces deux mille hommes qu'ils voyoient venir si témérairement en apparence sur la chaussée; mais tout-à-coup Kepel avec ses dix-huit cens hommes entre dans le

retran-

retranchement du côté de la mer. Les Suedois entourez & surpris ne purent resister ;
le poste fut enlevé après un grand carnage. Quelques Suedois s'enfuirent vers la
Ville, les Assiégeans les y poursuivirent ;
ils entroient pêle-mêle avec les fuyards.
Deux Officiers & quatre Soldats Saxons
étoient déja sur le pont-levis ; mais on
eut le tems de le lever, ils furent pris, &
la Ville fut sauvée pour cette fois.

On trouva dans ces retranchemens vingt-
quatre canons que l'on tourna contre Stralfund. Le siége fut poussé avec l'opiniâtreté
& la confiance que devoit donner ce premier succès. On canona & on bombarda la
Ville presque sans relâche.

Vis-à-vis Stralfund dans la Mer Baltique, est l'Isle de Rugen qui sert de rem-
part à cette Place, & où la Garnison & les
Bourgeois auroient-pû se retirer, s'ils
avoient eu des barques pour les transporter. Cette Isle étoit d'une conséquence extrême pour Charles ; il voyoit bien que
si les Ennemis en étoient les maîtres, il se
trouveroit assiégé par terre & par mer ; &
que selon toutes les apparences, il seroit
réduit, ou à s'ensevelir sous les ruines de
Stralfund, ou à se voir prisonnier de ces
mêmes Ennemis qu'il avoit si long-tems
méprisez, & ausquels il avoit imposé des
loix si dures. Cependant le malheureux
état de ses affaires ne lui avoit pas permis

mis de mettre dans Rugen une Garnifon, fuffifante. Il n'y avoit pas plus de deux mille hommes de Troupes réglées.

Ses Ennemis faifoient depuis trois mois, toutes les difpofitions néceffaires pour defcendre dans l'Ifle de Rugen dont l'abord eft très-difficile : Enfin ayant fait conftruire des barques, le Prince d'Anhalt, à l'aide d'un tems favorable, débarqua dans l'Ifle le 15. Novembre avec douze mille hommes.

Le jour même le Roi après avoir difputé pendant trois heures un ouvrage avancé, rentrant dans fa maifon accablé de fatigues, apprend que les Danois & les Pruffiens font dans Rugen. Il étoit huit heures du foir quand on lui dit cette nouvelle; il fe jette auffi-tôt dans un batteau de pêcheur avec Poniatosky, Grothufen, During & Dardorf, & à neuf heures il étoit déja dans l'Ifle; il joint fes deux mille Soldats qui étoient retranchez près d'un petit port, à trois lieuës de l'endroit où l'Ennemi avoit abordé. Il fe met à leur tête, & marche au milieu de la nuit dans un filence profond. Le Prince d'Anhalt avoit déja retranché fes Troupes, par une précaution qui fembloit inutile. Les Officiers qui commandoient fous lui ne s'attendoient pas d'être attaquez la nuit même, & croyoient Charles XII. à Stralfund; mais le Prince d'Anhalt, qui fçavoit de

P 3   quoi

quoi Charles étoit capable, avoit fait creu-
fer un foffé profond, bordé de chevaux
de frife, & prenoit toutes fes furetez,
comme s'il eût eu une Armée fuperieure
en nombre à combattre.

A deux heures du matin Charles arrive
aux Ennemis fans faire le moindre bruit.
Ses Soldats fe difoient les uns aux autres :
Arrachez les chevaux de frife. Ces paroles
furent entenduës des Sentinelles, l'allarme
eft donnée auffi-tôt dans le Camp, les Ennemis fe mettent fous les armes ; le Roi
ayant ôté les chevaux de frife, vit devant
lui un large foffé : *Ah*, dit-il, *eft-il poffi-
ble ! je ne m'y attendois pas*. Cette furprife
ne le découragea point, il ne fçavoit pas
combien de Troupes étoient débarquées ;
fes Ennemis ignoroient de leur côté à quel
petit nombre ils avoient à faire. L'obfcurité de la nuit fembloit favorable à Charles, il prend fon parti fur le champ, il fe
jette dans le foffé accompagné des plus
hardis, & fuivi en un inftant de tout le
refte. Les chevaux de frife arrachez, la
terre éboulée, les trones & les branches
d'arbre qu'on put trouver, les Soldats tuez
par les coups de moufquets tirez au hazard, fervirent de fafcines. Le Roi, les
Généraux qu'il avoit avec lui, les Officiers & les Soldats les plus intrepides
montent fur l'épaule des autres comme à
un affaut. Le combat s'engage dans le
champ

champ ennemi. L'impétuofité Suedoife
mit d'abord le defordre parmi les Danois
& les Pruffiéns ; mais le nombre étoit trop
inégal : les Suedois furent repouffez après
un quart-d'heure de combat, & repaffe-
rent le foffé : le Prince d'Anhalt les pourfuivit alors dans la plaine : il ne fçavoit
pas que dans ce moment c'étoit Charles
XII. lui-même qui fuyoit devant lui. Ce
Roi malheureux rallia fa Troupe en plein
champ, & le combat recommença avec
une opiniâtreté égale de part & d'antre.
Grothufen le favori du Roi, & le Général
Dardof, tomberent morts auprès de lui.
Charles en combattant paffa fur le corps
de ce dernier qui refpiroit encore. During qui l'avoit feul accompagné dans fon
voyage de Turquie à Stralfund, fut tué à
fes yeux.

Lui-même eut un coup de fufil près de
la mamelle gauche. Le Comte Poniatosky
étoit dans ce moment auprès de fa perfonne ; il avoit eu le bonheur de lui fauver
la vie à Pultava ; il la lui fauva encore
dans ce combat de Rugen, & le remit à
cheval.

Les Suedois fe retirerent vers un endroit
de l'Ifle nommé Alteferre, où il y avoit
un Fort dont ils étoient encore maîtres.
De-là le Roi repaffa à Stralfund, obligé
d'abandonner les braves Troupes qui l'a-
voient fi bien fecondé dans cette entreprife.

prise : elles furent faites prisonnieres de guerre deux jours après.

Parmi ces prisonniers se trouva ce malheureux Régiment François, composé des débris de la bataille d'Hochsted, qui avoit passé au service du Roi Auguste, & de-là au Roi de Suede. La plûpart des Soldats furent incorporez dans un nouveau Régiment d'un fils du Prince d'Anhalt, qui fut leur quatriéme maître. Celui qui commandoit dans Rugen ce Régiment errant, étoit alors ce même Comte de Villelongue, qui avoit si généreusement exposé sa vie à Andrinople pour le service de Charles XII. il fut pris avec sa troupe, & ne fut ensuite que très-mal récompensé de tant de services, de fatigues & de malheurs.

Le Roi après tous ses prodiges de valeur qui ne servoient qu'à affoiblir ses forces, renfermé dans Stralsund & près d'y être forcé, étoit tel qu'on l'avoit vû à Bender. Il ne s'étonnoit de rien ; le jour il faisoit faire des coupures & des retranchemens derriere ses murailles ; la nuit il faisoit des sorties sur l'Ennemi. Cependant Stralsund étoit battu en brêche, les bombes pleuvoient sur les maisons, la moitié de la Ville étoit en cendres, les Bourgeois loin de murmurer, pleins d'admiration pour leur Maître, dont les fatigues, la sobrieté & le courage les étonnoient, étoient tous devenus Soldats sous
lui.

lui. Ils l'accompagnoient dans les forties, ils étoient pour lui une feconde Garnifon.

Un jour que le Roi dictoit des Lettres pour la Suede à un Secrétaire, une bombe tomba fur la maifon, perça le toît, & vint éclater près de la chambre même du Roi. La moitié du plancher tomba en piéces; le cabinet où le Roi dictoit, étant pratiqué en partie dans une groffe muraille, ne fouffrit point de l'ébranlement; & par un bonheur étonnant, nul des éclats qui fautoient en l'air, n'entra dans ce cabinet dont la porte étoit ouverte. Au bruit de la bombe, & au fracas de la maifon qui fembloit tomber, la plume échapa des mains du Secrétaire. Qu'y a-t-il donc, dit le Roi d'un air tranquille, pourquoi n'écrivez-vous pas? Celui-ci ne put répondre que ces mots: Eh, Sire, la bombe! Eh bien, reprit le Roi, qu'a de commun la bombe avec la Lettre que je vous dicte? Continuez.

Il y avoit alors dans Stralfund un Ambaffadeur de France enfermé avec le Roi de Suede. C'étoit un Colbert, Comte de Croiffy, Lieutenant Général des Armées de France, frere du Marquis de Torfy, célébre Miniftre d'Etat, & parent de ce fameux Colbert, dont le nom doit être immortel en France. Envoyer un homme à la tranchée ou en Ambaffade auprès de Charles XII. c'étoit prefque la même chofe.

P 5

Le

Le Roi entretenoit Croiffy des heures entieres dans les endroits les plus expofez,
pendant que le canon & les bombes tuoient
du monde à côté & derriere eux, fans que
le Roi s'apperçût du danger, ni que l'Ambaffadeur voulût lui faire feulement foup-
çonner qu'il y avoit des endroits plus con-
venables pour parler d'affaires. Ce Miniftre
fit ce qu'il put avant le fiége, pour ménager un accommodement entre les Rois de
Suede & de Pruffe ; mais celui-ci demandoit trop, & Charles XII. ne vouloit rien
ceder. Le Comte de Croiffy n'eut donc
dans fon Ambaffade d'autre fatisfaction,
que celle de jouir de la familiarité de cet
homme fingulier. Il couchoit fouvent auprès de lui fur le même manteau ; il avoit
en partageant fes dangers & fes fatigues,
acquis le droit de lui parler avec liberté,
Charles encourageoit cette hardieffe dans
ceux qu'il aimoit : il difoit quelquefois
au Comte de Croiffy, *Veni, maledicamus
de Rege*. Allons, difons un peu de mal de
Charles XII.

Croiffy refta jufqu'au 13. de Novembre dans la Ville ; & enfin ayant obtenu des
Ennemis permiffion de fortir avec fes bagages, il prit congé du Roi de Suede, qu'il
laiffa au milieu des ruines de Stralfund,
avec une Garnifon déperie des deux tiers,
réfolu de foûtenir un affaut.

En effet, on en donna un quatre jours
après

après à l'ouvrage à corne. Les Ennemis
s'en emparerent deux fois, & en furent
deux fois chaſſez. Le Roi y combattit toûjours parmi les Grenadiers ; enfin le nombre prévalut, les Aſſiégeans en demeurerent les maîtres. Charles reſta encore deux
jours dans la Ville, attendant à tout moment un aſſaut général. Il s'arrêta le 21.
juſqu'à minuit ſur un petit ravelin tout
ruiné par les bombes & par le canon ; le
jour d'après, les Officiers principaux le
conjurerent de ne plus reſter dans une
Place qu'il n'étoit plus queſtion de défendre ; mais la retraite étoit devenuë auſſi
dangereuſe que la Place même. La mer
Baltique étoit couverte de Vaiſſeaux Moſcovites & Danois. On n'avoit dans le
Port de Stralſund qu'une petite barque à
voiles & à rames. Tant de périls qui rendoient cette retraite glorieuſe, y determi-
nerent Charles. Il s'embarqua la nuit du
20. Decembre 1715. avec dix perſonnes
ſeulement. Il fallut caſſer la glace dont la
Mer étoit couverte dans le Port : ce travail pénible dura pluſieurs heures avant
que la barque pût voguer librement. Les
Amiraux Ennemis avoient des ordres pré-
cis de ne point laiſſer ſortir Charles de
Stralſund, & de le prendre mort ou vif.
Heureuſement ils étoient ſous le vent,
& ne purent l'aborder : il courut un danger encore plus grand en paſſant à la

vûë

vûë de l'Ifle de Rugen , près d'un endroit nommé la Barbette , où les Danois
avoient élevé une batterie de douze canons.
Ils tirerent fur le Roi ; les Matelots faifoient force de voiles & de rames pour
s'éloigner ; un coup de canon tua deux
hommes à côté de Charles , un autre fracaffa le mât de la barque. Au milieu de
ces dangers le Roi arriva vers deux de fes
Vaiffeaux , qui croifoient dans la Mer Baltique ; dès le lendemain Stralfund fe rendit ,
la Garnifon fut faite prifonniere de guerre ,
& Charles aborda à Ifted en Scanie , & de-
là fe rendit à Carlefcroon , dans un état
bien autre que quand il en partit quinze
ans auparavant , fur un Vaiffeau de cent
vingt piéces de canons , pour aller donner
des loix au Nord.

Si près de fa Capitale , on s'attendoit
qu'il la reverroit après cette longue abfence ; mais fon deffein n'étoit d'y rentrer
qu'après des victoires. Il ne pouvoit fe
réfoudre d'ailleurs à revoir des Peuples
qui l'aimoient , & qu'il étoit forcé d'opprimer pour fe défendre contre fes Ennemis. Il voulut feulement voir fa Sœur ; il
lui donna rendez-vous fur le bord du
lac Weter en Oftrogotie : il s'y rendit en
pofte , fuivi d'un feul domeftique , & s'en
retourna après avoir refté un jour avec
elle.

De Carlefcroon , où il féjourna l'hiver ,

il

il ordonna de nouvelles levées d'hommes dans son Royaume. Il croyoit que tous ses Sujets n'étoient nez que pour le suivre à la guerre, & il les avoit accoûtumez à le croire aussi.

On enrôloit de jeunes gens de quinze ans ; il ne resta dans plusieurs villages que des vieillards, des enfans & des femmes : on voyoit même en beaucoup d'endroits les femmes seules labourer la terre.

Il étoit encore plus difficile d'avoir une flotte. Pour y suppléer on donna des commissions à des Armateurs, qui moyennant des privileges excessifs & ruineux pour le païs, équiperent quelques vaisseaux. Ces efforts étoient les dernieres ressources de la Suede. Pour subvenir à tant de frais, il fallut prendre la substance des Peuples. Il n'y eut point d'extorsion que l'on n'inventât, sous le nom de Taxe ou d'impôt. On fit la visite dans toutes les maisons, & on en tira la moitié de toutes les provisions, pour être mises dans les Magasins du Roi : on acheta pour son compte tout le fer qui étoit dans le Royaume, que le Gouvernement paya en Billets, & qu'il vendit en argent. Tous ceux qui portoient des habits où il entroit de la soye, qui avoient des perruques & des épées dorées, furent taxés. On mit un impôt excessif sur les cheminées. Le Peuple accablé de tant d'exactions, se fût revolté sous tout autre Roi ; mais le
Paysan

Païfan le plus malheureux de la Suede fçavoit que fon maître menoit une vie encore
plus dure & plus frugale que lui; ainfi tout
fe foumettoit fans murmure à des rigueurs
que le Roi enduroit le premier.

Le danger public fit même oublier les
miferes particulieres : on s'attendoit à tout
moment à voir les Mofcovites, les Danois,
les Pruffiens, les Saxons, les Anglois, defcendre en Suede. Cette crainte étoit fi bien
fondée, & fi forte, que ceux qui avoient de
l'argent ou des meubles précieux, les en-
foüiffoient dans la terre.

En effet, une Flotte Angloife avoit déja
paru dans la mer Baltique, & le Roi de
Dannemark avoit la parole du Czar, que
les Mofcovites, joints aux Danois, fon-
droient en Suede au Printemps de 1716.

Ce fut une furprife extrême pour toute
l'Europe, attentive à la fortune de Charles
XII. quand au lieu de défendre fon païs,
menacé par tant de Princes, il paffa en
Norvege au mois de Mars 1716. avec vingt
mille hommes.

Depuis Hannibal on n'avoit point encore vû de Général, qui ne pouvant fe
foûtenir chez lui-même contre fes ennemis, fût allé leur faire la guerre au cœur
de leurs Etats. Le Prince de Heffe, fon
beaufrere, l'accompagna dans cette expédition.

On ne peut aller de Suede en Norvege
que

que par des défilés assez dangereux, & quand on les a passés, on rencontre de distance en distance des flaques d'eau que la mer y forme entre des Rochers : il falloit faire des ponts chaque jour. Un petit nombre de Danois auroit pû arrêter l'armée Suedoise ; mais on n'avoit pas prévu cette invasion subite. L'Europe fut encore plus étonnée, que le Czar demeurât tranquille au milieu de ces évenemens, & ne fît pas une descente en Suede, comme il en étoit convenu avec ses Alliés.

La raison de cette inaction étoit un dessein des plus grands ; mais en même tems des plus difficiles à executer qu'ait jamais formé l'imagination humaine.

Le Baron Henri de Goërts, né dans le Holstein, & Ministre du Prince à qui il ne restoit plus alors que le titre de ce Duché, ayant rendu des services importans au Roi de Suede, pendant le séjour de ce Monarque à Bender, étoit depuis devenu son Favori, & son Premier Ministre.

Jamais homme ne fut si souple & si audacieux à la fois, si plein de ressources dans les disgraces, si vaste dans ses desseins, ni si actif dans ses démarches : nul projet ne l'effrayoit, nul moyen ne lui coûtoit ; il prodiguoit les dons, les promesses, les sermens, la verité, & le mensonge.

Il alloit de Suede en France, en Angleterre, en Hollande, essayer lui-même les

ressorts

reſſorts qu'il vouloit faire joüer. Il eût été
capable d'ébranler l'Europe, & il en avoit
conçu l'idée. Ce que ſon Maître étoit à la
tête d'une armée, il l'étoit dans le cabinet : auſſi prit-il ſur Charles XII. un aſcen-
dant qu'aucun Miniſtre n'avoit eu avant lui.

Ce Roi, qui à l'âge de vingt ans n'avoit
donné que des ordres au Comte Piper, recevoit alors des leçons du Baron de Goërts,
d'autant plus ſoumis à ce Miniſtre, que le
malheur le mettoit dans la neceſſité d'é-
couter des conſeils, & que Goërts ne lui en
donnoit que de conformes à ſon courage.
Il remarqua que de tant de Princes réünis
contre la Suede, Georges, Electeur de Hanover, Roi d'Angleterre, étoit celui contre
lequel Charles étoit le plus piqué; parceque
c'étoit le ſeul que Charles n'eût point offenſé ; que Georges étoit entré dans la querelle, ſous prétexte de l'appaiſer, & uniquement pour garder Brême & Verden,
auſquels il ſembloit n'avoir d'autre droit
que de les avoir achetés à vil prix du Roi
de Dannemark à qui ils n'appartenoient
pas.

Il entrevit auſſi de bonne heure que le
Czar étoit ſecretement mécontent des Alliés, qui tous l'avoient empêché d'avoir un
établiſſement dans l'Empire d'Allemagne,
où ce Monarque devenu trop dangereux,
n'aſpiroit qu'à mettre le pied. Viſmar, la
ſeule ville qui reſtât encore aux Suedois
ſur

fur les côtes d'Allemagne, venoit enfin de
se rendre aux Prussiens & aux Danois le
14. Février 1716. Ceux-ci ne voulurent pas
seulement souffrir que les Troupes Moscovites qui étoient dans le Mekelbourg, pa-
russent à ce siége. De pareilles défiances
réïterées depuis deux ans, avoient aliené
l'esprit du Czar, & avoient peut-être empêché la ruine de la Suede. Il y a beaucoup d'exemples d'Etats alliés, conquis
par une seule puissance : il y en a bien peu
d'un grand Empire conquis par plusieurs
Alliés. Si leurs forces réunies l'abattent,
leurs divisions le relevent bien-tôt.

Dès l'année 1714. le Czar eût pû faire
une descente en Suede ; mais soit qu'il ne
s'accordât pas avec les Rois de Pologne,
d'Angleterre, de Dannemark & de Prusse, Alliez justement jaloux ; soit qu'il ne
crût pas encore ses Troupes assez aguerries,
pour attaquer sur ses propres foyers cette
même nation dont les seuls Païsans avoient
vaincu l'élite des Troupes Danoises ; il re-
cula toûjours cette entreprise.

Ce qui l'avoit arrêté encore étoit le besoin d'argent. Le Czar étoit un des plus
puissans Monarques du monde ; mais un
des moins riches : ses revenus ne montoient pas alors à plus de dix-huit millions
de nos livres : il avoit découvert des mines
d'or, d'argent, de fer, de cuivre ; mais le
profit en étoit encore incertain, & le travail
ruineux.

ruineux. Il établissoit un grand commerce; mais les commencemens ne lui aportoient que des espérances : ses Provinces nouvellement conquises augmentoient sa puissance & sa gloire, sans accroître encore ses revenus. Il falloit du tems pour fermer les playes de la Livonie, païs abondant, mais désolé par quinze ans de guerre, par le fer, par le feu, par la contagion ; vuide d'habitans, & qui étoit alors à charge à son Vainqueur. Les Flottes qu'il entretenoit, les nouvelles er reprises qu'il faisoit tous les jours, épuisoient ses finances : il avoit été réduit à la mauvaise ressource de hausser les monnoyes, remede qui ne guérit jamais les maux d'un Etat, & qui est surtout préjudiciable à un païs qui reçoit des Etrangers plus de marchandises qu'il ne leur en fournit.

Voilà en partie les fondemens sur lesquels Goërts bâtit le dessein d'une révolution. Il osa proposer au Roi de Suede d'acheter la paix de l'Empereur Moscovite, à quelque prix que ce pût être, lui faisant envisager le Czar irrité contre les Rois de Pologne & d'Angleterre, & lui donnant à entendre que Pierre Alexiovits & Charles XII. réunis, pourroient faire trembler le reste de l'Europe.

Il n'y avoit pas moyen de faire la paix avec le Czar, sans ceder une grande partie des Provinces qui sont à l'Orient & au Nord

Nord de la mer Baltique : mais il lui fit considerer, qu'en cedant ses Provinces, que le
Czar possedoit déja & qu'on ne pouvoit
reprendre, le Roi pourroit avoir la gloire
de remettre à la fois Stanislas sur le Trône
de Pologne, de replacer le fils de Jacques
II. sur celui d'Angleterre, & de rétablir le
Duc de Holstein dans ses Etats.

Charles flatté de ces grandes idées, sans
pourtant y compter beaucoup, donna carte
blanche à son Ministre. Goërts partit de
Suede muni d'un plein pouvoir qui l'aute-
risoit à tout, sans restriction, & qui le rendoit Plénipotentiaire auprès de tous les
Princes avec qui il jugeroit à propos de
négocier. Il fit d'abord sonder la Cour de
Moscou, par le moyen d'un Ecossois
nommé Areskin, Premier Medecin du Czar,
dévoüé au parti du Prétendant, ainsi que
l'étoient presque tous les Ecossois qui ne
subsistoient pas des faveurs de la Cour de
Londres.

Ce Medecin fit valoir au Prince Menzikof l'importance & la grandeur du projet, avec toute la vivacité d'un homme qui
y étoit intéressé. Le Prince Menzikof goû-
ta ses ouvertures, le Czar les approuva.
Au lieu de descendre en Suede, comme il
en étoit convenu avec les Alliés, il fit hiverner ses Troupes dans le Mekelbourg, &
il y vint lui-même, sous prétexte de ter-
miner les querelles qui commençoient à
naître

naître entre le Duc de Mekelbourg son neveu, & la Noblesse de ce païs ; mais poursuivant en effet son dessein favori d'avoir
une Principauté en Allemagne, & comptant
engager le Duc de Mekelbourg à lui vendre
sa Souveraineté.

Les Alliés furent irrités de cette démarche ; ils ne vouloient point d'un voisin si
terrible, qui ayant une fois des Terres en
Allemagne, pourroit un jour s'en faire
élire Empereur, & en oprimer les Souverains. Plus ils étoient irrités, plus le grand
projet du Baron de Goërts s'avançoit vers
le succès. Il négocioit cependant avec tous
les Princes Confederés, pour mieux cacher
ses intrigues secretes. Le Czar les amusoit
tous aussi par des espérances. Charles XII.
cependant étoit en Norvege avec son beaufrere le Prince de Hesse, à la tête de vingt
mille hommes : la Province n'étoit gardée
que par onze mille Danois, divisés en plusieurs corps, que le Roi & le Prince de Hesse
passerent au fil de l'épée.

Charles avança jusqu'à Christania, Capitale du Royaume. La fortune recommen-
çoit à lui devenir favorable dans ce coin
du monde ; mais jamais le Roi ne prit assez
de précautions pour faire subsister ses Troupes ; une armée & une flotte Danoise appro-
choient pour défendre la Norvege. Charles
qui manquoit de vivres se retira en Suede,
attendant l'issuë des vastes entreprises de son
Ministre.   Cet

Cet ouvrage demandoit un profond fecret & des préparatifs immenfes, deux cho-
fesaffez incompatibles. Goërts fit chercher
jufques dans les mers de l'Afie, un fecours
qui tout odieux qu'il paroiffoit, n'en eût
pas été moins utile pour une defcente en
Ecoffe, & qui du moins eût apporté en Suede de l'argent, des hommes & des vaiffeaux.

Il y avoit long-tems que des Pirates de
toutes nations, & particulierement des
Anglois, ayant fait entr'eux une affocia-
tion, infectoient les mers de l'Europe & de
l'Amerique. Pourfuivis partout fans quartier, ils venoient de fe retirer fur les côtes
de Madagafcar, grande ifle à l'Orient de
l'Afrique. C'étoient des hommes defefpe-
rés, prefque tous connus par des actions
aufquelles il ne manquoit que de la juftice
pour être héroïques. Ils cherchoient un
Prince qui voulût les recevoir fous fa protection; mais les Loix des Nations leur fermoient tous les ports du monde.

Dès qu'ils fçurent que Charles XII. étoit
retourné en Suede, ils efpererent que ce
Prince paffionné pour la guerre, obligé de
la faire, & manquant de flotte & de Soldats,
leur feroit une bonne compofition; ils lui
envoyerent un Député qui vint en Europe
fur un vaiffeau Hollandois, & qui alla propofer au Baron de Goërts de les recevoir
dans le port de Gottembourg, où ils s'of-
froient

froient de fe rendre avec foixante vaiffeaux chargés de richeffes.

Le Baron fit agréer au Roi la propofition : on envoya même l'année fuivante deux Gentilshommes Suedois, l'un nommé Kromftrom, & l'autre Mendal, pour confommer la négociation avec ces Corfaires de Madagafcar.

On trouva depuis un fecours plus noble & plus important dans le Cardinal Alberony, puiffant génie, qui a gouverné l'Efpagne affez long-tems pour fa gloire, & trop peu pour la grandeur de cet Etat.

Il entra avec ardeur dans le projet de mettre le fils de Jacques II. fur le Trône d'Angleterre. Cependant comme il ne venoit que de mettre le pied dans le miniftere, & qu'il avoit l'Efpagne à rétablir avant que de fonger à bouleverfer d'autres Royaumes, il fembloit qu'il ne pouvoit de plufieurs années mettre la main à cette grande machine : mais en moins de deux ans on le vit changer la face de l'Efpagne, lui rendre fon crédit dans l'Europe, engager, à ce qu'on prétend, les Turcs à attaquer l'Empereur d'Allemagne, & tenter en même tems d'ôter la Régence de France au Duc d'Orléans, & la Couronne de la Grande Bretagne au Roi Georges : tant un feul homme eft dangereux, quand il eft abfolu dans un puiffant Etat, & qu'il a de la grandeur & du courage dans l'efprit.

Goërts

Goërts ayant ainſi diſperſé à la Cour de Moſcovie & à celle d'Eſpagne les premieres étincelles de l'embraſement qu'il méditoit, alla ſecretement en France, & de-là en Hollande, où il vit les adherans du Prétendant.

Il s'informa plus particulierement de leurs forces, du nombre & de la diſpoſition des mécontens d'Angleterre, de l'argent qu'ils pouvoient fournir, & des Troupes qu'ils pouvoient mettre ſur pied. Les mécontens ne demandoient qu'un ſecours de dix mille hommes, & faiſoient enviſager une révolution ſure avec l'aide de ces Troupes.

Le Comte de Gillembourg, Ambaſſadeur de Suede en Angleterre, inſtruit par le Baron de Goërts, eut pluſieurs conférences à Londres avec les principaux mécontens ; il les encouragea, & leur promit tout ce qu'ils voulurent. Le parti du Prétendant alla juſqu'à fournir des ſommes conſidérables, que Goërts toucha en Hollande. Il négocia l'achat de quelques vaiſſeaux, & en acheta ſix en Bretagne, avec des armes de toutes eſpeces.

Il envoya alors ſecretement en France pluſieurs Officiers, entr'autres le Chevalier de Follard, qui ayant fait trente Campagnes dans les armées Françoiſes, & y ayant fait peu de fortune, étoit allé depuis peu offrir ſes ſervices au Roi de Suede, moins par
des

des vûës intéressées , que par le desir de servir sous un Roi qui avoit une réputation si étonnante. Le Chevalier de Follard esperoit d'ailleurs faire goûter les nouvelles idées qu'il avoit sur la Guerre ; il avoit étudié toute sa vie cet art en Philosophe, & il a depuis communiqué ses découvertes au Public dans ses Commentaires sur Polibe. Ses vûës furent goûtées de Charles XII. qui lui-même avoit fait la guerre d'une maniere nouvelle , & qui ne se laissoit conduire en rien par la coûtume ; il destina le Chevalier de Follard à être un des instrumens dont il vouloit se servir dans la descente projettée en Ecosse. Ce Gentilhomme executa en France les ordres secrets du Baron de Goërts. Beaucoup d'Officiers François, un plus grand nombre d'Irlandois entrerent dans cette Conjuration , d'une espece nouvelle , qui se tramoit en même tems en Angleterre, en France, en Espagne , en Moscovie , & dont les branches s'étendoient secretement d'un bout de l'Europe à l'autre.

Ces préparatifs étoient encore peu de chose pour le Baron de Goërts ; mais c'étoit beaucoup d'avoir commencé. Le point le plus important , & sans lequel rien ne pouvoit réüssir , étoit d'achever la paix entre le Czar & Charles , il restoit beaucoup de difficultés à applanir. Le Baron Osterman , Ministre d'Etat en Moscovie, ne s'étoit point laissé entraîner d'abord aux vûës de Goërts ;

il

il étoit aussi circonspect que le Ministre
de Charles étoit entreprenant. Sa politique
lente & mesurée vouloit laisser tout meu-
rir, lorsque le génie impatient de l'autre
prétendoit recüeillir immédiatement après
avoir semé. Osterman craignoit que l'Empereur, son maître, ébloüi par l'éclat de
cette entreprise, n'accordât à la Suede une
paix trop avantageuse ; il retardoit par ses
longueurs & par ses obstacles la conclusion
de cette affaire.

Heureusement pour le Baron de Goërts
le Czar lui-même vint en Hollande au commencement de 1717. Son dessein étoit de
passer ensuite en France ; il lui manquoit
d'avoir vû cette nation célébre, qui est depuis plus de cent ans censurée, enviée, &
imitée par tous ses voisins ; il vouloit y sa-
tisfaire sa curiosité insatiable de voir, &
d'aprendre, & exercer en même tems sa
politique.

Goërts vit deux fois à la Haye cet Empereur, il avança plus dans ces deux conférences, qu'il n'eût fait en six mois avec
des Plénipotentiaires. Tout prenoit un tour
favorable ; ses grands desseins paroissoient
couverts d'un secret impénétrable ; il se flattoit que l'Europe ne les apprendroit que
par l'execution. Il ne parloit cependant à
la Haye que de paix ; il disoit hautement
qu'il vouloit regarder le Roi d'Angleterre
comme le pacificateur du Nord ; il pressoit

même

même en apparence la tenuë d'un Congrès à Brunſvik, où les intérêts de la Suede & de ſes ennemis devoient être décidés à l'amiable.

Le premier qui découvrit ces intrigues fut le Duc d'Orleans, Régent de France ; il avoit des eſpions dans toute l'Europe. Ce genre d'hommes, dont le métier eſt de vendre le ſecret de leurs amis, & qui ſubſiſte de délation, & ſouvent même de calomnies, s'étoit tellement multiplié en France ſous ſon Gouvernement, que la moitié de la nation étoit devenuë l'eſpion de l'autre. Le Duc d'Orleans lié avec le Roi d'Angleterre par des engagemens perſonels, lui découvrit les menées qui ſe tramoient contre lui.

Dans le même tems les Hollandois qui prenoient des ombrages de la conduite de Goërts, communiquerent leurs ſoupçons au Miniſtere Anglois. Goërts & Gillembourg pourſuivoient leurs deſſeins avec chaleur, lorſqu'ils furent arrêtés tous deux, l'un à la Haye, & l'autre à Londres.

Comme Gillembourg, Ambaſſadeur de Suede, avoit violé le droit des gens, en conſpirant contre le Prince auprès duquel il étoit envoyé, on viola ſans ſcrupule le même droit en ſa perſonne. Mais on s'étonna que les Etats Généraux d'Hollande, par une complaiſance inoüie pour le Roi d'Angleterre, miſſent en priſon le Baron de

de Goërts. Ils chargerent même le Comte
de Velderen de l'interroger. Cette formalité ne fut qu'un outrage de plus , lequel
devenant inutile , ne tourna qu'à leur confusion. Goërts demanda au Comte de Velderen , s'il étoit connu de lui ? Oüi , Monfieur , répondit le Hollandois. Hé bien , dit
le Baron de Goërts , si vous me connoissez ,
vous devez sçavoir que je ne dis que ce que
je veux. L'Interrogatoire ne fut guéres
poussé plus loin ; tous les Ambassadeurs ,
mais particulierement le Marquis de Mon-
teleon , Ministre d'Espagne en Angleterre ,
protesterent contre l'attentat commis envers la personne de Goërts & de Gillembourg. Les Hollandois étoient sans excuse ;
ils avoient non-seulement violé un droit
sacré , en arrêtant le Premier Ministre du
Roi de Suede , qui n'avoit rien machiné
contre eux ; mais ils agissoient directement
contre les principes de cette liberté précieuse qui a attiré chez eux tant d'Etrangers , & qui a été le fondement de leur
grandeur.

À l'égard du Roi d'Angleterre il n'avoit
rien fait que de juste , en arrêtant prisonnier un ennemi. Il fit pour sa justification
imprimer les Lettres du Baron de Goërts
& du Comte de Gillembourg, trouvées dans
les papiers de ce dernier. Le Roi de Suede
étoit alors dans la Province de Scanie ; on
lui apporta ces Lettres imprimées , avec la

Q 2   nouvelle

nouvelle de l'enlevement de ſes deux Miniſtres. Il demanda , en ſouriant , ſi on n'a-
voit pas auſſi imprimé les ſiennes ? Il ordonna auſſi-tôt qu'on arrêtât à Stokolm le Ré-
ſident Anglois , avec toute ſa famile & ſes
domeſtiques ; mais il ne put ſe venger ſur
les Hollandois , qui n'avoient point alors
de Miniſtre à la Cour de Suede. Cependant
il n'avoüa , ni ne déſavoüa le Baron de
Goërts ; trop fier pour nier une entrepriſe
qu'il avoit approuvée , & trop ſage pour
convenir d'un deſſein éventé preſque dans
ſa naiſſance , il ſe tint dans un ſilence
dédaigneux avec l'Angleterre & la Hollande.

Le Czar prit tout un autre parti. Comme il n'étoit point nommé , mais obſcu-
rément impliqué dans les Lettres de Gillembourg & de Goërts ; il écrivit au Roi
d'Angleterre une longue lettre pleine de
complimens ſur la conſpiration , & d'aſſu-
rance d'une amitié ſincere. Le Roi Georges reçut ſes proteſtations , ſans les croire,
& feignit de ſe laiſſer tromper. Une conſpiration tramée par des particuliers , quand
elle eſt découverte , eſt anéantie ; mais une
conſpiration de Rois n'en prend que de
nouvelles forces. Le Czar arriva à Paris au
mois de Mai de la même année 1717. il ne
s'y occupa pas uniquement à voir les beau-
tés de l'art & de la nature , à viſiter les
Académies , les Bibliothéques publiques,
les

les Cabinets des Curieux, les Maisons Roïales; il proposa au Duc d'Orleans, Régent de France, un Traité, dont l'acceptation eût pû mettre le comble à la grandeur Moscovite. Son dessein étoit de se réunir avec le Roi de Suede qui lui cedoit de grandes Provinces, d'ôter entierement aux Danois l'Empire de la mer Baltique, d'affoiblir les Anglois par une Guerre Civile, & d'attirer à la Moscovie tout le commerce du Nord. Il ne s'éloignoit pas même de remettre le Roi Stanislas aux prises avec le Roi Auguste, afin que le feu étant allumé de tous côtés, il pût courir pour l'attiser ou pour l'éteindre, selon qu'il y trouveroit ses avantages. Dans ces vûës il proposa au Régent de France la médiation entre la Suede & la Moscovie, & de-plus une alliance offensive & défensive avec ces Couronnes, & celle d'Espagne. Ce Traité qui paroissoit si naturel, si utile à ces nations, & qui mettoit dans leurs mains la balance de l'Europe, ne fut cependant pas accepté du Duc d'Orleans. Il prenoit précisément dans ce tems des engagemens tout contraires: il se liguoit avec l'Empereur d'Allemagne, & Georges Roi d'Angleterre. La raison d'Etat changeoit alors dans l'esprit de tous les Princes, au point que le Czar étoit prêt de se déclarer contre son ancien allié le Roi Auguste, & d'embrasser les querelles de Charles son mor-

tel

tel ennemi ; pendant que la France alloit en faveur des Allemans & des Anglois, faire la guerre au Petit-fils de Loüis XIV. après l'avoir soûtenu si long-tems contre ces mêmes ennemis aux dépens de tant de trésors & de sang. Tout ce que le Czar obtint par des voyes indirectes , fut que le Régent interposât ses bons offices pour l'élargissement du Baron de Goërts & du Comte de Gillembourg. Il s'en retourna dans ses Etats à la fin de Juin , après avoir donné à la France le spectacle rare d'un Empereur qui voyageoit pour s'instruire ; mais trop de François ne virent en lui que les dehors grossiers que sa mauvaise éducation lui avoit laissés , & le législateur , le créateur d'une nation nouvelle , le grand homme leur échapa.

Ce qu'il cherchoit dans le Duc d'Orleans , il le trouva bien-tôt dans le Cardinal Alberoni , devenu tout-puissant en Espagne. Alberoni ne souhaitoit rien tant que le rétablissement du Prétendant , & comme Ministre d'Espagne que l'Angleterre avoit si maltraité , & comme ennemi personnel du Duc d'Orleans , lié avec l'Angleterre contre l'Espagne ; & enfin comme Prêtre d'une Eglise pour laquelle le Pere du Prétendant avoit si mal-à-propos perdu sa Couronne.

Le Duc d'Ormond , aussi aimé en Angleterre que le Duc de Malbouroug y étoit admiré , avoit quitté son païs à l'avénement

du

du Roi Georges , & étoit alors retiré à Madrid. Il alla , muni des pleins-pouvoirs du Roi d'Efpagne & du Prétendant , trouver le Czar fur fon paffage à Mittau en Curlande , accompagné d'Irnegan , autre Anglois , homme habile & entreprenant. Il demanda la Princeffe Anne Petrona , fille du Czar , en mariage pour le fils de Jacques II. efpérant que cette alliance attacheroit plus étroitement le Czar aux intérêts de ce Prince malheureux. Mais cette propofition faillit à reculer les affaires pour un tems au lieu de les avancer. Le Baron de Goërts avoit dans ces projets deftiné depuis long-tems cette Princeffe au Duc de Holftein, qui en effet l'a époufée depuis. Dès qu'il fçût cette propofition du Duc d'Ormond , il en fut jaloux , & s'appliqua à la traverfer. Il fortit de prifon au mois d'Août , auffi-bien que le Comte de Gillembourg , fans que le Roi de Suede eût daigné faire la moindre excufe au Roi d'Angleterre , ni montrer le plus leger mécontentement de la conduite de fon Miniftre.

En même tems on élargit à Stokolm le Réfident Anglois & toute fa famille , qui avoit été traitée avec beaucoup plus de féverité que Gillembourg ne l'avoit été à Londres.

Goërts en liberté fut un ennemi déchaîné , qui outre les puiffans motifs qui l'agitoient , eut encore celui de la vengeance. Il

fe

se rendit en poste auprès du Czar. Ses insinuations prévalurent plus que jamais auprès
de ce Prince; d'abord il l'assura qu'en moins
de trois mois il leveroit, avec un seul Pléni-
potentiare de Moscovie, tous les obstacles
qui retardoient la conclusion de la paix
avec la Suede ; il prit entre ses mains une
Carte Géographique que le Czar avoit des-
sinée lui-même, & tirant une ligne depuis
Wibourg jusqu'à la Mer Glaciale, en passant par le Lac Ladoga, il se fit fort de
porter son Maître à ceder ce qui étoit à
l'Orient de cette ligne, aussi-bien que la
Carélie, l'Ingrie & la Livonie. Ensuite il
lui parla du mariage de la niéce du Czar
avec le Duc de Holstein, le flattant que
le Duc lui pourroit céder ses Etats moyennant un équivalent ; que par-là il seroit
Membre de l'Empire, lui montrant de loin
la Couronne Imperiale, soit pour quelqu'un de ses Descendans, soit pour lui-
même. Il flattoit ainsi les vûës ambitieu-
ses du Monarque Moscovite, ôtoit au Prétendant la Princesse Czarienne, en même tems qu'il lui ouvroit le chemin de
l'Angleterre, & il remplissoit toutes ses
vûës à la fois.

Le Czar nomma l'Isle d'Aland pour les
Conférences que son Ministre d'Etat Osterman devoit avoir avec le Baron de
Goërts. On pria le Duc d'Ormond de s'en
retourner, pour ne pas donner de trop

violens ombrages à l'Angleterre, avec laquelle le Czar ne vouloit rompre que sur le point de l'invafion : on retint feulement à Peterfbourg Irnégan, le Confident du Duc d'Ormond, qui fut chargé des intrigues, & qui logea dans la Ville avec tant de précaution, qu'il ne fortoit que de nuit, & ne voyoit jamais les Miniftres du Czar que déguifé, tantôt en payfan, tantôt en Tartare.

Dès que le Duc d'Ormond fût parti, le Czar fit valoir au Roi d'Angleterre fa complaifance d'avoir renvoyé le plus grand Partifan du Prétendant, & le Baron de Goërts plein d'efpérance retourna en Suede.

Il trouva fon Maître à la tête de trente-cinq mille hommes de Troupes réglées, & les côtes bordées de milices. Il ne manquoit au Roi que de l'argent ; le crédit étoit épuifé en-dedans & en-dehors du Royaume. La France qui lui avoit fourni quelques fubfides dans les dernieres années de Louis XIV. n'en donnoit plus fous la Régence du Duc d'Orleans, qui fe conduifoit par des vûës toutes contraires. L'Efpagne en promettoit, mais n'étoit pas encore en état d'en fournir beaucoup. Le Baron de Goërts donna alors une libre étenduë à un projet qu'il avoit déja effayé avant d'aller en France & en Hollande. C'étoit de donner au cuivre le même valeur qu'à l'argent ; deforte qu'une piéce de

Q 5   cuivre,

cuivre, dont la valeur intrinſéque eſt un demi-ſel, paſſoit pour trente ou quarante, avec la marque du Prince ; à-peu-près comme dans une ville aſſiégée les Gouverneurs ont ſouvent payé les Soldats & les Bourgeois avec de la Monnoye de cuir, en attendant qu'on pût avoir des Eſpeces réelles. Ces Monnoyes fictives, inventées par la néceſſité, & auſquelles la bonne foi ſeule peut donner un crédit durable, ſont comme des Billets de Change, dont la valeur imaginaire peut exceder aiſément les fonds qui ſont dans un État.

Ces reſſources ſont d'un excellent uſage dans un Pays libre : elles ont quelquefois ſauvé une République ; mais elles ruinent preſque ſurement une Monarchie ; car les Peuples manquant bien-tôt de confiance, le Miniſtere eſt réduit à manquer de bonne foi ; les Monnoyes idéales ſe multiplient avec excès, les Particuliers enfoüiſſent leur argent, & la machine ſe détruit avec une confuſion accompagnée ſouvent des plus grands malheurs. C'eſt ce qui arriva au Royaume de Suede,

Le Baron de Goërts ayant d'abord répandu avec diſcretion dans le Public ces nouvelles Eſpeces, fut entraîné en peu de tems au-delà de ſes meſures, par la rapidité d'un mouvement qu'il ne pouvoit plus conduire. Toutes les marchandiſes & toutes les denrées ayant monté à un prix

exceſſif,

exceſſif, il fut forcé d'augmenter le nombre des Eſpeces de cuivre. Plus elles ſe
multiplierent, plus elles furent décredi-
tées ; la Suede inondée de cette fauſſe
Monnoye, ne forma qu'un cri contre le
Baron de Goërts. Les Peuples toûjours
pleins de vénération pour Charles XII.
n'oſoient preſque le haïr, & faiſoient tomber le poids de leur averſion ſur un Miniſtre, qui comme un Etranger, & comme
gouvernant les Finances, étoit doublement
aſſuré de la haine publique.

Un impôt qu'il voulut mettre ſur le
Clergé, acheva de le rendre execrable à
la Nation. Les Prêtres qui trop ſouvent
joignent leur cauſe à celle de Dieu, l'ap-
pellerent publiquement Athée, parcequ'il
leur demandoit de l'argent. Les nouvelles
Eſpeces de cuivre avoient l'empreinte de
quelques Dieux de l'antiquité ; on en prit
occaſion d'appeller ces Piéces de monnoye,
les Dieux du Baron de Goërts.

A la haine publique contre lui ſe joignit
la jalouſie des Miniſtres, implacable à
meſure qu'elle étoit alors impuiſſante. La
Sœur du Roi & le Prince ſon mari le
craignoient comme un homme attaché par
ſa naiſſance au Duc de Holſtein, & capable de lui mettre un jour la Couronne de
Suede ſur la tête. Il n'avoit plû dans le
Royaume qu'à Charles XII. mais cette
averſion générale ne ſervoit qu'à confirmer

Q 6   l'amitié

l'amitié du Roi, dont les sentimens s'affer-
missoient toûjours par les contradictions.
Il marqua alors au Baron une confiance
qui alloit jusqu'à la soumission, il lui laissa
un pouvoir absolu dans le Gouvernement
intérieur du Royaume, & s'en remit à lui
sans réserve sur tout ce qui regardoit les
Négociations avec le Czar; il lui recommanda surtout de presser les Conférences
de l'Isle d'Aland.

En effet, dès que Goërts eût achevé à
Stokolm les arrangemens des Finances qui
demandoient sa présence, il partit pour
aller consommer, avec le Ministre du
Czar, le grand ouvrage qu'il avoit entamé.

Voici les conditions préliminaires de
cette Alliance, qui devoit changer la face
de l'Europe, telles qu'elles furent trouvées
dans les papiers de Goërts après sa mort.

Le Czar retenant pour lui toute la Livonie, & une partie de l'Ingrie & de la
Carélie, rendoit à la Suede tout le reste:
il s'unissoit avec Charles XII. dans le dessein de rétablir le Roi Staniflas sur le Trône
de Pologne, & s'engageoit à rentrer dans le
Pays avec quatre-vingt mille Moscovites,
pour détrôner ce même Roi Auguste en
faveur duquel il avoit fait dix ans la guerre. Il fournissoit au Roi de Suede les Vaisseaux nécessaires pour transporter dix mille
Suedois en Suede, & trente mille en Allemagne. Les forces réünies de Pierre & de
Charles

Charles devoient attaquer le Roi d'Angleterre dans ses Etats de Hanover , & surtout
dans Brême & Verden. Les mêmes Troupes auroient servi à rétablir le Duc de
Holstein , & forcé le Roi de Prusse à accepter un Traité par lequel on lui ôtoit
une partie de ce qu'il avoit pris. Charles
en usa dès-lors , comme si ses armes victorieuses , renforcées de celles du Czar ,
avoient déja executé tout ce qu'on méditoit. Il fit demander hautement à l'Empereur d'Allemagne l'execution du Traité
d'Alrandstad. A peine la Cour de Vienne
daigna-t-elle répondre à la proposition
d'un Prince dont elle croyoit n'avoir rien
à craindre.

Le Roi de Pologne eut moins de sécurité ; il entrevit l'orage qui le menaçoit.
Fleming qui étoit le plus défiant de tous les
hommes , & celui dont on devoit le plus
se défier , soupçonna les desseins du Czar ,
& ceux du Roi de Suede en faveur du Roi
Stanislas. Il voulut le faire enlever dans le
Duché de Deux-Ponts , comme quelques
années auparavant on avoit saisi Jacques
Sobiesky en Silesie ; mais Stanislas se tint
sur ses gardes , & cette entreprise échoüa.

Quelques avanturiers qui devoient executer cet enlevement , chercherent à mériter leur récompense en assassinant Stanislas. Ils comploterent de se cacher derriere une haye près de laquelle ce Monarque

que devoit paſſer, & de le tuer à coups de fuſil. Staniſlas fut averti du complot; il vint près de l'endroit marqué un peu avant le tems auquel les aſſaſſins devoient l'attendre; il les trouva qui s'aſſembloient. Il marcha droit à eux avec un ſeul Page; la moindre circonſtance dérangée ſuffit quelquefois pour déconcerter des complices. Ces malheureux n'étant pas encore arrivez à l'endroit où ils devoient faire leur coup, n'avoient pas eu le tems de ſe confirmer dans leur réſolution. Ils furent étonnez de la préſence du Roi. Mes amis, leur dit-il, je ne puis croire que des perſonnes à qui je n'ai jamais fait de mal, veuillent m'ôter la vie; ſi la néceſſité vous réduit à commettre un aſſaſſinat, voilà de l'argent, ſoyez honnêtes gens. En diſant ces paroles il leur jetta quelques piſtoles, & s'éloigna d'eux en les laiſſant dans l'admiration de ſa vertu, & dans le repentir de leur crime.

Cependant Charles partit une ſeconde fois pour la conquête de la Norvege au mois d'Octobre 1718. Il avoit ſi bien pris toutes ſes meſures, qu'il eſperoit ſe rendre maître en ſix mois de ce Royaume. Il aima mieux aller conquérir des rochers au milieu des neiges & des glaces, dans l'âpreté de l'hiver, qui tue les animaux en Suede même, où l'air eſt moins rigoureux, que d'aller reprendre ſes belles Provinces

vinces d'Allemagne des mains de ses Ennemis. C'est qu'il esperoit que sa nouvelle Alliance avec le Czar le mettroit bien-tôt en état de ressaisir toutes ces Provinces; bien-plus, sa gloire étoit flattée d'enlever un Royaume à son Ennemi victorieux.

A l'embouchure du fleuve Tiftendall, près de la manche du Dannemark, entre les villes de Bahus & d'Anflo, est située Friderikshall, Place forte & importante, qu'on regardoit comme la clef du Royaume. Charles en forma le siége au mois de Decembre. Le Soldat transi de froid, pouvoit à peine remuer la terre endurcie fous la glace; c'étoit ouvrir la tranchée dans une espece de roc: mais les Suedois ne pouvoient se rebuter en voyant à leur tête un Roi qui partageoit ces fatigues. Jamais Charles n'en essuya de plus grandes. Sa constitution éprouvée par dix-huit ans de travaux pénibles, s'étoit fortifiée au point, qu'il dormoit en plein champ en Norvege au cœur de l'hiver, sur de la paille ou sur une planche, enveloppé seulement d'un manteau, sans que sa santé en fût alterée. Plusieurs de ses Soldats tomboient morts de froid dans leurs postes, & les autres presque gelez, voyant leur Roi qui souffroit comme eux, n'osoient proferer une plainte. Ce fut quelque tems avant cette expédition, qu'ayant entendu parler en Scanie d'une femme,

nommée

nommée Johns Dotter, qui avoit vêcu plufieurs mois fans prendre d'autre nourriture que de l'eau; lui qui s'étoit étudié toute fa vie à fupporter les plus extrêmes rigueurs que la nature humaine peut foûtenir, voulut effayer encore combien de tems il pourroit fupporter la faim fans en être abattu. Il paffa cinq jours entiers fans manger ni boire, le fixiéme au matin il courut deux lieuës à cheval, & defcendit chez le Prince de Heffe fon beaufrere, où il mangea beaucoup, fans que ni une abftinence de cinq jours l'eût abattu, ni qu'un grand repas à la fuire d'un fi long jeûne l'incommodât.

Avec ce corps de fer, gouverné par une ame fi hardie & fi inébranlable, dans quelque état qu'il pût être réduit, il n'avoit point de voifin auquel il ne fût redoutable.

Le 11. Decembre il alla fur les neuf heures du foir vifiter la tranchée, & ne trouvant pas la paralléle affez avancée à fon gré, il parut très-mécontent. Monfieur Megret, Ingénieur François, qui conduifoit le fiége, l'affura que la Place feroit prife dans huit jours: Nous verrons, dit le Roi, & continua de vifiter les Ouvrages avec l'Ingénieur. Il s'arrêta dans un endroit où le boyau faifoit un angle avec la paralléle, il fe mit à genoux fur le talus intérieur, & appuyant fes coudes fur le parapet, refta

quelque

quelque tems à confiderer les Travailleurs, qui continuoient les tranchées à la lueur des étoiles.

Les moindres circonftances deviennent effentielles, quand il s'agit de la mort d'un homme tel que Charles XII. ainfi je dois avertir que toute la converfation que tant d'Ecrivains, & même Monfieur de la Motraye ont rapportée entre le Roi & l'Ingénieur Mégret, eft abfolumeni fauffe. Voici ce que je fçai de véritable fur cet événement.

Le Roi étoit expofé prefqu'à mi-corps à une batterie de canon, pointée vis-à-vis l'angle où il étoit ; il n'y avoit alors auprès de fa perfonne que deux François ; l'un étoit Mr. Siker, fon Aide-de-Camp, homme de tête & d'execution, qui s'étoit mis à fon fervice en Turquie, & qui étoit particulierement attaché au Prince de Heffe ; l'autre étoit cet Ingénieur. Le canon tiroit fur eux à cartouche ; mais le Roi qui fe découvroit davantage, étoit le plus expofé. A quelques pas derriere étoit le Comte Swerin, qui commandoit la tranchée, & le Comte Poffe, Capitaine aux Gardes, & un Aide-de-Camp nommé Kulbert, recevoient les ordres de lui. Siker & Megret virent dans le moment le Roi de Suede qui tomboit fur le parapet, en faifant un grand foupir. Ils s'approcherent, il étoit déja mort : une balle pefant une demi-livre l'avoit l'avoit atteint à la temple droite, & avoit fait un trou dans lequel on pouvoit enfoncer trois doigts ; fa tête étoit renverfée fur le parapet, l'œil gauche étoit enfoncé, & le droit entierement hors de fon orbite. L'inftant de fa bleffure avoit été celui de fa mort; cependant il avoit eu la force en expirant d'une maniere fi fubite, de mettre par un mouvement naturel la main fur la garde de fon épée ; il étoit encore dans cette attitude. A ce fpectacle, Megret, homme fingulier & indifférent, ne dit autre chofe, finon : Voilà la piéce finie, allons-nous-en. Siker court fur le champ avertir le Comte de Swerin. Ils réfolurent enfemble de dérober la connoiffance de cette mort aux Soldats, jufqu'à ce que le Prince de Heffe en eût être informé. On enveloppa le corps d'un manteau gris, Siker mit fa perruque & fon chapeau fur la tête du Roi. En cet état on tranfporta Charles, fous le nom du Capitaine Carlfberg, au-travers des Troupes qui voyoient paffer leur Roi mort, fans fe douter que ce fût lui.

Le Prince ordonna à l'inftant que perfonne ne fortît du camp, & fit garder tous les chemins de la Suede, afin d'avoir le tems de prendre fes mefures pour faire tomber la Couronne fur la tête de fa femme, & pour en exclure le Duc de Holftein qui pouvoit y prétendre.

Ainfi

Ainſi périt à l'âge de trente-ſix ans &
demi Charles XII. Roi de Suede, après
avoir éprouvé ce que la proſperité a de
plus grand , & ce que l'adverſité a de plus
cruel , ſans avoir été amolli par l'une , ni
ébranlé un moment par l'autre. Preſque
toutes ſes actions, juſqu'à celles de ſa vie
privée & unie, ont été bien loin au-delà
du vraiſemblable. C'eſt peut-être le ſeul
de tous les hommes , & juſqu'ici le ſeul
de tous les Rois qui ait vêcu ſans foibleſſe.
Il a porté toutes les vertus des Héros à un
excès où elles deviennent défauts , & où
elles ſont auſſi dangereuſes que les vices
oppoſez. Sa fermeté devenuë opiniâtreté,
fit ſes malheurs dans l'Ukraine , & le retint cinq ans en Turquie : ſa libéralité dé-
générant en profuſion a ruïné la Suede :
ſon courage pouſſé juſqu'à la témérité a
cauſé ſa mort : ſa juſtice a été quelquefois
juſqu'à la cruauté, & dans ſes dernieres
années , le maintien de ſon autorité approchoit de la tyrannie. Ses grandes qualitez , dont une ſeule eût pû immortaliſer
un autre Prince, ont fait le malheur de
ſon Pays. Il n'attaqua jamais perſonne ;
mais il ne fut pas auſſi prudent qu'implacable dans ſes vengeances. Il a été le premier qui ait eu l'ambition d'être Conquérant , ſans avoir l'envie d'agrandir ſes
Etats. Il vouloit gagner des Empires pour
les donner. Sa paſſion pour la gloire, pour

la

la guerre, & pour la vengeance, l'empêcherent d'être bon Politique, qualité fans
laquelle on n'a jamais vû de Conquérant.
Avant la bataille il avoit une extrême confiance, après la victoire il n'avoit que de
la modeftie, après la défaite que de la
fermeté. Dur pour les autres comme pour
lui-même, comptant pour rien la peine &
la vie de fes Sujets, auffi-bien que la fienne, homme unique, plûtôt que grand
homme, & admirable plûtôt qu'à imiter ; fa vie doit apprendre aux Rois combien un Gouvernement pacifique & heureux eft au-deffus de tant de gloire.

Charles XII. étoit d'une taille avantageufe & noble, il avoit un très-beau front,
de grands yeux bleus remplis de douceur,
un nez bien formé ; mais le bas du vifage
defagréable, & trop fouvent défiguré par
un rire fréquent qui ne partoit que des
levres ; prefque point de barbe ni de cheveux ; il parloit très-peu, & ne répondoit
fouvent que par ce rire dont il avoit pris
l'habitude : on obfervoit à fa table un
filence profond. Il avoit confervé dans
l'infléxibilité de fon caractere, cette timi-
dité qu'on nomme mauvaife honte ; il eût
été embarraffé dans une converfation, parceque s'étant donné tout entier aux travaux & à la guerre, il n'avoit jamais connu la focieté. Il n'avoit lû jufqu'à fon loifir chez les Turcs, que les Commentaires
de

de Cefar , & l'Hiftoire d'Alexandre. Mais
il avoit écrit quelques réfléxions fur la
guerre , & fur fes campagnes , depuis
1700 jufqu'en 1709. Il avoüa au Chevalier Follart, & lui dit que ce Manufcrit
avoit été perdu à la malheureufe journée
de Pultava.

A l'égard de fa Religion , quoique les
fentimens d'un Prince ne doivent point
influer fur les autres hommes, & que l'o-
pinion d'un Monarque, auffi peu inftruit
que Charles , ne foit d'aucun poids dans
ces matieres ; cependant il faut fatisfaire
fur ce point, comme fur le refte , la curiofité des hommes qui ont eu les yeux ou-
verts fur tout ce qui regarde Charles XII.
Je fçai de celui qui m'a confié les principaux Mémoires de cette Hiftoire , que
Charles fut Lutherien de bonne foi jufqu'à l'année 1707. il vit alors à Léipfik le
fameux Philofophe Monfieur Leibnits , qui
penfoit & parloit librement , & qui avoit
déja infpiré fes fentimens libres à plus d'un
Prince. Charles XII. puifa dans la converfation de ce Philofophe beaucoup d'indifférence pour le Luthéranifme. Depuis
ayant eu chez les Turcs plus de loifir encore , & ayant vû plus de diverfes Reli-
gions, il étendit plus loin fon indifférence.
Il ne conferva de fes premiers principes que
celui d'une prédeftination abfoluë , dogme
qui favorifoit fon courage , & qui juftifioit
fes

ses témérités. Le Czar avoit les mêmes sentimens que lui sur la Religion & sur la
destinée : Mais il en parloit plus souvent ;
car il s'entretenoit familierement de tout
avec ses Favoris, & avoit par-dessus Charles, l'étude de la Philosophie, & le don
de l'éloquence.

Je ne puis me défendre de parler ici d'une
calomnie, renouvellée trop souvent à la
mort des Princes, que les hommes malins
& crédules prétendent toûjours avoir été
empoisonnez ou assassinez. Le bruit se répandit alors en Allemagne, que c'étoit Mr.
Siker lui-même qui avoit tué le Roi de
Suede. Ce brave Officier fut long-tems dé-
sesperé de cette calomnie ; un jour en m'en
parlant, il me dit ces propres paroles : J'aurois pû tuer le Roi de Suede ; mais tel étoit
mon respect pour ce Héros, que si je l'avois
voulu je n'aurois pas osé.

Après sa mort on leva le siége de Friderikshall. Les Suedois plus accablez que
flattez de la gloire de leur Prince, ne son-
gerent qu'à faire la Paix avec leurs Enne-
nemis, & à réprimer chez eux la Puissance
absoluë, dont le Baron de Goërts leur avoit
fait éprouver l'excès. Les Etats élurent librement pour leur Reine la Princesse, sœur
de Charles XII. & l'obligerent solemnelle-
ment de renoncer à tout droit héréditaire
sur la Couronne ; afin qu'elle ne la tînt
que des suffrages de la Nation. Elle promit

mit par des fermens réïtérez qu'elle ne tenteroit jamais de rétablir le pouvoir arbitraire ; elle facrifia depuis la jaloufie de la Royauté à la tendreffe conjugale, en cédant la Co̎ronne à fon mari, & elle engagea les Etats à élire ce Prince , qui monta fur le Trône aux mêmes conditions qu'elle.

Le Baron de Goërts arrêté immédiatement après la mort de Charles , fut condamné par le Sénat de Stokolm à avoir la tête tranchée au pied de la potence de la Ville ; exemple de vengeance , peut-être encore plus que de juftice , & affront cruel à la mémoire d'un Roi que la Suede admire encore.

Fin du huitiéme & dernier Livre.

www.ingramcontent.com/pod-product-compliance
Lightning Source LLC
Chambersburg PA
CBHW050307030726
47505CB00003B/615